AtV

Katzen. Tänzer. Leidenschaften. Um all das geht es in dieser Kriminalstory, in der Katzenlady Alice Nestleton, verkannte Schauspielerin, aus Passion und zum Broterwerb Catsitterin, wieder einmal ihre kriminalistischen Fähigkeiten beweisen muß. Diesmal soll sie ihre alte Freundin Lucia von dem Mordverdacht an dem berühmten Tänzer Dobrynin befreien. Dobrynin, Frauenheld, Trinker, Ausgeflippter, hatte vor drei Jahren seine große Karriere urplötzlich aufgegeben und war »abgetaucht« in die Pennerszene. Was also liegt näher, als den Mörder in diesem Milieu zu suchen. Mit professionellem Gespür geht Alice an die Nachforschungen. Doch als der wahre Täter bereits überführt zu sein scheint, macht Alice Nestleton eine überraschende Entdeckung, die dem Fall erneut eine völlig andere Wendung gibt.

LYDIA ADAMSON ist das Pseudonym einer bekannten Krimiautorin. Bisher im Aufbau Taschenbuch Verlag erschienen: »Eine Katze kommt selten allein«, »Eine Katze macht Theater«, »Eine Katze im Wolfspelz«, »Eine Katze bittet zum Tee«.

Lydia Adamson

Eine Katze hinter den Kulissen

Kriminalroman

Aus dem Amerikanischen
von Julia Schade

Aufbau Taschenbuch Verlag

Titel der Originalausgabe
A CAT IN THE WINGS

ISBN 3-7466-1174-1

1. Auflage 1996

Umschlaggestaltung Torsten Lemme
unter Verwendung einer Illustration von Rainer Fischer
Satz LVD GmbH, Berlin
Druck Elsnerdruck GmbH, Berlin
Printed in Germany

1

Versetzen Sie sich in eine Aufführung des Balletts *Der Nußknacker*: Stellen Sie sich die Musik vor, die Kostüme, die festliche Atmosphäre.

Diese Vorstellung findet am Heiligen Abend im Lincoln Center statt, es tanzt das New York City Ballet.

Gibt es ein Ereignis, das typischer für die ungeheure Weihnachtsfreude in Manhattan ist?

Das möchte ich bezweifeln.

Aber was machte ich eigentlich da, in einer Loge im ersten Rang, mit fünf Kindern?

Ja, Sie können gerne nachzählen. Fünf Kinder im Alter zwischen sechs und zehn Jahren. Kathy, Laura, Stephen, Edward und ein Kind, das Ada oder Dada oder Sadie hieß.

Ich war hier, weil ich in einer Anwandlung von Prahlerei einer Catsitting-Kundin gegenüber damit angegeben hatte, daß ich gute Plätze für den *Nußknacker* bekommen könne, wann immer ich wolle.

Mrs. Timmerman machte große Augen, als sie das hörte. »Aber wie denn?« fragte sie.

»Eine Freundin von mir ist dort ein ziemlich hohes Tier«, gab ich geheimnisvoll zurück.

Diese Freundin gab es wirklich. Lucia Maury arbeitete in der Verwaltung des Lincoln Centers für darstellende Künste. Zu ihren Aufgaben gehörte es, die Reisen des

New York City Ballets zu organisieren, wenn die Truppe auf Tournee ging. Ich kannte Lucia seit mehr als zwanzig Jahren. Wir waren Zimmergenossinen gewesen, damals, als wir beide gerade nach Manhattan gekommen waren, sie, um zu tanzen und ich, um die Schauspielschule zu besuchen. Wir waren seither immer in Kontakt geblieben, und einer der Gründe dafür war unsere gemeinsame Leidenschaft für Maine-Coon-Katzen. Lucia hatte früher einen wundervollen Maine-Coon-Kater namens Splat gehabt, der vor drei Jahren gestorben war. Sein Tod hatte sie so sehr mitgenommen, daß sie sich nie wieder eine Katze angeschafft hatte. Lucia war eine sehr gute Tänzerin gewesen, bis sie sich eine Verletzung am Knie zuzog. Und seit sie in der Verwaltung des Lincoln Center tätig war, hatte sie mir immer wieder Karten angeboten. Ich hatte meistens abgelehnt.

Der einzige wunde Punkt in unserem Verhältnis war die Tatsache, daß ich schrecklich eifersüchtig auf sie war – wenn sie tanzte. Wie so viele Schauspielerinnen habe auch ich diesen Minderwertigkeitskomplex Ballettänzern gegenüber. Sie sind einfach wundervoll! Und sie tun genau das, was wir alle gerne tun würden, aber nie erreichen werden.

Jeder, der kurz vor dem Beginn einer Ballettvorstellung schon einmal hinter der Bühne war, wird wissen, was ich meine. Die Tänzer unterhalten sich über alles mögliche, von Liebhabern über Einkaufstips bis zum Wetter. Manche machen Dehnübungen, andere schminken sich.

Plötzlich fängt das Orchester an zu spielen, und ein paar Sekunden später geht der Vorhang auf.

Eine Tänzerin, die noch einen Augenblick zuvor aus Langeweile an einem Fingernagel gekaut hat, wirbelt auf die Bühne und vollführt mehrere großartige Sprünge und Pirouetten.

Plötzlich bleibt sie vorn am Bühnenrand stehen, verbeugt sich anmutig und zufrieden und gleitet dann weiter über die Bühne, als ob das gar nichts wäre.

In ganz kurzer Zeit ist die Tänzerin aus einem Zustand völliger Ruhe in Ekstase geraten, mit plötzlichem Verharren: ein diszipliniertes Feuerwerk aus Körperkontrolle und Anmut.

Wie sollte eine Schauspielerin also *nicht* eifersüchtig auf eine Ballerina sein?

Aber um es kurz zu machen: Mrs. Timmerman ging mir an diesem Tag auf die Nerven. Sie redete in einer Tour über ihr Landhaus in Dutchess County, doch daß sie sich entschlossen hätten, dieses Jahr das Weihnachtsfest in Manhattan zu verbringen, damit die Kinder einmal »Weihnachten in der Stadt« erleben könnten. Und abgesehen davon könne Belle, die Katze, das Landleben sowieso nicht ausstehen.

Sie redete und redete und mir blieb nichts anderes übrig, als höflich zuzuhören. Je länger sie erzählte, desto gereizter wurde ich. Und irgendwann erwähnte ich ganz beiläufig, daß ich alle möglichen Theater- und Ballettkarten bekommen könnte, auch die für die Vorstellung des *Nußknackers* am Heiligen Abend. Das war meine Art, ihr zu zeigen, daß ich zwar Catsitterin war, aber noch ein anderes Leben führte, ein Leben auf einem kulturell viel höheren Niveau als ihres, egal, wie reich sie war.

Das war ein bißchen übertrieben. Normalerweise bin ich nicht so kleinlich. Aber die Weihnachtszeit in New York ist immer so eine Sache, auch für ein Bauernmädchen aus Minnesota, das schon seit mehr als zwei Jahrzehnten in Manhattan lebt. Und meine Unterhaltung mit Mrs. Timmerman fand neunzehn Tage vor Heiligabend statt.

Um meine dumme Bemerkung zu relativieren, bot ich ihr an, die Karten zu besorgen und die Kinder in die Vorstellung zu begleiten. Alle waren hellauf begeistert, außer Belle, der Katze, und mir.

So war es also dazu gekommen, daß ich am Heiligen Abend mit einer ganzen Horde Kinder im *Nußknakker* saß, auf einem teuren Logenplatz des Staatstheaters, mitten in der ganzen weihnachtlichen Pracht aus Lichtern, Farben, Musik und Phantasie.

Um ehrlich zu sein, Tschaikowski hat mir nie besonders gelegen, und so ließ ich schon nach der ersten Szene meine Gedanken in die Vergangenheit schweifen und versuchte, mir vorzustellen, wie die erste Aufführung des *Nußknackers* in den Vereinigten Staaten wohl ausgesehen haben könnte. Sie hatte 1940 stattgefunden, als ich noch gar nicht geboren war, in der alten Metropolitan Opera. Das Ballet Russe aus Monte Carlo hatte getanzt. Alicia Markova war die Zuckerfee gewesen und André Eglevsky Prinz Florestan.

Aber es gelang mir nicht, die Inszenierung vor meinem inneren Auge heraufzubeschwören, und so döste ich einfach ein wenig. Meine Schäfchen waren dagegen völlig gebannt. Im Halbschlaf sah ich meine beiden Katzen Bushy und Pancho vor mir, wie sie für eine Aufführung des *Nußknackers* probten, in der alle Partien von Katzen getanzt wurden.

Ich öffnete meine Augen in dem Moment, als auf der Bühne gerade der Mäusekönig von der Prinzessin zur Strecke gebracht wurde.

Die Tür zu unserer Loge war einen Spalt breit geöffnet worden.

Lucia Maury stand da. Ich hatte gar nicht gewußt, daß sie auch in der Weihnachtsvorstellung sein würde. Sie hatte es nicht erwähnt.

Sie rührte sich nicht. Sie hielt einen Finger vor den Mund, um mir zu bedeuten, daß die Kinder ihre Anwesenheit nicht bemerken sollten. Es war ziemlich sonderbar.

Dann winkte sie mit der Hand.

Ich ging hinaus. Die Kinder waren viel zu fasziniert von dem Ballett, um überhaupt zu bemerken, daß ich weg war.

In dem Moment, als ich aus der Loge kam und leise die Tür hinter mir schloß, wurde mir klar, daß Lucia in irgendwelchen Schwierigkeiten steckte. Sie krümmte ihren mageren, knochigen Körper, und sie war sehr blaß. Sie hatte die langen Ärmel ihres hübschen schwarzen Kleides bis über die Ellbogen aufgekrempelt, als ob sie körperliche Arbeit verrichten wolle.

»Lucia! Was ist los?«

Sie wollte antworten, brach aber in Tränen aus. Sie schluckte sie herunter, griff meinen Arm und zog mich den Gang entlang.

Gelangweilte Platzanweiser starrten uns an. Die Musik von drinnen war nur noch ganz leise zu hören.

Sie schleifte mich durch das Foyer im Halbgeschoß, an der Bar vorbei, wo schon alles für die Pause vorbereitet war, und durch eine Glastür hinaus auf den Balkon.

Es war kalt. Ein kräftiger Wind wehte. Die ganze Stadt war festlich erleuchtet. Die Fontäne unten auf der Plaza sah wundervoll aus. Ich konnte die Glocken der Heilsarmee-Weihnachtsmänner auf dem Broadway hören.

Zuerst dachte ich, wir beide wären die einzigen Menschen auf diesem windigen Balkon.

Aber dann sah ich am westlichen Ende vor der Wand eine kleine Gruppe von Leuten. Mindestens zwei davon waren Polizeibeamte.

Lucia fing an zu zittern. Ungefähr anderthalb Meter vor der Gruppe blieb sie stehen.

Plötzlich wußte ich, warum wir hier waren.

An die Wand gelehnt saß ein Penner ohne Schuhe.

Seine leuchtend blauen Augen waren weit aufgerissen.

Ich wollte eigentlich meinem Ärger Luft machen, daß sie mich auf einen eiskalten Balkon geschleppt hatte, nur um mir einen Betrunkenen zu zeigen. Schließlich gab es Hunderte von dieser Sorte in der Umgebung des Lincoln Center.

Aber dann fiel mir an diesem Betrunkenen noch etwas auf, abgesehen von der Tatsache, daß er wunderschöne Augen hatte und im Dezember keine Schuhe trug.

Der Mann hatte ein Loch in der Stirn. Ein kleines, ausgefranstes Loch.

Der Mann war tot. Das Loch stammte von einer Kugel.

»Das ist Dobrynin, Alice«, sagte Lucia. »Dobrynin!«

Hatte Lucia sie noch alle?

»Meinst du etwa *Peter* Dobrynin?«

»Ja! Ja! Ja!« flüsterte sie völlig außer sich. »Es ist Peter!« Ihre Finger krallten sich so fest in meinen Arm, daß ich vor Schmerz aufschrie. Einer der Polizisten drehte sich um und schaute mich an.

Peter Dobrynin? Ich blickte noch einmal auf den toten Mann ohne Schuhe. Wie war das möglich?

Peter Dobrynin war vor drei Jahren aus dem öffentlichen Leben verschwunden. Der gefeiertste Ballettänzer seit Nijinsky hatte sich zurückgezogen. Es gab alle möglichen Gerüchte und Spekulationen: Er machte einen Drogenentzug in einer Klinik. Er war in ein Kloster in

Vermont eingetreten. Er war in einer Irrenanstalt gelandet. Niemand wußte, was wirklich aus ihm geworden war.

Aber was für einen Eindruck hatte dieser Mann, der im Kirow-Ballett ausgebildet worden war, in der Welt des Tanzes gemacht, bevor er verschwunden war! Er war größer, beeindruckender und dramatischer gewesen als Baryshnikow, technisch perfekter und musikalischer als Nurejew. Seine Partien in *Giselle* und *Feuervogel* hatten ihn zum neuen Star des amerikanischen Balletts gemacht.

Und auch in seinem Privatleben war Dobrynin ebenso spektakulär gewesen wie auf der Bühne: als Liebhaber, Raufbold, Ausgeflippter, Junkie, Trinker, auf den Partys des Jet-set und in den angesagten Clubs in Harlem. Er war ständig völlig durchgedreht.

Lucia wollte mich wegziehen, aber ich widerstrebte. Ich konnte meine Augen einfach nicht von der Leiche wenden.

War dieses Wrack von einem Mann wirklich einmal der gefeierte Tänzer Dobrynin gewesen?

Eine Bö wehte über die offene Betonfläche, und mich schauderte. Schießlich war immer noch Weihnachten in New York.

2

Lucia verbrachte die Nacht auf meinem Sofa. Aber auch nach zwei Tassen heißen Tees mit Zitrone und Brandy konnte sie nicht schlafen.

Ich hörte sie herumlaufen und weinen, und gegen zwei Uhr morgens nahm ich mein Bettzeug und ging ins Wohnzimmer, um in ihrer Nähe zu sein. Es war ziemlich hart auf dem Boden, und mein Maine-Coon-Kater Bushy war nicht gewillt, sich von dem Kopfkissen auf meinem Bett zu erheben und mir bei meiner Wache Gesellschaft zu leisten.

Pancho, mein anderer Kater, der niemals mehr als vierzig Sekunden in einem zu schlafen scheint und ständig auf der Flucht vor imaginären Feinden ist, blieb mehrmals kurz stehen, um mich zu beschnüffeln. Dafür war ich dankbar.

Gegen vier Uhr fiel Lucia endlich in einen tiefen Schlaf.

Um neun Uhr morgens schlief sie immer noch fest. Ich ging hinunter, um die Zeitung und Croissants zu kaufen. Es war schließlich Weihnachten.

So früh am Morgen war die Straße menschenleer – über allen Wipfeln ist Ruh, würde der Dichter sagen. Gott sei Dank war die französische Bäckerei geöffnet. Mit dem Wechselgeld zog ich eine Ausgabe der *Daily News* aus einer dieser blöden Automatenkisten und büßte dabei nur zehn Cent ein.

Als ich gerade Kaffee machte, hörte ich, daß Lucia sich rührte.

»Ich habe mich letzte Nacht angestellt wie ein kleines Kind. Es tut mir leid, Alice. Aber das war alles zuviel für mich. Und jetzt verderbe ich dir die Feiertage.«

Sie stand vor meiner winzigen Küche. Es war sonderbar, wie ihr kleiner, fester Ballerinenkörper gealtert war. Ihr Gesicht mit den hohen Wangenknochen war immer noch mager und die Konturen fest. Lucia trug ihr halblanges, sandfarbenes Haar zu einem Pferdeschwanz zusammengebunden. Sie sah aus, als ob sie gleich an der Ballettstange trainieren würde.

»Ich freue mich, daß du hier bist, von den Umständen einmal abgesehen«, sagte ich. Früher hatten wir uns häufig gegenseitig besucht. »Und außerdem weißt du doch, daß ich mir noch nie viel aus Weihnachten gemacht habe.«

Sie nickte ruhig und half mir, den Kaffee und die Croissants ins Wohnzimmer zu tragen. Bushy war endlich aufgewacht und hatte seinen großen Morgenauftritt gehabt. Jetzt beschnupperte er Lucia gründlich und dachte wahrscheinlich darüber nach, wie lange er wohl brauchen würde, um sie zu seiner Sklavin zu machen.

Wir lasen den Artikel in der *Daily News* gemeinsam, als wir ihn endlich gefunden hatten. Auf den ersten beiden Seiten der Weihnachtsausgabe waren nur Frieden-auf-Erden-Geschichten, Weihnachtsmänner und glückliche Familien. Betlehem, bewacht von schwer bewaffneten israelischen Soldaten; Archivfotos von der Mitternachtsmesse in der St. Patrick's Cathedral; Krippenspielszenen aus irgendwelchen Vororten. Peter Dobrynins Tod war auf der fünften Seite gelandet.

TOD EINES TÄNZERS lautete die fettgedruckte Schlagzeile.

Den Artikel zierten mehrere Fotos von Dobrynin in seinen berühmtesten Rollen und ein einzelner, kleiner Schnappschuß von der Bahre, auf der die abgedeckte Leiche in einen wartenden Krankenwagen gebracht wurde.

Zwischen den Fotos erläuterte eine umrahmte Textpassage noch einmal den kometenhaften Aufstieg Peter Dobrynins in der Welt des Tanzes – und seinen ebenso kometenhaften Fall.

Der Text war kurz und sachlich.

Der gefeierte Ballettänzer Peter Dobrynin wurde letzte Nacht erschossen im Staatstheater im Lincoln Center aufgefunden, während das New York City Ballet gerade seine traditionelle Weihnachtsvorstellung von Tschaikowskis Nußknacker *gab. Der tote Dobrynin trug keine Schuhe.*

Angestellte des Lincoln Center glaubten zunächst, der Tote sei ein Obdachloser aus der Umgebung, dem es gelungen war, unbemerkt das Theater zu betreten. Aber mehreren Besuchern des Balletts fiel die Ähnlichkeit zwischen dem Toten und Dobrynin auf, der sich in den letzten Jahren aus der Öffentlichkeit zurückgezogen hatte. Diese Identifizierung wurde später bestätigt.

Die Polizei gab bekannt, daß das Tatmotiv noch ungeklärt ist. Es gibt derzeit noch keine Verdächtigen oder Tatzeugen. Die Tatwaffe ist noch nicht gefunden worden. Nach Aussage der Polizei ist Dobrynin höchstwahrscheinlich während der Anfangsszenen des Balletts auf dem Balkon des Theaters erschossen worden.

Ende der Geschichte. Offenbar war die Zeit zu knapp gewesen, die üblichen Lobeshymnen zu verfassen. Der Rest der Weihnachtsausgabe enthielt Reportagen über bedauernswerte Polizeibeamte und andere unentbehrliche städtische Angestellte, die an den Feiertagen arbeiten mußten.

Lucia schob die Zeitung von sich weg in die Mitte des Tisches. Wir schauten einander an. Was sollte man jetzt sagen, vielleicht »Fröhliche Weihnachten«? Sie nahm einen Schluck Kaffee.

»Hast du keinen Weihnachtsbaum, Alice?« fragte sie und schaute sich um.

Ich lachte kurz auf. Nun, ich hatte zwar einen Kranz aus Tannenzweigen an die Wohnungstür gehängt, aber auch nur, weil die Hersteller einer Handcreme, für die ich mal ein paar Werbespots gesprochen hatte, ihn mir geschickt hatten. Der Kranz war einfach zu grün und zu schön gewesen, um ihn wegzuschmeißen.

»Ich habe seit Jahren auch keinen Weihnachtsbaum mehr«, gab Lucia zu. Dann lächelte sie. »Hast du schon mal darüber nachgedacht, was für ein trauriges Schicksal Weihnachtsbäume haben?«

Mir war klar, daß sie im Grunde gar nicht über Bäume sprach, aber ich wußte nicht, was ich auf ihre Bemerkung antworten sollte.

Lucia nahm ihre Kaffeetasse und ging hinüber zum Fenster. Ich blieb, wo ich war, und ließ sie ihren Gedanken nachhängen.

Wenig später sah ich, wie sie erstarrte, während sie hinunter auf die Straße blickte.

»Oh, schau doch mal!« rief sie aus.

»Was ist denn?« Ich wollte schon aufstehen.

»Oh ... nein, nichts. Ich dachte, ich hätte eine Gruppe Kinder gesehen, die singend von Haus zu Haus zieht.«

»Aber doch nicht in *diesem* Viertel, meine Liebe«, sagte ich. Ich wollte gerade eine zynische Bemerkung über den einzigen Grund machen, den es in diesem Viertel für eine Gruppe Kinder gibt, sich zusammenzurotten. Aber Lucia hatte sich vom Fenster abgewandt, und ich sah ihr an, daß sie Angst hatte.

»Es ist so schrecklich, so fürchterlich!« schluchzte sie und vergrub ihr Gesicht in den Händen. »Dieses verdammte, grauenhafte Weihnachten.«

Wie ich da so saß und zuschaute, wie sich meine verzweifelte Freundin die Augen ausweinte, fiel mir komischerweise eines der vielen glücklichen Weihnachtsfeste ein, die ich bei meiner Großmutter in Minnesota verbracht hatte. Bei uns zu Hause auf der Farm war Weihnachten ohne alle religiösen Bräuche gefeiert worden, aber es waren immer ganz besondere Tage gewesen. Alles schien dann außergewöhnlich zu sein: die mächtige, unbeschnittene Rottanne, deren Zweige bis auf die Veranda ragten; die Routinearbeiten, die erledigt werden mußten, ob nun Weihnachten war oder nicht; das riesige Frühstück, zu dem es Pfannkuchen, selbstgekochte Marmelade und köstliche Würste gab, die ein Nachbar gemacht und meiner Großmutter geschenkt hatte; die praktischen Geschenke, meist Kleidungsstücke, und fast nur Winterklamotten; und schließlich das Geld, daß Großmutter mir jedes Jahr in einem Umschlag gab, »damit du dir was Schönes kaufen kannst«, wie sie immer fröhlich sagte.

Aber jetzt blieb mir nichts anderes übrig, als mich um die unglückliche Frau zu kümmern, die da vor meinem Wohnzimmerfenster weinte. Ich ging zu ihr hinüber, legte einen Arm um ihre Schulter und führte sie zurück zu ihrem Stuhl.

»Ich ... ich mußte ihn ... identifizieren, Alice! Kannst du dir vorstellen, wie das war? Er war so ... so ... seine Augen ..., sie waren so weit aufgerissen! Und dieses schreckliche Loch in seinem Kopf! Du kannst dir gar nicht vorstellen, wie fürchterlich das war!«

Ich dachte, es wäre das Beste, Lucia nicht zu unterbrechen und ihr zu sagen, daß ich genau wußte, wie so etwas war. Ich hatte meine Erfahrungen mit Leichen.

»Ich möchte dir etwas erzählen, Alice.« Sie war jetzt ein wenig ruhiger und nahm einige Schlucke Kaffee. »Es ist etwas sehr ... Persönliches.«

Ich wartete.

»Vor ungefähr vier Jahren hatte ich ... Dobrynin und ich waren ein Liebespaar.«

Ich konnte mein Erstaunen wohl kaum verbergen.

»Doch«, fuhr Lucia fort, als ob sie meine Bedenken zerstreuen wolle. »Ich hatte eine Affäre mit ihm.«

Die wohlerzogene, anständige Lucia – wie ich eine Frau mittleren Alters – und der besessene Verführer Dobrynin? Ich hatte bestimmt schon absurdere Geständnisse gehört, aber im Moment wollte mir keines einfallen. Das war doch nicht möglich. Das war ja, als wenn die Königin von England zugeben würde, was mit Fidel Castro gehabt zu haben. Oder Dietrich Fischer-Dieskau, der seine jahrelange Beziehung zu Janis Joplin gestand.

Lucia Maury war immer eine sehr liebe Frau gewesen, und sie war es auch jetzt noch. Sie war aus Delaware nach New York gekommen. Ihre Familie war äußerst wohlhabend und ebenso prüde, Puritaner durch und durch. Und Lucia war im Grunde genauso, trotz ihres kulturellen Niveaus und ihren Erfahrungen. Sogar in der Zeit, die bei anderen die »wilden Zwanziger« sind, hatte sie niemals Alkohol angerührt oder eine Zigarette geraucht. Ich hatte nie erlebt, daß sie nach Mitternacht noch auf war. Harte Arbeit, Disziplin und Leidenschaft für die Kunst – sonst kannte sie nichts.

Und jetzt erzählte sie mir, sie habe eine Affäre mit einem Satyr gehabt. Ein großer Tänzer, ohne Zweifel. Aber auch ein ausschweifender Mann, besonders was Sex betraf. Dobrynins Unersättlichkeit und seine phantasievolle Verführungskunst waren legendär. Offenbar hatte es ihm Spaß gemacht, der Regenbogenpresse und den Klatschspalten endlos Stoff zu liefern.

»Ich habe ihn sehr geliebt, Alice«, flüsterte sie. »Wir haben uns sehr geliebt.«

Das bezweifelte ich zwar sehr, aber das sagte ich natürlich nicht. Wenn Dobrynin überhaupt etwas geliebt hatte, dann das Ballett, den Alkohol und sich selbst, dachte ich, aber wahrscheinlich nicht unbedingt in dieser Reihenfolge.

»Er war nicht so, wie die Leute immer sagen.« Lucia war wieder aufgestanden. »Glaub mir, Alice, Peter war lieb und wunderschön ...« Sie brach den Satz ab und drehte sich wieder zum Fenster um, bevor sie weitersprach. »Es ist so schrecklich, so tragisch. Er hätte der größte Tänzer der Welt sein können.«

Sie beugte sich herunter und griff nach meiner Hand. »Versprich mir, daß du mit mir zu der Beerdigung gehst. Bitte, Alice.«

»Natürlich, Lucia, wenn du das möchtest. Aber warum setzt du dich jetzt nicht hin und entspannst dich ein bißchen?«

Sie schüttelte den Kopf. »Nein. Ich muß jetzt nach Hause.«

»Ich begleite dich«, bot ich an.

»Nein«, sagte sie entschlossen. »Du hast schon genug für mich getan. Mach's gut, Alice.« Sie nahm ihre Sachen und ging.

3

Als ich mit Lucia die höhlenartige russisch-orthodoxe Kirche betrat, hatte ich sofort das Gefühl, in einem fremden Land zu sein. Überall waren Blumen und prächtig bestickte Priestergewänder, und es duftete nach Weihrauch. Dies war eine Beerdigung vom Typ »letzter großer Auftritt«, wie ein respektloser Schauspielerkollege solche Ereignisse einmal genannt hatte.

Die Trauergäste waren nicht weniger elegant, herausgeputzt und ehrfurchtgebietend. Wohin man auch schaute, sah man dicken schwarzen Samt, Pelze, fließenden Chiffon: blasse makellose Haut, gehüllt in dunkle Eleganz.

Einen starken Kontrast zu all dieser Pracht bildete der schlichte geschlossene Sarg, ein einfaches Modell ohne jede Verzierung.

Lucia und ich saßen in einer der hinteren Reihen und beobachteten die Hereinströmenden. Diese Ballettleute boten ein regelrechtes Schauspiel. Sie glitten geräuschlos und in königlicher Haltung die Gänge auf und ab, als ob sie Spaziergänger aus einem vergangenen Jahrhundert wären. Jung und alt, berühmt, erfolglos oder einfach unbekannt, sie bewegten sich alle auf dieselbe gekünstelte Weise, die in ihrer Theatralik schon fast absurd wirkte.

Lucia beugte sich verschwörerisch zu mir hinüber. »Da ist Louis Beasley«, flüsterte sie und deutete mit einem Kopfnicken auf einen korpulenten Mann, der sich gerade einige Reihen vor uns setzte. »Und der da neben ihm, das ist Vol.«

Beasley, der Impresario, der Dobrynin »entdeckt« hatte, sah aus wie ein wohlgenährter Küchenkater. Er trug einen langen Biberpelz. Sein jüngerer Liebhaber, Vol Teak, glich mehr einer wilden Siamkatze. Die beiden waren in die Kirche gekommen und den Gang hinuntergeschritten, als ob sie auf den Balkon ihres Hotelzimmers in Venedig treten würden, um ein Sonnenbad zu nehmen.

»Schau mal«, flüsterte Lucia aufgeregt, »da ist Melissa!«

Ich verdrehte mir den Kopf, um zu sehen, wie die ehemalige Ballerina Melissa Taniment neben ihrem Gatten Platz nahm. Sie war immer noch sehr anmutig und beeindruckend, besonders wegen ihrer hypnotisierenden, haselnußbraunen Augen. Dobrynin war mit einem Schlag ein Star geworden, als Melissa sich ihn als Partner in *Giselle* ausgewählt hatte. In der Folge hatten sie eine stürmische Liebesaffäre gehabt, die die Klatschspalten der Revolverblätter lange gefüllt hatte.

Dann zeigte mir Lucia noch Betty Ann Ellenville, die Ballettkritikerin, deren Artikel nicht unerheblich zu Dobrynins Ruhm beigetragen hatten; Maggie Brown, eine von Dobrynins Lehrerinnen; Dr. James Broga, seinen Arzt, ein Spezialist für Sportverletzungen, und noch ein halbes Dutzend anderer Berühmtheiten. Lucia war eine gute Führerin durch die Welt des Balletts, doch dann wurde ihr Vortrag durch den ersten Trauerchoral der Geistlichen unterbrochen.

Als der Gottesdienst zu Ende war, schritt Louis Beasley entschlossen auf die Kanzel, um die Totenrede zu halten. Seine Stimme klang herrisch, obwohl er bewegt war.

»Das hier«, er deutete auf den schlichten Sarg, »das hier ist das Schicksal, das alle jungen Götter erwartet. Wahnsinn und Tod. Tod und Wahnsinn. Nijinsky ist wahnsinnig geworden. Und Dobrynin schließlich auch.« Beasley machte eine Pause. »Peter Dobrynin war das, was jeder Tänzer gerne sein möchte. Arglos. Ehrlich. Reinheit der Form. Reinheit der Seele.

Aber es ist, wie schon La Rochefoucauld gesagt hat: › Die Sonne und den Tod kann man nicht lange betrachten.‹ Und deshalb werden wir, wenn wir uns an Dobrynin erinnern, nicht an seinen schrecklichen Tod und daran, daß wir einen faszinierenden Menschen verloren haben, denken. Nein, wir werden an den tanzenden Dobrynin denken.«

Beasley griff nach den Fransen seinen langen roten Kaschmirschals. Er ging ein paar Schritte auf und ab.

Jetzt war aus den Reihen zum ersten Mal ein Schluchzen zu vernehmen. Ich wollte mich umdrehen, um zu sehen, wer da weinte, aber das schien mir völlig unangebracht zu sein, also schaute ich weiter auf Beasley.

»Was fällt mir ein, wenn ich an Peter Dobrynin denke? Ich will es Ihnen sagen.« Er machte eine Pause und schluckte hörbar. »Ich denke an den Anfang der Coda des Pas de deux des Schwarzen Schwans aus *Schwanensee*. Ich denke an Peter als Siegfried, an seine Folge unvergleichlicher *Jetés*. Ich denke an seinen Tanz, der von Schönheit, Kraft und Weisheit erfüllt war, die nur er auszudrücken verstand.«

Jetzt liefen Tränen die Wangen des Impresarios hinunter und drohten seine Stimme zu ersticken. Seine letzten Worte waren undeutlich. Ich glaube, er sagte etwas ziemlich Abgedroschenes, wie: »Auf Wiedersehen, geliebter Dobrynin. Ruhe in Frieden.«

Lucia wirkte bekümmert. »Ich habe ihn nie den Pas de deux des Schwarzen Schwans tanzen sehen«, vertraute sie mir flüsternd an, und ihre Stimme klang schrecklich traurig.

»Schau dir Melissa an«, drängte mich Lucia. »Schau dir ihr Gesicht an!« Ich drehte mich um, um nach der wunderschönen Ballerina zu sehen, die sich vor fünf Jahren von der Bühne verabschiedet hatte. Was ich sah, verwunderte mich. Ihr hübsches Gesicht wirkte wie tot – es war völlig starr und ausdruckslos. Sie schien wie in Trance oder als ob sie einer Musik lauschen würde, die sonst niemand hören konnte.

Ich spürte, wie Lucia neben mir zitterte und offenbar befürchtete, daß sie wieder zusammenbrechen würde.

Ich nahm ihre Hand, unsere Blicke trafen sich, und sie dankte mir mit einem Kopfnicken.

Dann begann der Auszug aus der Kirche, und ich hoffte, die Zeremonie würde damit abgeschlossen sein. Zuerst kamen die Geistlichen, die sangen und ihre Weihrauchgefäße schwenkten. Sie verließen langsam die Kirche, gefolgt von den Trägern mit dem Sarg und der Trauergemeinde.

»Ich will nicht mit auf den Friedhof gehen. Ich will einfach nicht!«

Ich drehte mich zu Lucia um, die vergessen hatte, daß wir schon vorher besprochen hatten, nicht mal zu versuchen, zum Friedhof rauszukommen. Wir waren schließlich keine nahen Verwandten des Verstorbenen, also würde kein Platz für uns in den schwarzen Limousinen sein, und wir hatten beide kein Auto.

Wir waren gerade aus der Kirche getreten, als die Frau vor mir – es war die Journalistin Betty Ann Ellenville – ruckartig stehenblieb.

Ich lief auf, sie stolperte und setzte eine Kettenreaktion in Gang: Alles strauchelte und stieß erschreckte Schreie aus.

Ich bemerkte plötzlich, daß *alle* Trauergäste übereinander zu fallen schienen.

»Was ist eigentlich los?« zischte Lucia.

Ich konnte sehen, daß die Sargträger stehengeblieben waren, bevor sie die Straße erreicht hatten. Jetzt schrien alle und zeigten auf etwas. Man spürte, daß die Situation irgendwie gefährlich war.

Ich schob Lucia zu der Tür an der Seite der Kirche. Hier würden wir besser auf die Straße sehen können, um die Ursache für das plötzliche Stocken auszumachen.

Die Prozession war auf den Stufen vor der Kirche zum

Stehen gekommen, weil man den Sarg noch nicht in den Leichenwagen laden konnte.

Auf die Seite des Leichenwagens, die der Kirche zugewandt war, hatte jemand etwas in großen, blutroten Buchstaben geschrieben. Das mußte geschehen sein, während der Aussegnungsgottesdienst stattfand und die Fahrer zweifellos einen Kaffee trinken gegangen waren.

Jetzt waren die Chauffeure hektisch dabei, mit Handschuhen, Kappen, Papier und allem, was sie finden konnten, die Aufschrift wegzuwischen.

Auf dem Wagen stand: ANNA PAWLOWA SMITH.

Sonst nichts.

Jeder weiß, wer Anna Pawlowa war. Aber wer um alles in der Welt war Anna Pawlowa *Smith*? Lucia wußte es auch nicht. Niemand in der Menge hatte eine Ahnung. Man war allgemein der Ansicht, daß die Beerdigung von einem aus dieser Gemeinde gestörter Fans – oder gewalttätiger Prominentenhasser – unterwandert worden war, die sich gerne in Veranstaltungen wie diese schmuggeln.

Es gelang den Männern nicht, das Geschmiere zu entfernen. Irgendwann gaben sie auf und luden den Sarg in den Leichenwagen. Dann fuhr die Wagenkolonne endlich ab. Peter Dobrynin würde im Familiengrab seiner Mutter in Connecticut bestattet werden.

Ich begleitete Lucia bis zur Park Avenue und setzte sie dort in ein Taxi. Ich selbst ging zu Fuß weiter Richtung Innenstadt. Es war sehr schönes Wetter, und ein kräftiger Wind wehte. Für jeden anderen auf der Straße war dies wahrscheinlich ein angenehmer Nachweihnachtsnachmittag. Nur ich empfand ihn komischerweise bedrückend. Die Sonne schien, und ich war warm eingepackt ... und trotzdem spürte ich, wie meine Glieder langsam taub wurden.

4

Ungefähr sechsunddreißig Stunden vor dem Beginn des neuen Jahres klopfte Tony Basillio an meine Tür. So machte er es immer: Plötzlich war er einfach da, aus heiterem Himmel. Basillio, der Mann aus dem Nichts.

Tony legte genau die Art von besitzergreifendem Benehmen an den Tag, die für ehemalige Liebhaber typisch ist, aber so, wie er aussah, war jetzt nicht der richtige Moment, sich darüber zu beschweren. Er war völlig durchgedreht. Offenbar war seine Rückkehr in die Welt des Theaters – nachdem er über zehn Jahre ein braver Bürger gewesen war – die Ursache dafür, daß er tiefer und tiefer in trübe Gewässer geriet.

»Hallo, Schwedenmädel«, sagte er breit, »hier bin ich wieder. Ich weiß, wie sehr du mich vermißt hast. Schließlich hast du mir all diese verzweifelten, flehentlichen Liebesbriefe geschrieben und mich dauernd angerufen.«

»Du hast wirklich keinen Grund, dich zu beklagen, Tony. Ich hab ja nicht mal gewußt, wo du die letzten paar Monate gewohnt hast.«

Er nahm Bushy auf den Arm, der sich gerade putzte, und ließ sich mit dem Kater aufs Sofa fallen.

»Ich könnte einen Brandy vertragen, Schwedenmädel«, sagte er müde. »Aber vielleicht könntest du mir statt dessen auch ein paar Vollkorntoasts mit Kräuterquark machen.«

»Ich hab keinen Kräuterquark im Hause, und das weißt du ganz genau.«

»Dann nehme ich den Brandy, mein Mädchen.«

Er grinste, als ich ihm das Glas brachte.

»Du bist schöner denn je, Alice«, sagte er. »Können wir jetzt ins Bett gehen, jetzt gleich?«

Ich ignorierte diese Frage. Bushy nützte die Gelegenheit und entwand sich Tonys Griff.

»Was treibst du denn so, Tony?« fragte ich ein wenig mißtrauisch.

Er grinste mich noch einmal auf seine vermeintlich unwiderstehliche Art an, aber diesmal zitterte er. Wie gewöhnlich war er ziemlich salopp gekleidet. Dann bemerkte ich, daß sein ausdrucksvolles, vernarbtes Gesicht von der Kälte gerötet war. Er hatte sein Haar recht lang wachsen lassen, es fiel ihm bis in den Nacken. Na ja, dachte ich, wenigstens hat er noch nicht dieses Pferdeschwanz-Syndrom entwickelt, das heutzutage bei Männern mittleren Alters so verbreitet ist. Denn er war ein Mann mittleren Alters, auch wenn man das manchmal kaum glauben konnte.

»Schwedenmädel«, wiederholte er schmachtend. Niemand sonst nannte mich bei diesem albernen Namen. »Ich treibe nichts Gutes, aber ich habe viel Spaß dabei.« Tony reckte sich genüßlich.

Nein, der Name »Schwedenmädel« hat überhaupt nichts mit mir oder meinem Leben zu tun. Denn ich bin zwar in der Tat groß und blond, aber ich sehe überhaupt nicht wie eine Schwedin aus, und ich bin auch keine.

»Ich vertreibe mir die Zeit, indem ich von einer tollen Party zur nächsten eile und schöne junge Schauspielerinnen anmache. Und wenn ich dann eine entdeckt habe, die ungefähr neunzehn ist und gerade erst aus der Provinz gekommen, mit langen goldenen Haaren und einem festen, voll entwickelten Körper und diesem hungrigen Gesichtsausdruck, dann sage ich ihr einfach, wer ich bin.

Natürlich hat sie noch nie von mir gehört. Also erzähle ich ihr, daß ich ein berühmter Bühnenbildner bin, daß früher sogar Olivier persönlich es abgelehnt hat, in einem amerikanischen Film mitzuspielen, wenn ich nicht die Kulissen entwarf.

Und dann frage ich sie, ob sie nicht mit in mein Zimmer kommen möchte, um sich die ... äh ... *Entwürfe* für die Bühnenbilder für den Thebaner-Zyklus anzuschauen. Und dann verspreche ich ihr, daß ich einen Star aus ihr machen werde, und sie schmilzt in meinen Armen dahin. Sie kennen diese Masche, Miss Nestleton. Tja, so ungefähr. Das ist es, was ich so treibe.«

Er hielt mir das leere Glas hin.

»Na gut, Tony«, sagte ich, ohne ihm das Glas abzunehmen, »und jetzt, wo du in dein wirkliches Leben zurückgekehrt bist, was hast du jetzt vor?«

»Gib mir bitte erst noch einen Brandy.«

»Ich weiß nicht, Tony. Die Flasche ist fast leer.«

»Aber es ist doch schließlich immer noch Weihnachtszeit!«

Ich tat widerwillig, aber ich nahm das Glas und schenkte nach.

»Um die Wahrheit zu sagen, ich war kürzlich wirklich auf ein paar Partys. Und auf einer dieser Weihnachtsfeiern wurde viel von dir gesprochen.«

»Von mir? Wer denn?«

»Irgendein Regisseur. Ich weiß nicht mehr, wie er hieß.«

Ohne es zu wollen, stieß ich hervor: »Und was hat er gesagt?«

Tony lachte und nahm langsam einen Schluck von seinem Brandy, bevor er fortfuhr. Er machte es mit Absicht so spannend.

»Der Typ hat gesagt, ich zitiere: ›Alice Nestleton ist eine der besten Schauspielerinnen, die wir derzeit haben, aber sie wird niemals reich und berühmt werden ... niemals ein Star werden ... niemals in einer Limousine vor einem Restaurant vorfahren ... Sie wird nie ein Sommerhaus in der Dune Road besitzen.‹«

»Er hat vergessen zu sagen, daß sie sich niemals einen Schneider wird leisten können, der ihren Kamelhaarmantel ein bißchen ausläßt. Komm schon, Tony, du willst mich auf den Arm nehmen.«

»Nein, Alice, ich schwöre es. Ich schwöre es beim Haupte deiner seligen Großmutter. Der Typ hat gesagt, daß es zwei Gründe dafür gibt, daß du es bisher nicht weit gebracht hast und es auch in Zukunft nicht weit bringen wirst. Erstens, sagt er, bist du zu alt. Obwohl ich nicht dieser Meinung bin, Schatz. Das war wirklich gemein. Und zweitens, sagt er, bist du viel zu stur – ›eigenwillig‹ hat er dich genannt. Eigenwillig. Er sagt, du führst dich immer auf wie ein Theaterpapst, der heilige Anweisungen gibt.«

»Ha! Und was hast du gesagt?«

»Ich? Nichts. Ich war an der Unterhaltung gar nicht beteiligt. Ich habe nur zugehört.«

»Aha«, nickte ich. »Und du weißt wirklich nicht, wie er heißt?«

»Nee. Aber er sagte, du habest mal für eine Rolle bei ihm vorgesprochen, aber du hättest sie nicht bekommen. Ein Stück, das *Die verrückte Mrs. Heath* hieß, oder so ähnlich. Und er sagte, du hättest die Rolle nicht bekommen, weil du es abgelehnt hättest, mit dem entsprechenden Akzent zu sprechen. Die Rolle war die einer kalifornischen Protestantin der gehobenen Gesellschaftsschicht. Und du hast dem Regisseur gesagt, daß diese Leute reden wie Südstaatennutten und daß du nicht bereit seist, einen Südstaatenakzent zu imitieren. Oder so was Ähnliches.«

»Was für ein Unsinn!« explodierte ich. »Ja, natürlich habe ich für diese Rolle vorgesprochen. Ungefähr vor sieben Monaten. Und das Stück heißt *Das Verhör der Mrs. Heath*. ›Verhör‹, Tony, nicht ›verrückt‹. Und es war nicht so, daß ich zu irgendwas nicht ›bereit‹ gewesen wäre. Ich *hatte* die Rolle!

Außerdem: Ich habe mich *überhaupt nicht* mit dem Regisseur über irgendeinen blöden Akzent gestritten. Es ging vielmehr darum, daß er eine große Leinwand über der Bühne anbringen wollte, auf die während der Vorstellung irgendwelche schrecklichen, *künstlerischen* Kommentare projiziert werden sollten. Und das ist ja wohl so mit das scheußlichste, angeblich moderne Requisit, von dem man je gehört hat – einfach unerträglich kreativ. Und ich verdiene mir lieber mein Brot damit, daß ich für den Rest meines Lebens schlechtgelaunte Katzen entwurme, als mich mit einem bescheuerten Regisseur abzugeben, der keine Ahnung von ...«

»Schwedenmädel«, unterbrach Tony meine Tirade, »das ist doch alles, wie heißt das so schön, Schnee von gestern. Ich hab dir nur erzählt, was ich gehört habe. Wozu bin ich denn sonst im Moment noch gut?«

»Na, dir scheint es doch recht gut zu gehen, wenn du alle diese jungen Dinger flachlegst.«

»Ich habe wirklich Chancen bei denen, das stimmt schon. Ich glaube, das hängt mit meiner europäischen Seele zusammen. Irgendwie bin ich ein echter Renaissance-Typ, weißt du. Das muß es wohl sein, das und meine offensichtliche Verzweiflung.«

Ich hatte Bushy auf dem Schoß und tröstete ihn nach seiner kurzen Gefangenschaft bei Tony, der jetzt aufstand, mir den Kater behutsam abnahm und auf den Boden setzte.

»Was soll das?«

»Ich traue dem Typen nicht.«

»Wem, Bushy? Er ist der beste Freund, den ich je hatte«, sagte ich. »Du kennst mich, Tony. Wenn du mich lieben willst, mußt du auch meine Katze lieben.«

»Okay.«

Er gab mir einen sehr langen Kuß, und ich wehrte mich nicht.

Bushy knurrte.

»Hör zu«, sagte Tony vertraulich. Der Brandy begann offenbar zu wirken. »Ich glaube, wir müssen den Henry-Wyatt-Test machen, um mehr über den Charakter dieses Katers zu erfahren.«

»Henry wer?«

»Sir Henry Wyatt wurde von Richard III. in den Kerker geworfen, weil er auf der Seite des Hauses Lancaster stand. Du weißt schon, der Rosenkrieg.«

»Und was hat das mit Bushy zu tun?«

»Na ja, damals war ein Kerker kein sehr angenehmer Aufenthaltsort. Und Sir Henry hat nur überlebt, weil da eine kleine, traurig aussehende Katze war, die ihm immer Tauben zum Essen brachte. Und jetzt frage ich dich, Alice«, er schaute hinunter auf Bushy, »würde dieses Tier das auch für dich tun? Würde er das schaffen?«

Ich wußte nicht, was ich darauf antworten sollte. Die Vorstellung war einfach zu absurd. Also sagte ich nur: »Keinen Brandy mehr, Tony.«

»Okay«, stimmte er zu, »keinen Brandy mehr. Laß uns was anderes machen, Alice.«

Es war das plötzliche Klingeln des Telefons, das Basillio die Tour vermasselte. Verwundert ließ er mich los, und ich nahm den Hörer vor dem zweiten Läuten ab.

Am anderen Ende der Leitung war Lucia Maury. Dem Klang ihrer Stimme nach war sie in einem Zustand zwischen Apathie und Hysterie.

Sie sprach in abgehackten Halbsätzen. »Alice! Die Polizei ist hier ... hier in meiner Wohnung. O Alice!« jammerte sie, »die glauben ... ich hätte ... Dobrynin umgebracht.«

»Erzähl mir, was passiert ist, Lucia. Versuch ganz ruhig zu bleiben.«

Aber das konnte sie nicht. Ich verstand kaum, was sie sagte. Sie schrie etwas von einem Hausdurchsuchungsbefehl. »Hilf mir!« war das einzige, was ich deutlich verstehen konnte.

»Ich bin schon unterwegs, Lucia, okay? Ich bin in ein paar Minuten bei dir, okay?«

Sie hatte aufgelegt. Ich sah mich nach Tony um, der auf der Erde lag und dem argwönischen Bushy eine Spielzeugmaus vor die Nase hielt.

»Tony, ich muß weg. Bleib hier, wenn du möchtest. Ich erzähle dir später alles. Spiel mit den Katzen!«

Ich griff mir meine Tasche und meinen Anorak und warf die Tür hinter mir zu. Als ich die Treppen halb unten war, merkte ich, daß ich meine Handschuhe vergessen hatte. Aber ich ging nicht zurück.

5

Lucia wohnte in einem klotzigen alten Mietshaus in der Fifty-seventh Street zwischen der Eighth und der Ninth Avenue. Es war ein außergewöhnliches Haus, mit geräumigen Wohnungen, blitzsauberer Lobby und Fluren, einwandfreiem Service und Portiers in altertümlichen Uniformen. Mit anderen Worten, hier gab es jeden erdenklichen Komfort. Und die Mietpreise waren fest. Wie Millionen anderer hätte ich für eines dieser Apartments mit Freuden einen Mord begangen.

Die Wohnungstür stand offen, als ich eintraf. In der Wohnung herrschte außergewöhnlich hektische Betriebsamkeit. Uniformierte Polizisten und Beamte in Zivil liefen hin und her. Lucia saß stocksteif und mit weit aufgerissenen Augen stumm mitten in ihrem Wohnzimmer auf einem einfachen Holzstuhl.

Ich ging schnell zu ihr hinüber.

»Wer sind Sie?« Ein Mann stellte sich mir in den Weg.

Er war rothaarig und hatte ein Engelsgesicht. Er trug einen bunten Pullover mit Rentiermuster und Knopfleiste.

»Mein Name ist Alice Nestleton«, erwiderte ich gelassen. »Ich bin eine Freundin von Lucia. Und wer sind Sie?«

»Detective Wilson. Sind Sie die Anwältin?« fragte er höflich.

Ich schüttelte den Kopf. Dann kniete ich mich neben Lucia, die immer noch kein Wort sagte. Ich schaute zu dem Detective auf. »Warum tun Sie ihr das an?«

In seinem Kopf schien jemand den offiziellen Schalter gedrückt zu haben. Er öffnete einen Knopf an seinem Pullover.

»Sind Sie die Frau, die Miss Maury an dem bewußten Abend auf den Balkon gebracht hat?«

»Ja.«

Ich wiederholte die Frage, auf die er bisher nicht geantwortet hatte: Warum durchsuchte man Lucias Wohnung?

»Wir haben Durchsuchungsbefehle für ihre Wohnung und ihr Büro im Lincoln Center«, sagte er. »Dafür gibt es drei Gründe. Erstens: Es ist uns bisher nicht gelungen, Miss Maurys Alibi nachzuprüfen, das heißt, wir wissen nicht, wo im Theater sie sich aufgehalten hat, bevor sie in Ihre Loge kam. Zweitens: Sie war Sekunden nach der Tat am Tatort. Und drittens: Sie hatte eine unglückliche Liebesaffäre mit dem Verstorbenen.«

Ich stand auf. Ich war plötzlich schrecklich wütend auf diesen Mann. »Unglücklich, in der Tat!« äffte ich ihn nach. »Das ist doch einfach lächerlich, Detective.«

Mit der Andeutung eines Lächelns entschuldigte er sich und ging in eines der Schlafzimmer, die sehr dicke Wände hatten.

Während ich mich um die arme Lucia kümmerte, die immer noch zu aufgewühlt war, um zu sprechen, bemerkte ich unangebrachterweise abermals, wie toll diese Wohnung mit ihren hohen Decken war. Sie bestand aus zwei großen Schlafzimmern, zwei Badezimmern, einer riesigen Küche, einer Eßecke, diesem wundervollen Wohnzimmer und einem Labyrinth von Fluren.

Die Geräusche aus den anderen Räumen brachten meine Gedanken zurück zu Lucias mißlicher Lage. Ich hörte gedämpfte Stimmen, das Rascheln von Papieren und wie Schubladen aufgezogen und wieder geschlossen wurden. Mein Blick fiel auf einen üppigen, frischen

Nelkenstrauß, der in einer Kristallvase auf dem niedrigen antiken Tischchen vor dem stoffbezogenen Sofa stand. Ich fragte mich, ob die Polizei den auch schon »durchsucht« hatte. Hatten sie die Blumen herausgezogen und die Hand ins Wasser gesteckt? Der Gedanke war absurd und gleichzeitig deprimierend.

Dann ging ich zum Eßtisch hinüber, holte mir einen Stuhl und ging damit ins Wohnzimmer. Ich stellte ihn neben Lucia und setzte mich.

Sie war immer noch in ihrem Morgenmantel aus schokoladenbraunem Velours und trug dazu passende Pantoffeln. Die kleinen Bommeln oben auf den Schuhen waren albern und auch rührend.

»Kann ich irgendwas für dich tun, Lucia? Soll ich dir eine Tasse Tee machen?«

Sie bewegte den Kopf langsam von einer Seite zur anderen. Ihr muskulöser Tänzerinnenhals wurde starr. Mir war klar, daß sie gleich in Tränen ausbrechen würde.

»Weißt du was, Alice?« sagte sie leise, als die Tränen ihr aus die Augen zu rinnen begannen.

»Was denn, Liebes?«

»Ich wünschte, Splat wäre hier. Er fehlt mir so sehr.«

»Ich weiß«, sagte ich. »Er war ein wunderbarer Kater.« Ich wollte sie nicht nur aufmuntern. Ich großer, zutraulicher Maine-Coon-Kater war in der Tat ein phantastisches Tier gewesen. Sein schönes Fell hatte die Farbe blauen Rauchs gehabt – tief und kräftig.

Die Polizisten schienen ungedulig zu werden. Wir hörten, wie eine Schranktür zugeworfen wurde. Lucia schluchzte. Ich nahm ihre Hand und hielt sie ganz fest.

»Du hast mich damals nicht in *Raymonda* gesehen?« fragte sie.

»Nein.«

»Damals habe ich eine Saison lang mit dem San Francisco Ballet getanzt. Ein Kritiker sagte, ich sei großartig gewesen: ›anmutig, aber nicht aufgesetzt‹. Er sagte, mein Tanz enthülle mehr, als er verberge. Er sagte: ›Der Schlüssel zu Miss Maurys Sensibilität ist ... ist ... ‹ äh ...«

Lucia unterbrach ihre Erinnerungen abrupt, wandte sich mir zu und blickte mich plötzlich hart an. »Was geht hier eigentlich vor, Alice?« brüllte sie.

Ihr Tonfall war jetzt sehr sonderbar. Er schien nichts mehr mit dem Inhalt ihrer Worte zu tun zu haben. Es war, als würde sie sich weiter und immer weiter von der Normalität entfernen, vom gesunden Menschenverstand.

»Es wird bald vorbei sein«, sagte ich und hoffte, daß das als Antwort reichte.

Da klingelte das Telefon. Zweimal. Dreimal. Lucia schien das Geräusch wahrzunehmen, aber sie machte keine Anstalten aufzustehen. Statt dessen sagte sie verärgert: »Ich will, daß die endlich abhauen!«

»Ich gehe schon ran«, sagte ich und ging hinüber, um den Hörer abzunehmen.

Eine Stimme am anderen Ende bellte: »Holen Sie Wilson!«

Wilson?

»Sie haben sich verwählt«, sagte ich. In diesem Moment schaute ich auf und sah den Detective auf mich zukommen. *Ach ja, der heißt ja so.* Ich gab ihm den Hörer und ging zu Lucia zurück.

Detective Wilson hörte ungefähr dreißig Sekunden zu und nickte ab und an. Dann legte er auf.

Er kam entschlossenen Schrittes auf uns zu. Sein bunter Pulli war ein wenig hochgerutscht und enthüllte den Ansatz eines typisch männlichen Bierbauchs.

»Miss Maury, die Waffe ist gefunden worden. Sie war unter den Tisch in Ihrem Büro geklebt. Es ist eine Waffe vom Kaliber fünfundzwanzig, derselbe Typ, mit dem Dobrynin erschossen wurde.«

Wir warteten alle. Ich blickte Wison an, er Lucia und sie mich.

»Detective«, setzte ich an und versuchte, in scharfem, autoritärem Ton zu sprechen. Aber er unterbrach mich sofort.

»Haben Sie mir etwas zu sagen, Miss Maury?« Er war völlig auf Lucia fixiert. Ich glaube, ich hörte, daß sie leise schluchzte.

»Bitte ziehen Sie sich an«, befahl Wilson. »Miss Maury, ich nehme Sie wegen Mordverdachts fest. Ich bin gesetzlich verpflichtet, Sie darauf hinzuweisen, daß sie das Recht haben zu schweigen, das Recht ...«

Eine Welle des Mitgefühls für Lucia durchflutete mich in diesem Augenblick, und ich fühlte mich genauso verängstigt und hilflos, wie sie sich jetzt fühlen mußte. Ich konnte es nicht ertragen, zu hören, wie dieser Fremde sein Sprüchlein aufsagte. Es war einfach zuviel. Und so hielt ich mir wie ein kleines Kind die Ohren zu.

6

Es war dunkel, als ich nach Hause kam. Ich hatte das Gefühl, tagelang nicht in meiner Wohnung gewesen zu sein.

In dem Napf für das Trockenfutter der Katzen waren nur noch ein paar Bröckchen, also beeilte ich mich, eine Dose ihrer duftenden Lieblingsvorspeise zu öffnen. Aber irgendwie waren die Tiere nicht sehr angetan von dem Gedanken an eine Mitternachtsmahlzeit.

Ich ließ mich auf das Sofa fallen. Na gut, Lucia war im Gefängnis. So verrückt sich das auch anhörte, es war Realität. Ihr Anwalt war immer noch auf dem Polizeirevier.

Dann fiel mir mein Besucher wieder ein. Es kam mir vor, als sei das letzte Woche gewesen. Tony. Ich entdeckte eine Nachricht auf einem Zettel, den er von einem Block abgerissen und an die Eingangstür geheftet hatte. Ich holte den Zettel.

Schwedenmädel: Das einzige, wofür du zu alt bist, ist das Singledasein. Außerdem bist du dafür zu schön. Ich bin im Pickwick Arms Hotel. Ich wünschte, es würde dir gehören.

Basillio

Ich kannte das Hotel. Es war ein nicht allzu teurer Laden auf der östlichen Fifty-first Street, in dem vorwiegend Touristen aus Südamerika abstiegen.

Mit dem Zettel in der Hand setzte ich mich wieder auf das Sofa. Bushy kletterte neben mich. Wir schauten Pancho zu, der zweimal an meinen Beinen vorbeisauste und dann in der Küche verschwand.

Die Ereignisse des Tages hatten mich aus dem Gleichgewicht gebracht. Wie hatte das alles nur geschehen können? Die anständige, ordentliche Lucia im Gefängnis, unter Mordverdacht. Eine Pistole, die in ihrem Büro unter dem Tisch angeklebt war – *angeklebt*. Das hörte sich an wie aus einem Schundkrimi. Ich war überzeugt, daß sie nichts Böses getan hatte, aber der Gedanke, daß jemand versuchte, ihr einen Mord anzuhängen, war auch nicht gerade beruhigend.

Dann ließ ich einen kontrollierenden Blick durch

meine Wohnung gleiten. Hier mußte ein bißchen aufgeräumt werden. Ich mußte die Wäsche sortieren und eine ganze Reihe anderer kleiner Hausarbeiten verrichten, aber darauf konnte ich mich jetzt nicht konzentrieren. Auf einem der Sessel lag, in einem grünen Schnellhefter, ein Skript, das ich vor ein paar Tagen dort hingelegt und sofort vergessen hatte. Mein Agent hatte das Stück als schwarze Komödie beschrieben. Die Autorin war eine Frau aus New Hampshire, die bereit war, die Produktion aus eigenen Mitteln mitzufinanzieren.

Ich nahm geistesabwesend das Skript in die Hand. Der Titel lautete *Die Huren von Endor*. Ich blätterte es oberflächlich durch. Es war ein Drei-Frauen-Stück. Alle drei sind Patientinnen in einer eleganten psychatrischen Klinik namens »Endor«. Eine hat Bulimie. Die zweite ist paranoid. Und die dritte ist schizophren.

Ach ja. Dieses unbarmherzige, fröhliche Zeug. Das typische Ausdrucksmittel für Alice Nestleton. Würde es mich reizen, in so einem Stück mitzuspielen? Ich wußte es nicht. Alles, war ich tun konnte, war, auf die Worte zu starren und zu warten, daß die Zeit verging. Es war wie geistiges Stricken. Mein Kopf war ganz woanders: bei der Ballettaufführung, in Lucias Wohnung, im Untersuchungsgefängnis, wo alte Eisenstangen ihre Schatten über Lucias Gesicht warfen. Die Vokale auf den Seiten kamen mir auf groteske Weise bekannt vor. Sie erinnerten mich an das Loch in Peter Dobrynins Stirn.

Ich weiß nicht, wie lange ich noch dagesessen und die Seiten des Skripts umgeblättert hätte, wenn das Telefon nicht geklingelt hätte. Keiner meiner Freunde würde mich so spät noch anrufen. Ich hoffte nur, daß es keine schlechten Neuigkeiten waren.

Es war Frank Brodsky, Lucias Anwalt. Ich fragte ihn, wie es ihr ginge.

»Es wird schon werden«, versicherte er mir. »Morgen früh kriegen wir sie gegen Kaution frei.«

Dann bat er mich, am nächsten Morgen in sein Büro zu kommen. Er sagte, daß die Familie Maury großen Wert auf meine Hilfe lege. Natürlich stimmte ich sofort zu.

Frank Brodskys Büro lag in einem wunderschönen Gebäude aus hellem Stein in einer der östlichen Achtziger-Straßen, einen halben Block vom Central Park entfernt. Ich läutete, der Türsummer ertönte, und ich sah einen älteren Mann mit weißen Haaren oben an einer Wendeltreppe stehen.

»Hier entlang, Miss Nestleton.«

Ich ging hinauf. Dann standen wir uns gegenüber und gaben uns die Hand. Er war viel kleiner als ich, aber trotzdem eine beeindruckende Erscheinung. Er war sehr sorgfältig gekleidet: anthrazitfarbener Nadelstreifenanzug, Krawatte aus Moiréseide und eine Krawattennadel mit einem Rubin. Durch die Oberlichter über uns fiel in breiten Strahlen die Sonne herein.

Mr. Brodsky führte mich an seiner Sekretärin vorbei in einen elegant eingerichteten Raum, sein Arbeitszimmer. An den Wänden hingen atemberaubende Gemälde der Hudson-River-Schule – paradiesische Lichtungen, Schluchten und Berge. Obwohl ich nicht viel von Kunst verstehe, war auch mir sofort klar, daß es sich hierbei um Originale handelte. Das erinnerte mich an eine Teeparty, auf der ich einmal gewesen war, im Garten des Stadthauses einer reichen Witwe. Auch da war mir sofort klar gewesen, daß die Skulptur neben der Kapuzinerkresse ein *echter* Rodin war. So etwas spürt man einfach.

Wir setzten uns an einen blankpolierten Tisch, der mit Porzellantassen, passenden Untertassen und einer silbernen Kaffeekanne mit starkem französischem Kaffee gedeckt war. Brodsky schenkte uns beiden ein und bot mir dann aus einem Korb winzige Brötchen und Marmelade an. Ich war ein bißchen hungrig, aber irgendwie hatte ich das Gefühl, daß ich ablehnen sollte. Reichtum, Macht – und was sonst noch, Spießertum? – können diese Wirkung auf einen Menschen haben.

»Diese ganze ... *Situation* ist einfach schrecklich für Lucia«, begann er. »Sie und ich wissen, daß die Vorwürfe gegen sie zu Unrecht erhoben werden. Es ist einfach absurd, Miss Nestleton. Und wir wissen auch, wie unendlich unsere Freundin leidet. Aber es ist eine Tatsache, daß, wenn die ballistische Untersuchung ergibt, daß die Waffe, mit der Mr. Dobrynin umgebracht wurde, dieselbe ist, die in Lucias Büro gefunden wurde ... Nun, dann bin ich sicher, daß Anklage gegen sie erhoben werden wird.«

Er nahm einen Schluck Kaffee. »Wie Sie wissen, Miss Nestleton, sind die Maurys recht wohlhabend.«

Ich nickte. Irgendwie war mir das ein bißchen peinlich.

»Die Familie hat mir die Vollmacht erteilt, alles zu unternehmen, was zu Lucias Entlastung notwendig ist. Wir brauchen einen Ermittler, der seine ganze Aufmerksamkeit dieser ... Situation widmen kann. Nun, und mir ist zu Ohren gekommen, daß Sie in diesem Bereich gewisse Erfahrungen haben.«

»Ja.«

»Und ich habe auch gehört, daß Sie, obwohl Sie eine

sehr gut ausgebildete Schauspielerin sind, Schwierigkeiten habe, Rollen zu bekommen, die ... äh ... nicht unter Ihrem Niveau sind. Und daß Sie daher ein Unternehmen gegründet ... äh ... angefangen haben, sich um die Tiere anderer Leute zu kümmern, insbesondere um ihre Katzen.«

Ich mußte über seine umständliche, herablassende aber im Grunde doch nette Art, mir klarzumachen, daß er über meinen ständigen finanziellen Notstand im Bilde war, lachen.

»Es tut mir leid«, sagte er, und ein Ausdruck von Bedauern erschien auf seinem Gesicht. »Habe ich Sie verletzt?«

»Ganz und gar nicht, Mr. Brodsky.«

»Dann ist es ja gut. Also, nehmen Sie den Auftrag an?«

»Natürlich.«

»Das freut mich außerordentlich. Lucia wird sehr erleichtert sein.«

»Sagen Sie, Mr. Brodsky, was genau soll ich herausfinden?«

Er legte seine Hände vor dem Gesicht so zusammen, daß die Daumen sich berührten, als ob er seine Nachdenklichkeit unterstreichen wolle. Diese mottenzerfressene Geste hätte bei jedem guten Regisseur eine Woge der Entrüstung ausgelöst.

»Wissen Sie, Miss Nestleton, eigentlich bin ich schon fast im Ruhestand. Ich beschäftige mich nur noch ein wenig mit Vermögensverwaltung. Ich habe meinen Teil an Aufregung auf dem Gebiet der Kriminalität als junger Anwalt gehabt. Sie können es glauben oder nicht, ich habe sogar mal Meyer-Lansky in einem Prozeß wegen Steuerhinterziehung verteidigt. Es setzte sich ein wenig gerader hin. »Mr. Lansky wurde übrigens freigesprochen, wenn ich das hinzufügen darf. Aber ich schweife vom Thema ab. Was ich sagen möchte, ist, daß ich mit Privatdetektiven die Erfahrung gemacht habe, daß es kontraproduktiv ist, ihnen detaillierte Anweisungen zu geben. Das heißt, es ist am besten, dem Ermittler freie Hand zu lassen, damit er ganz unvoreingenommen an den Fall herangehen kann. Ich gehe davon aus, daß ein vertrauenswürdiger Ermittler sowohl professionell als auch intelligent ist, und bald zum Kern des Falles vordringen wird.«

»Kern?«

»Ja, der Kern des Falles: Wer hat Peter Dobrynin ermordet? Das ist es, was Sie herausfinden sollen. Denn das ist zweifellos das Argument gegen die Mordanklage für Lucia Maury.«

Dann zog er eine Schublade auf und holte ein Stück Papier heraus. Mit einem Finger schob er es zu mir herüber. Ich starrte auf den Scheck, der von einer Bank in Delaware stammte und eine unleserliche Unterschrift trug. Er war auf meinen Namen ausgestellt. Der Betrag war fünftausend Dollar.

Einen Moment lang war ich sprachlos. In einem ausgefeilten Ein-Sekunden-Traum fand ich den Mörder, zahlte alle meine Schulden, zog in Lucias Haus, sponsorte eine kleine Theatergruppe und stürmte bei Bendel's hinein, um die Verkäuferin damit zu beauftragen, den unglaublichen Strohhut mit den Leinenblumen für zweihundertvierzig Dollar aufzutreiben und mir zu verkaufen, den ich den ganzen vergangenen Sommer lang sehnsüchtig betrachtet hatte. Ich hatte mit einem symbolischen Honorar gerechnet, wenn überhaupt. Denn bestimmt wußten doch alle, daß ich Lucia auch helfen würde, selbst wenn ich dafür keine Bezahlung erhielt, selbst wenn sie weniger auf dem Konto hätte als ich.

Mr. Brodsky hatte offenbar großes Vertrauen in meine detektivischen Fähigkeiten, und ich bedankte mich bei ihm.

»Möchten Sie nicht doch eins probieren?« Er bot mir noch einmal die Minibrötchen in dem Weidenkörbchen an. »Die sind aus unserer bevorzugten Bäckerei, sie sind wirklich köstlich.«

Ich blickte auf die Brötchen und das Marmeladenglas.

»Vielen Dank, Mr. Brodsky«, sagte ich, »ich habe keinen Hunger.«

7

»Was ist eigentlich los, Alice? Du holst mich mit dem Taxi ab und entführst mich ins Schlaraffenland. Seit wann kannst du dir solche Restaurants leisten?«

Basillio saß vornübergebeugt und starrte die Leute an den anderen Tischen an. Vielleicht war es ihm ein bißchen peinlich, weil er nicht passend gekeidet war. Ich hatte ihn in ein neues, sehr vornehmes Restaurant in den westlichen Zwanziger-Straßen »entführt«. Nouvelle cuisine Americaine mit italienischem Anstrich in Flohmarktambiente, so war es mir beschrieben worden.

Wir nippten unseren Moët Chandon und kosteten von der Vorspeise, die soeben serviert worden war: winzige gedünstete Muscheln, jede mit einem Klecks einer grünen Paste, auf dem Teller kunstvoll in einem kleinen Kräuterwald arrangiert. Das Zeug war atemberaubend und kostete siebzehn Dollar fünfzig.

»Okay, Alice«, sagte Tony und sah mich grinsend an.

»Ich hab's jetzt. Du hast deinen Stolz runtergeschluckt und eine Rolle in einer Seifenoper angenommen. Und du hast eine Vorauszahlung auf dein Honorar erhalten. Stimmt 's? Und gleichzeitig ist dir klar geworden, daß es albern ist, dich mir gegenüber so abweisend zu verhalten wie in letzter Zeit. Deshalb versuchst du jetzt, meine Zuneigung zu erkaufen. Du hast dir endlich selbst eingestanden, daß du verrückt nach meinem Körper bist, stimmt's? Dies ist schlicht und ergreifend ein Verführungsessen.«

»Da liegst du leider in jeder Hinsicht schief, Schätzchen«, sagte ich, nachdem ich eine der Muscheln verzehrt hatte, die angenehm heiß waren. »Ich bin engagiert worden, um den Mord an Peter Dobrynin aufzuklären.«

Er sah mich ungläubig an. »Du meinst diesen verrückten Tänzer, der Heiligabend erschossen wurde?«

»Ja.«

»Und warum ausgerechnet du?«

»Ich war im Ballett, als es passiert ist. Und eine alte Freundin von mir, Lucia Maury, wird vermutlich des Mordes angeklagt werden. Falls ich nicht etwas herausfinde, das sie entlastet.«

»Lucia ...« Tony ließ sich den Namen auf der Zunge zergehen. »Kenne ich sie?«

»Vielleicht hast du sie mal bei mir getroffen, vor vielen Jahren, damals, als ich noch auf der West Side gewohnt habe.«

Dann erzählte ich alles, was geschehen war: Wie die Leiche gefunden worden war, von der Durchsuchung in Lucias Wohnung, der Pistole, die unter ihrem Schreibtisch geklebt hatte, und meinem Treffen mit dem Anwalt Frank Brodsky.

Er aß genüßlich die Muscheln auf, während er zuhörte.

»Und jetzt möchtest du, daß ich dir bei den Ermittlungen helfe.«

»Ja, Tony. Ich glaube, du brauchst mal eine Pause vom Verführen junger Schauspielerinnen – aus gesundheitlichen Gründen.«

Er lachte und trank seinen Wein aus. Ein magerer junger Kellner kam an den Tisch, um nachzuschenken, aber Tony winkte ab und goß selbst ein.

»Außerdem glaube ich«, sagte ich, »daß du vielleicht an der Hälfte meines Honorars Interesse haben könntest, zweitausendfünfhundert Dollar. Natürlich abzüglich dessen, was dieses lumpige Menü hier kosten wird.«

Er schaute mich verschmitzt an. »Ist das nicht komisch, Alice? Ich bin in der Tat momentan etwas knapp bei Kasse. Der Typ, der meine Copy-Shops gekauft hat, wird wahrscheinlich Pleite machen. Das heißt, daß die Wechsel, die er mir gegeben hat, wahrscheinlich pro Dollar nur noch zehn Cents bringen werden, nachdem das Konkursverfahren abgeschlossen ist. Und ich habe schon seit zwei Monaten keinen Unterhalt mehr für meine Kinder bezahlt, und meine Ex droht mir schon mit einer langen Gefängnisstrafe. Dazu kommt noch, daß sie mich für diese Brecht-Inszenierung an der Universität von Texas in Austin, wo sie wirklich die große Knete haben, nicht nehmen werden. Zweitausendfünfhundert scheint mir ein angemessener Preis für meinen Körper.«

»Nicht für deinen Körper, Tony, für dein Hirn.«

Wir hatten den Hauptgang noch nicht bestellt, aber jetzt war es an der Zeit. Tony entschied sich für einen würzigen Eintopf aus wildem Kaninchen. Ich nahm Bachforelle mit Naturreis und Paprika.

Während wir auf das Essen warteten, tranken wir Wein.

»Um ehrlich zu sein, Alice, ich bin kein großer Ballettfan.«

»Das macht nichts«, versicherte ich ihm. »Wir wollen einen Mord aufklären und nicht an einem intellektuellen Quiz teilnehmen.«

»Es ist ja auch nicht so, daß ich Ballett nicht mag. Im Gegenteil. Ich finde es wunderbar.«

»Ich glaube, du hast mich falsch verstanden, Tony. Jedenfalls weiß ich nicht, was du meinst.«

»Das wundert mich nicht, Watson. Ich bin ein sehr kompliziertes Wesen. Schau, es ist ungefähr sieben Jahre her, daß ich zum letzten Mal im Ballett war. Freunde meiner Frau hatten uns eingeladen. Wir haben die *Dunklen Elegien* von Antony Tudor gesehen. Kennst du das, Alice?«

»Nein.«

»Nun, es war faszinierend. Ich war total überwältigt. Es war buchstäblich das Schönste, was ich je gesehen habe. Ich schaute zu, und mir wurde klar, daß das die absolute Definition von Schönheit war. Die Musik. Die Choreographie. Das Bühnenbild. Die ganze Mischung. Und während ich dieses großartige Schauspiel betrachtete, habe ich angefangen, mich selbst zu hassen. Weil ich zugeben mußte, daß ich nie im Leben, unter welchen Umständen auch immer, auch nur annähernd die Intensität und das Ausmaß dessen erreichen würde, was sich da auf der Bühne abspielte. Es hat mich zutiefst deprimiert. Wie ich schon sagte, ich haßte mich selbst. Deshalb bin ich nie wieder ins Ballett gegangen.«

Wie die meisten von Tonys Ausführungen war auch dies ein wenig übertrieben. Und wie alle seine Erklärungen enthielt auch diese ein glänzendes Körnchen Wahrheit – vielleicht.

Wir waren beide völlig ausgehungert, und als das Essen kam, fielen wir geradezu darüber her und verzehrten es in friedlicher, genießerischer Stille. Alles war ganz ausgezeichnet. Wir tunkten die Saucenreste von unseren Tellern mit Brocken von (sehr originellem) Sauerteigbrot mit Leinsamen auf. Ja, es war ausgezeichnet, wie wir etwas widerwillig feststellen mußten, sogar die Stühle und der Tisch und die gedämpften Georgina-O'Keefe-Farben, sogar die indirekte Beleuchtung, die ich normalerweise nicht leiden kann. Es war alles exquisit und sündhaft teuer.

Als wir den Nachtisch aufgegessen hatten – ich konnte den gebratenen Bananen nicht widerstehen, Tony nahm ein mexikanisches Bananensoufflé, und wir tauschten nach der Hälfte –, bestellten wir Kaffee und Cognac. Wir lehnten uns zurück, beobachteten die anderen Gäste und sogen die Atmosphäre auf, denn uns war beiden klar, daß wir nie wieder hier essen würden.

Jetzt waren ernste Angelegenheiten zu besprechen. Ich erklärte ihm, was wir als nächstes tun würden. »Ich möchte, daß du morgen in die Bibliothek für darstellende Künste gehst. Und ich gehe in die Mid-Manhattan-Library. Was ich brauche, ist die Biographie von Peter Dobrynin.«

»Glaubst du, jemand hat eine geschrieben?«

»Nein, nein, ich meine, daß wir sie rekonstruieren müssen. In der Mid-Manhattan-Library gibt es sämtliche Ausgaben der *New York Times* auf Mikrofilm und dazu alle Nachrichtenmagazine. Du schaust alle alten

Ausgaben sämtlicher Tanzzeitschriften durch. Wir brauchen jede noch so kleine Information, die uns dabei helfen kann, den Verblichenen mit Leben zu erfüllen.«

»Ich habe verstanden, Alice. Lern den Menschen kennen, bevor du die Rolle spielst. Mit anderen Worten, bereite dich vor.«

»Genau. Und morgen abend treffen wir uns in diesem Laden auf der Seventy-second Street. Du weißt schon, in der Nähe von West End.«

»Okay. Gegen sieben?«

Die Rechnung kam. Unwillkürlich stieß ich einen kleinen Schrei aus. Dann mußte ich niesen.

Ich verbrachte sieben anstrengende Stunden in der Bibliothek, bewaffnet mit einem großen gelben Block und drei Kugelschreibern in unterschiedlichen Farben. Es gab Hunderte von Verweisen auf Dobrynin in den verschiedenen Karteien. Ich hatte auch nichts anderes erwartete. Er war schließlich einmal im wahrsten Sinne des Wortes ein Star gewesen. Aber Informationen über sein Leben – abgesehen von den Rollen, die er getanzt hatte, den Partys, auf denen er gewesen war, und den Frauen, die er flachgelegt hatte oder mit denen er gesehen worden war – gab es nur wenige.

Als ich im *All-State Café* eintraf, war Tony schon da. Er saß an einem Tisch, nicht an der Bar, und er machte einen aufgebrachten, aber völlig erschöpften Eindruck.

»Und, machen die Recherchen Spaß, Mr. Basillio?« fragte ich, setzte mich neben ihn und bestellte bei der Kellnerin eine Bloody Mary ohne Eis.

»Schwedenmädel«, sagte er mit glänzenden Augen, »diese Tanzkritiker sind total bescheuert. Die schreiben völlig überkandideltes Zeug. Weißt du, was ich meine? Dagegen lesen sich Theaterkritiken wie die Werke von Minimalisten. Hör dir bloß diesen unsinnigen Mist an, dieses Gelaber. Es ist eine Beschreibung Dobrynins von einem Kritiker, der einen seiner ersten Auftritte in *Schwanensee* gesehen hat. Hör zu!«

Er klappte seinen Block auf und las mit spöttischer Stentorstimme:

»*Dobrynin war eine Offenbarung. Die anderen männlichen Tänzer wirkten angestrengt und verwechselten offenbar Ausdruckskraft mit Aufdringlichkeit. Der begnadete Dobrynin dagegen übertraf sie alle, glitt durch lange, präzise und ungeheuer virtuose Drehsprünge und vollführte exorbitante Pirouetten, die von schwungvollen Ausfallschritten der vierten Position ihren Ausgang nahmen und ebenso endeten. Seine Bewegungen führt er völlig ohne Anstrengung, ja nachgerade seidig aus, das expressive Potential seiner Mittänzer wirkt im Vergleich dazu äußerst limitiert. Er ist feingliedrig fast bis zur Schmächtigkeit, dabei kraftvoll und von ausgezeichneter Musikalität, und dazu mit einem so schönen Gesicht gesegnet, daß es auf Porzellan gemalt zu sein scheint.*«

Tony machte ein Pause, das Gesicht voller Schadenfreude nach diesem Vortrag. »Warte! Es geht noch weiter. Da ist noch ein Satz, den ich dir unbedingt vorlesen muß, Alice.« Er blätterte hektisch in seinen Notizen, dann hatte er endlich gefunden, was er suchte:

»*Dobrynins einzig sichtbare Schwäche während seines Auftritts war die Tatsache, daß seine doppelten* Tours en l'air *alles andere als sicher waren.*«

Erschöpft ließ Tony sich in seinem Stuhl zurückfallen.

»Es freut mich, daß du dich so gut amüsiert hast, Tony.«

»Dieser Quatsch ist wirklich unbezahlbar, Alice. Unbezahlbar.«

Ich blieb still und wartete, bis er seine Machoenergie verpulvert hatte. Vielleicht würde ich Tony irgendwann sagen, daß das, was er da gerade vorgelesen hatte, mir alles andere als »bescheuert« erschien. Denn es war wirklich wesentlich konkreter als vieles von dem Unsinn, den wir beide über das Theater gelesen hatten.

»Hmm, ja«, murmelte ich zustimmend. »Aber sag mal, hast du irgendwelche *Fakten* gefunden, Tony? Deshalb warst du doch schließlich in der Bibliothek.«

»Ein paar.«

Wir tranken weiter, bestellten Hamburger und eine Portion Pommes frittes für uns beide und tauschten aus, was wir heute herausgefunden hatten. Wir überlegten hin und her, während wir versuchten, eine erste Zusammenfassung der wichtigsten Lebensdaten von Peter Dobrynin zu erstellen.

Dabei kam mehr oder weniger folgendes heraus:

Dobrynins Vater war in den zwanziger Jahren von Rußland nach England emigriert. Er hatte eine Amerikanerin geheiratet und war dann nach Rußland zurückgekehrt, wo er viele Jahre als Übersetzer für das britische Konsulat in Leningrad tätig gewesen war. Peter war schon als kleiner Junge auf die Ballettschule des Kirow-Theaters geschickt worden und war der erste Tänzer ohne russische Staatsbürgerschaft gewesen, der in das berühmte Kirow-Ensemble aufgenommen worden war.

Nachdem die Familie wieder nach England gezogen

war, hatte Peter eine Weile mit dem Royal Ballet getanzt, bevor er nach Amerika ging.

Er hatte bereits mehrere Jahre in Manhattan gelebt, als sein kometenhafter Aufstieg begann. Und dann hatte die plötzliche Welle von Geld und Ruhm ihn offenbar aus dem Gleichgewicht gebracht.

Tony trank seinen Kaffee aus, bestellte einen Brandy und sagte: »Na, ich glaube, wir haben ganz gut gearbeitet. Da hast du deine Biographie.«

»Nicht ganz. Eine ziemlich unvollständige Biographie vielleicht.«

»Wieso denn das?«

»Die drei Jahre vor dem Mord liegen völlig im dunkeln. Ist Dobrynin wirklich ein Penner geworden? Was ist mit ihm passiert? Er kannte Dutzende reicher Leute. Wenn er in Schwierigkeiten war, warum hat er sich dann nicht an einen von denen um Hilfe gewandt? Hat es Warnzeichen gegeben, daß er nicht nur ein Säufer und ein Frauenheld war, sondern ein psychisch tief gestörter Mensch? Wer hat ihn am besten gekannt? Seine Ängste, seine persönlichsten Gedanken, seine Geheimnisse, mal angenommen, er hatte welche? Verstehst du, was ich meine? Dobrynin war kein Arbeiter, der den Job verloren hat und zur Fürsorge gehen mußte, weil er seine Familie nicht mehr ernähren konnte. Es muß da eine ziemlich verwickelte Geschichte geben, bis er schließlich auf diesem Balkon endet, mit verfilzten Haaren und ohne Schuhe.«

»Ja, klar«, sagte Tony. »Das alles fehlt. Aber du hast doch wohl nicht erwartet, diese Art von Informationen in der Bibliothek zu finden, oder? So was kann man nur von Leuten erfahren, die ihn gekannt haben.«

»Da hast du recht, Tony, völlig recht. Und deshalb

gehen wir beide auch morgen Lucia besuchen. Wir müssen etwas tiefer graben. In der Regel wissen die Leute Dinge, von denen sie nicht mal wissen, daß sie sie wissen.«

»Mörder machen mich nervös, Alice.«

»Das ist nicht witzig!« gab ich wütend zurück. »Lucia ist keine Mörderin!«

»Okay, okay, beruhigen Sie sich wieder, Miss Sherlock! Du weißt, daß ich alles, wirklich alles tun würde, damit du mit mir Händchen hältst.«

Ich blickte ihn lange an und viele Gedanken über den verrückten Basillio schossen mir durch den Kopf. Natürlich machte ich mir auch Sorgen um ihn. Wieder einmal war ich erstaunt, als mir bewußt wurde, daß er und ich einmal ein Liebespaar gewesen waren. O ja, ich hatte ihm noch einiges zu sagen – und zwar bald. Aber nicht jetzt.

8

Lucia saß auf ihrem riesigen Sofa, als Basillio und ich ihre Wohnung betraten. Obwohl sie nur kurze Zeit im Gefängnis gewesen war, konnte man ihr die traumatische Erfahrung doch deutlich ansehen. Ihre Haut war straff über das Gesicht gespannt und kalkweiß. Sie bewegte ihre Hände ruhelos im Schoß, als ob ihre Finger auf der Suche nach einer tänzerischen Geste seien.

Auf der anderen Seite des großen Raumes saß eine Fremde: eine hübsche kleine schwarze Frau mittleren Alters. Sie las in einer französischen Zeitung.

Ich machte Lucia und Tony miteinander bekannt. Daß sie keine Anstalten machte, uns die Frau vorzustellen, bestätigte meine Annahme, daß es sich um eine Krankenschwester handeln mußte. Wahrscheinlich hatte die Familie Maury sie engagiert, damit sie nach diesen erschütternden Erlebnissen ein Auge auf Lucia hatte.

»Man sieht es deiner Freundin wirklich an, daß sie einen Haufen Probleme hat«, flüsterte Tony mir zu, als ich mich gerade neben Lucia auf das Sofa setzen wollte.

Ich glaube nicht, daß Lucia mitbekommen hatte, was Tony gesagt hatte, aber sie war ganz offensichtlich nicht erfreut über seine Anwesenheit. Er blieb stehen, wippte auf den Fersen hin und her und lächelte. Er trug ein einfaches Sweatshirt und eine schwarze Hose von der Art, wie auch Busfahrer sie tragen. Immer mehr Menschen schienen sich in diesen Tagen in Tonys Gegenwart unbehaglich zu fühlen, und zwar weniger wegen seiner Kleidung als wegen seines Grinsens, das meistens völlig unangebracht war.

Lucia griff nach meinem Arm, und ich wäre beinahe zusammengezuckt – ihre Hand war kalt wie Eis.

»Ja, so ist es gut, Alice«, sagte sie. »Komm her und setz dich neben mich, wie Splat es immer getan hat. Ich kann den alten Kerl förmlich vor mir sehen, wie er hier sitzt und sich putzt.«

Ich nickte. »Lucia, hat Frank Brodsky dir von unserem Gespräch erzählt?«

»Ja. Ich bin dir so dankbar für deine Hilfe, Alice.« Plötzlich wurde ihre Stimme schrill. »Du mußt mir helfen, Alice! Diese Pistole gehört nicht mir! Ich habe keine Ahnung, wie sie da hingekommen ist, das schwöre ich! Sie gehört mir nicht!«

»Hör mir mal zu, meine Liebe«, sagte ich bestimmt. »Mich brauchst du davon nicht zu überzeugen. Aber ich muß jetzt jemanden finden, der weiß, wo und wie Dobrynin seine letzten Jahre verbracht hat. Nachdem er ... ausgestiegen ist, wenn man das so nennen kann. Nachdem er einfach alles hingeschmissen hat.«

»Er ist wahrscheinlich obdachlos gworden.«

»Das weiß ich. Aber vielleicht hat er mit irgendeinem seiner ehemaligen Bekannten manchmal noch Kontakt gehabt, auch wenn er den größten Teil seiner Zeit unter dem West Side Highway verbracht hat.«

»Du hast ja keine Ahnung, Alice, in was für einem Zustand er war. Es war unmöglich, vernünftig mit ihm zu reden. Er war völlig durchgedreht.«

Ich schwieg einen Augenblick. »Woher weißt du denn, daß man nicht ›vernünftig mit ihm reden‹ konnte? Wenn du keinen Kontakt mehr zu ihm hattest, woher weißt du dann, daß er durchgedreht war?«

»Ich weiß es halt!« stieß sie mit der Kraft der Verzweiflung hervor, so daß die schwarze Frau drüben schon aufstehen wollte.

»Lucia«, sagte ich langsam, »du hast gesagt, daß du Dobrynin nach dem Ende eurer Affäre nicht wiedergesehen hast. Ist das die Wahrheit oder nicht?«

Lucia wich meinem Blick aus. »Nein«, sagte sie verbittert, »ich habe ihn danach noch einmal gesehen.«

»Nachdem er von der Bildfläche verschwunden war?«

Sie nickte und hatte offenbar Schwierigkeiten, ihre Fassung zu bewahren. Tony, der während unserer Unterhaltung langsam näher gekommen war, trat jetzt wieder einen Schritt zurück, als ob er Lucia Luft lassen wollte.

»Er hat hier einen furchtbaren Aufstand gemacht«, fuhr sie fort. »Es war wirklich schrecklich. Er kam ins Haus und verlangte mich zu sprechen. Der Portier hat versucht, vernünftig mit ihm zu reden, aber am Ende hat er ihn rausgeworfen. Es war wirklich ein dummer Zufall, aber ich kam gerade von der Arbeit nach Hause, als er noch unten in der Lobby war.«

»Warum war er denn überhaupt gekommen?«

»Er wollte in meiner Wohnung bleiben, nur ein paar Tage, hat er gesagt. Er war völlig verrückt, stolzierte in der Lobby herum und kreischte. Seine Sachen waren total verdreckt, und er roch wie …« Sie rang nach Luft. »Ich habe nein gesagt. Wir haben uns gestritten. Dann hat jemand die Polizei gerufen.«

Sie unterbrach ihre Erzählung abermals und beugte sich vor, als ob sie Magenkrämpfe hätte.

»Und was ist dann passiert?« fragte ich und versuchte, ihren Kummer so gut es ging zu ignorieren.

Lucia weinte jetzt. »Er hat gesagt – nachdem er mir die fürchterlichsten Schimpfworte an den Kopf geworfen hatte – ich sei auch nur eine von der langen Liste der Leute, die ihn geliebt hätten, als er ganz oben war, die alle Lebenskraft aus ihm herausgesaugt hätten und jetzt, wo er ganz unten war, nichts mehr mit ihm zu tun haben wollten.«

»Hat er noch was gesagt?«

»Nein. Nein. Er ist ein paar Sekunden, bevor das Polizeiauto kam, abgehauen.«

»Hat er Namen von anderen genannt, die auch nichts mehr mit ihm zu tun haben wollten?«

»Ich glaube schon.« Sie schneuzte sich die Nase. »Ich weiß nicht, ja, vielleicht.« Sie schüttelte den Kopf. »Er war auf uns alle schrecklich wütend. Ich glaube, er hat Melissa erwähnt. Und Betty Ann Ellenville. Louis Beasley. Die hab ich dir alle bei der Trauerfeier gezeigt.«

Lucia stemmte sich aus dem Sofa hoch, als ob sie dreihundert Pfund wöge.

Die Schwester kam schnell und geräuschlos herbeigelaufen und blieb dann rücksichtsvoll in einiger Entfernung stehen, um Lucias nächste Bewegung abzuwarten. Sie stand nah genug, um sie zu stützen, falls sie stolpern sollte, aber weit genug entfernt, um ihr nicht das Gefühl zu vermitteln, irgendwie behindert zu sein. Ich beneidete sie um diese taktvolle, diskrete Art.

»Ich bin müde, Alice, ganz schrecklich müde«, sagte Lucia. »Ist sonst noch was? Würdest du mich bitte entschuldigen, aber ich muß unbedingt schlafen.«

»Nein, nein, geh nur«, sagte ich. »Ich ... wir hören voneinander.« Ich nickte der anderen Frau zum Abschied zu.

Lucia verließ den Raum im Schneckentempo, die Krankenschwester ging in der gleichen Geschwindigkeit hinterher.

»Die haben sie ja ganz schön vollgepumpt«, bemerkte Tony, als sie hinaus war.

Natürlich. Ich hatte mit einer Frau gesprochen, die unter starken Beruhigungsmitteln stand.

Wir verließen die Wohnung und warteten im Hausflur auf einen der majestätischen Fahrstühle.

»Hat das Spiel jetzt angefangen, Sherlock?« fragte Tony provozierend. »Krempeln wir jetzt die Ärmel hoch und legen los?«

»Was?«

»Das Spiel, Alice. Die Jagd. Du weißt schon. Auswerten und ermitteln. Suchen und finden. Schnüffeln und zuschlagen. Du hast doch schon wieder dieses alte Jagdfieber. Das sehe ich doch in deinen babyblauen Augen.«

»Es reicht mit den Metaphern, Tony. Und du weißt ganz genau, daß meine Augen nicht babyblau sind.«

Er ignorierte meine Bemerkung und versuchte statt

dessen, im Flur einen komplizierten Ballettsprung zu vollführen. Es war lächerlich. Bevor er sprang, verkündete er: »Ein doppelter *Tour en l'air.*«

Er knallte heftig gegen die Wand und sank dann zu Boden. Die Szene erinnerte mich an einen Slapstick.

»Um Gottes willen!« Ich rannte zu ihm, der wie gelähmt dasaß, und half ihm auf die Beine. Er hielt sich an meinem Arm fest, humpelte zu dem inzwischen eingetroffenen Aufzug und trat vorsichtig hinein.

Basillio schwieg beschämt. Während wir hinunterfuhren, wurde mir klar, daß seine Bemerkung über mein »Jagdfieber« mehr als nur ein Körnchen Wahrheit enthielt. Ich wollte natürlich wirklich Lucia aus der Patsche helfen, aber ich mußte zugeben, daß der Gedanke daran, in der Haute volée des Balletts zu ermitteln, ausgesprochen verlockend war.

Aber im Gegensatz zu Tony würde ich niemals auch nur ansatzweise versuchen, irgendeinen Sprung zu vollführen. Erstens – ich blickte hinüber zu dem armen Basillio, dessen Gesicht knallrot war und der offensichtlich starke Schmerzen hatte – führen Frauen selten diese Sprünge aus. Und zweitens – es war mir egal, daß er sah, daß ich mir das Lachen kaum verkneifen konnte – ist meine Krankenversicherung immer kurz davor, mir den Vertrag zu kündigen. Und was Tonys Krankenversicherung betrifft, würde ich meine Seele dafür verwetten, daß er gar keine hat.

9

Eine meiner Stammkundinnen hatte, als wir gerade zusammen eine Tasse ihrer speziellen Kräutertee-Hausmischung tranken, einmal gesagt: »Du kannst einen gehäuften Löffel Kaviar auf ein Stückchen in Milch getränktes Brot geben und es ein paar Meter von einer Katze entfernt auf den Boden legen. Egal, wie scharf die Katze auf den Kaviar ist, sie wird nie geradewegs darauf zugehen – wie ein hungriger Hund oder ein Vogel oder eine Biene das machen würden. Denn Katzen nähern sich ihrem Futter niemals auf direktem Wege«, betonte sie.

»Es gibt Leute, die die These vertreten, daß das daran liegt, daß Katzen sich ihrem Freßnapf auf die gleiche Weise nähern wie ›lebendem‹ Futter, das sie erst töten müssen, um es zu bekommen. Sie kreisen es ein, sie pirschen sich langsam heran.

Ich bin fest davon überzeugt, daß sie ein nahezu magisches geometrisches Ritual ausführen, das nur Katzen und Katzenähnlichen bekannt ist. Deshab beschreiben sie oft Quadrate, Dreiecke und andere solcher Formen, bevor sie endlich zu ihrem Freßnapf gehen.«

Damals hatte ich mich nicht näher auf diese Ausführungen eingelassen. Ich hatte einfach meinen Scheck genommen, und tschüs zu Hilda, einer unglaublich schönen weißen Angorakatze, und Waldo, einem getiegerten Kater, der halb so groß war wie ein Dobermann, gesagt. Aber jetzt, als ich in Louis Beasleys ziemlich merkwürdiger Wohnung saß, ging mir diese abenteuerliche These über die geometrischen Bewegungen von Katzen wieder durch den Kopf. Louis Beasley hatte mir endlich gestattet, ihn zu befragen, und jetzt saß ich in seiner Wohnung, die gleichzeitig auch sein Büro war, in der Fifth Avenue 2.

In dem Raum, in dem dieser weltberühmte, prächtig gekleidete Impresario, der an ein Schweinchen erinnerte, mich empfing, waren komischerweise keine Möbel, mit

Ausnahme eines Sessels und mehrerer Schreib- oder Zeichentische, die auf hohen Drehgelenken angebracht waren. An den Wänden befanden sich kunstvoll eingebaute Aquarien, in denen in allen Farben schillernde Fische wie Klingen durchs Wasser schossen.

Beasley saß in einem Ohrensessel, eine cremefarbene Wolldecke über den Beinen.

Sein Liebhaber oder Mitbewohner oder Sekretär – man weiß ja nie so genau, wie man in einer Welt voller Singles eine Beziehung bezeichnen soll – lief unaufhörlich um uns beide herum, aber vor allem um Beasley, als ob der rotbackige alte Mann eine potentielle Futterquelle sei. Daher meine Assoziationen mit Kaviar und Katzen. Denn genau so war es: Beasley war der Kaviar auf einem großen, leckeren Kracker, und Vol Teak war die Katze, die ihre fast mystischen geometrischen Formen beschrieb.

Zu Anfang war Beasley ausgesprochen unfreundlich gewesen. Er hatte mich ganz schön in die Mangel genommen, um herauszufinden, was für eine Art »Ermittlerin« ich denn nun eigentlich war, wobei er das Wort »Ermittlerin« so aussprach, als sei das etwas Unanständiges.

Aber in dem Augenblick, als ich ihm sagte, Lucia habe erzählt, Peter Dobrynin sei wütend darüber gewesen, daß Beasley ihn fallengelassen hätte, als er ihn gebraucht habe, wurde der gebieterische Impresario plötzlich ganz klein und begann mit einem nicht enden wollenden Monolog.

»Ja, ich habe ihn in diesem würdelosen Zustand gesehen. Das war Weihnachten vor drei Jahren. Da war das Schlimmste schon passiert. Daß er eine großartige Karriere hingeschmissen hatte, war eine wahre Tragödie.

Aber der Mann, der da vor mir stand, hatte *alles* hingeschmissen, alle menschliche Würde. Einfach weggeworfen! Er hat mich auf der Straße angesprochen. Zuerst habe ich ihn gar nicht erkannt. Dieser große Tänzer ... dieser Gott ... dieses Naturereignis ... stand da wartend in einem Hauseingang. Völlig verdreckt. Betrunken. Nicht bei Sinnen. Und er verlangte von mir, daß ich ihn aufnehmen sollte!« rief Beasley aus, und die Ungläubigkeit, die er in der Nacht damals empfunden haben mußte, war jetzt wieder aus seiner Stimme herauszuhören. »Er hat mich nicht darum *gebeten*, er hat es *verlangt*! Er wurde ausfallend, gewalttätig. Und er stank ganz fürchterlich, er mußte sich irgendwo im Dreck gewälzt haben. Und deshalb habe ich ihn natürlich weggeschickt. Es war einfach mehr, als ich ertragen konnte. Es war zu deprimierend. Dobrynin war es genauso ergangen wie all den anderen. Und es gab keine Möglichkeit, ihn wieder zurückzuholen.«

»Welche anderen?« unterbrach ich ihn.

Es konnte keinen Zweifel daran geben, daß ich ihn schwer beleidigt hatte, indem ich ihn unterbrach. Und anstatt meine Frage zu beantworten, rief er über die Schulter nach Vol, der in seinen ausgewaschenen Jeans und einem zu kleinen T-Shirt ziemlich fesch aussah: »Ich glaube, es ist Zeit für den Kaffee, nicht?«

Teak nickte zustimmend, machte aber keinerlei Anstalten, Kaffee zu kochen.

Jetzt wünschte ich mir, daß Tony mit seinem verunsichernden Grinsen hier wäre. Jetzt wäre mir seine Fähigkeit, die Leute ein wenig aus der Fassung zu bringen, sehr zugute gekommen. Aber er lag im Hotel im Bett, um von den Wunden zu genesen, die er sich in Lucias Flur selbst beigebracht hatte.

»Ich meinte die anderen großen Tänzer.« Beasley hatte seinen Monolog wieder aufgenommen. »Die großen Tänzer, die großen Künstler, die alle irgendwann zur Hölle gefahren sind. Die unter dem Gewicht ihres Talents zusammenbrechen, dessen genialer Funke sie einst entflammt hat.«

Ja, jetzt hatte ich verstanden. Dieser altmodische, romantische Blödsinn, der mit der Realität ja nun wirklich rein gar nichts zu tun hat. Aber es war offensichtlich, daß Beasley selbst auch kein Teil der Realität war. Er lebte in einer überaus dämmrigen Vergangenheit, einer Welt, die es schon lange nicht mehr gab, wenn es sie denn überhaupt jemals gegeben hatte.

»Ich kann sogar verstehen«, fuhr er fort, »warum diese arme Frau ihn getötet hat.«

»Ich bin sicher, daß Miss Maury Ihr Verständnis sehr schätzen würde, Mr. Beasley, aber Tatsache ist doch, daß sie ihn nicht getötet hat.«

Er ignorierte meine Bemerkung. »Mehr Frauen, als man zählen kann, haben ihr Leben für Dobrynin weggeworfen. Er hat sie als Schuhlöffel benutzt.«

»Ich fürchte, ich verstehe Sie nicht.«

Beasley faltete sorgfältig die Wolldecke auf seinem Schoß zusammen. Eigentlich brauchte er sie auch gar nicht. Es war ziemlich warm in der Wohnung.

»Ah. Aber Sie haben Peter ja auch nicht gekannt, oder doch? Ihr Pech und Ihr Glück. Wissen Sie, er war die Personifizierung des Wortes ›Ausschweifung‹. Er hat alles konsumiert: Alkohol, Schlaftabletten, Kokain, einfach alles. Alles, was ihm dabei helfen konnte, in den angestrebten Zustand zu geraten. Und natürlich brauchte er immer jemanden, der ihn bei seinen Eskapaden begleitete – in der Regel eine Frau. Es war, als ob er jemanden beeindrucken müsse, während er auf dem Weg zu seinem Ziel war. Und natürlich brauchte er jemanden, mit dem er, um es nicht allzu vulgär auszudrücken ... Na ja, vielleicht reicht es, wenn ich sage, daß er das Leben *verschlungen* hat. Und er hat Menschen verschlungen. Er benutzte Frauen, um den Fahrstuhl in den Himmel und in die Hölle zu ölen. Verstehen Sie? Eben als Schuhlöffel.«

Vol hatte endlich aufgehört, uns ununterbrochen zu umkreisen, aber wir hatten immer noch keinen Kaffee. Er kam ein paar Schritte auf mich zu, lächelte – er war wirklich sehr attraktiv – und setzte sich dann auf den Teppich, in einen perfekten Lotussitz, den er mit einer einzigen, fließenden Bewegung einnahm.

Als ich es endlich geschafft hatte, meinen Blick von seinem anziehenden Gesicht abzuwenden, sah ich aus dem Augenwinkel eine Bewegung in einem der Aquarien an der Wand. Da schien irgend etwas nicht in Ordnung zu sein. Vielleicht hatte die Wasserpumpe ihren Geist aufgegeben und wühlte jetzt das ruhige Wasser auf. Oder hatten diese beiden komischen Typen etwa Aquarien, die abwechselnd Opfer und Raubfische enthielten, ein ununterbrochener Kreislauf von Geburt und Tod, aus dem immer mal der eine oder andere ausbrach? Ich wollte schon auf die Fische zeigen, um meine Gastgeber auf die Gefahr hinzuweisen, aber dann ließ ich meine Hand wieder sinken.

Nachdem ich einen Augenblick nachgedacht hatte, fragte ich: »Haben Sie irgendeine Ahnung, wo Peter Dobrynin die letzten drei Jahre seines Lebens zugebracht hat?«

Beasley schnaubte: »Auf der Straße, nehme ich an. Oder unter einer Brücke.«

»Und es hat Sie nicht beunruhigt, daß dieser ... *Gott* da draußen war, allein, Sommer wie Winter, und vielleicht verhungerte oder mißhandelt wurde?«

»Junge Frau«, setzte er an – und ich bin in der Tat jung im Vergleich zu Louis Beasley – »ich bin nicht sentimental veranlagt.« Darauf hätte ich einiges erwidern können, aber ich sagte nichts.

»Junge Frau«, fuhr er fort, »wo auch immer Dobrynin war, Sie können sicher sein, daß er weder allein war noch am Verhungern. Und wenn da irgend jemand mißhandelt wurde, war er garantiert nicht das Opfer. Und außerdem, dieses völlig verdreckte Individuum, das mich in dieser Winternacht auf der Straße angesprochen hatte, war nicht mehr Dobrynin, der Tänzer, oder Dobrynin, der Gott. Das war eine Erscheinung. Das war ein Landstreicher.«

»Und Sie haben keinerlei Verdacht, wer ihn erschossen haben könnte?«

»Natürlich habe ich einen Verdacht.« *Natürlich habe ich einen Verdacht, du dumme Kuh*, hätte er ebenso gut sagen können.

»Und wer ist es?« fragte ich.

»Eine von den tausend Frauen, die er verführt und dann verlassen hat.«

Vol Teak ergriff zum ersten Mal das Wort: »Wenn ein Mensch einen erniedrigt, dann will man ihm das doch mit gleicher Münze heimzahlen«, sagte er nüchtern. »Glauben Sie nicht auch?«

»Ich fürchte, ich habe keine Ahnung. Mich hat noch nie jemand ›erniedrigt‹«, sagte ich wahrscheinlich ein wenig zickig. »Jedenfalls nicht so sehr, daß ich deswegen einen Mord hätte begehen wollen.«

»Ah«, sagte er und schenkte mir ein Mona-Lisa-Lächeln, das ich zum Kotzen fand. »Vielleicht kann man die Reichen gar nicht erniedrigen.«

»Reich? Ich bin alles, nur nicht reich. Im Grunde bin ich ziemlich arm.«

»Na schön«, sagte er gönnerhaft, »aber doch sicher nicht geistig? Schließlich sind sie doch eine recht anerkannte Schauspielerin, soweit ich weiß.«

Die fünfzehn Minuten, die ich mit Vol Teak allein sprach – während Beasley höchstpersönlich endlich diesen verdammten Kaffee machte – waren noch weniger aufschlußreich. Das ganze Gespräch war noch nutzloser als die Unterhaltung mit dem Kulturzar Beasley.

Als ich durch die kalten Straßen des Village ging und mich dabei ab und zu umdrehte, um den majestätischen Weihnachtsbaum unter dem Triumphbogen am Washington Square zu betrachten, dachte ich darüber nach, warum Beasley so auf Frauen fixiert war. Hatte Dobrynin niemals *Männer* erniedrigt? Hatte er niemals einen Mann als »Schuhlöffel« benutzt?

Warum konnte Louis Beasley sich nicht vorstellen, daß ein *Mann* dem Tänzer eine Kugel in den Kopf gejagt hatte?

10

Tony stützte sich auf einen Ellbogen. »Wie schön, wie schön, wie schön! Wenn das nicht Florence Nightingale ist, die Königin der Krankenpflege! Gibt es eine mitfühlendere Frau auf der Welt? Welchem Umstand verdanke ich die Ehre dieses Besuchs, o weichherziger Gnadenengel mit dem goldenen Haar?«

Seine Verbitterung erstaunte mich. Ganz offensichtlich war er wütend auf mich, aber ich hatte nicht die geringste Ahnung, warum. Es war doch schließlich seine eigene Entscheidung gewesen, die Schwerkraft herauszufordern. Und bei diesem lächerlichen Versuch, einen unmöglichen Sprung auszuführen, war er auf seinem Hinterteil gelandet. Ich erinnerte ihn daran.

»Nun mach mal halblang, Basillio«, warnte ich ihn. »Ich bin nur vorbeigekommen, um zu sehen, wie es dir geht.«

»Mit leeren Händen? Keine Pralinen? Keine Rosen? Keine Illustrierten?«

»Entschuldige. Ich bin gerade auf dem Weg zu Melissa Taniment. Ich bin in zwanzig Minuten mit ihr verabredet.« Melissa wohnte nur drei Blocks weiter, in einem imposanten Glasgebäude auf der First Avenue, das sowohl Büros als auch Luxusapartments beherbergte.

»Ach ja, und was ist mit meinen zweitausendfünfhundert? Werde ich trotzdem bezahlt, obwohl ich außer Gefecht bin?«

»Also wirklich, Tony«, stichelte ich, »du weißt doch, daß ich eine fortschrittliche Arbeitgeberin bin.«

Er drehte sich mit dem Oberkörper zum Nachttisch, nahm sich eine Zigarette und verzog plötzlich das Gesicht vor Schmerzen.

»Tut es immer noch weh?« fragte ich.

»Es ist schon viel besser, aber wenn ich eine ruckartige Bewegung mache, tut es höllisch weh.«

»Warum gehst du nicht zum Arzt, Tony?«

»Aus dem gleichen Grund, aus dem du nicht zu einem Schauspiellehrer gehst.«

»Und das wäre? Nein, ist schon gut, du brauchst es mir nicht zu erklären. Ich habe jetzt keine Zeit für eine deiner philosophischen Denksportaufgaben.«

»Also, wie war es bei Beasley und seinem Hausdrachen? Erzähl's mir, Boss.«

»Es ist nicht viel dabei rausgekommen. Beasley glaubt, Lucia war es.«

»Und weiß er irgend etwas über die verlorenen Jahre unseres Helden?«

»Er sagt nein. Er sagt, er hat Dobrynin vor drei Jahren zu Weihnachten gesehen, und dann erst wieder im Sarg. Ich hoffe, Melissa wird ergiebiger sein. Im Gegensatz zu Beasley ist sie ganz wild darauf, mit mir zu sprechen.«

Tony drückte seine Zigarette aus. »Hör mal, warum kommst du nach dem Verhör nicht noch mal vorbei?«

»Ich weiß nicht, Tony. Ich muß heute noch so viel erledigen.«

»Gib deinem Herzen eine Stoß, Nestleton. Sieh mich einfach als einen neuen Catsitting-Auftrag. Ich bin eine große, exotische, verkrüppelte ...«

»Mal sehen, Tony, mal sehen.«

Ich winkte ihm zum Abschied zu und stürmte aus der Tür.

Auch Melissa lebte in einem merkwürdigen Ambiente, genau wie Louis Beasley. Ihre Wohnung war modern, riesengroß und lichtdurchflutet, was einen merkwürdigen Kontrast zu der an ein Mausoleum erinnernden Atmosphäre bildete. Diese Wohnung war vollgestopft mit ganzen Wagenladungen von Memorabilien: gerahmte Ballettphotos und alte Schuhe für den Spitzentanz füllten Bücherregale; Skizzen, die Melissa darstellten, signiert von verschiedenen Künstlern; Erinnerungsalben und diverser Krimskrams, darunter eine grauenhafte alte Lampe, deren Fuß ein verschlungenes Tanzpaar bildete. Diese Wohnung war eine Art Museum.

Sie begrüßte mich huldvoll, mit stocksteif durchgedrücktem Rücken. Ihr Ehemann, sagte sie, sei auf einer Geschäftsreise. Sie führte mich durch die ganze Wohnung in eine große, offene Küche, die blitzblank und eiskalt war.

Ich war erstaunt darüber, wie klein Melissa war. Ich überragte sie um einiges. Warum erscheinen Ballerinen auf der Bühne immer so viel größer, als sie in Wirklichkeit sind? Vielleicht liegt es an ihren breiten Schultern, der Eleganz ihrer Haltung. Melissas Schultern waren wirklich auffallend breit und wurden von einem wundervoll muskulösen Hals gekrönt. Mein erster Eindruck erwies sich als richtig: Sie trat zwar nicht mehr auf, aber sie war immer noch wunderschön.

Ich wurde rot, als mir plötzlich klar wurde, daß ich sie als eine Art Relikt betrachtete. In Wirklichkeit war sie jünger als ich. Und ich bin mir sicher, daß ich keineswegs begeistert wäre, wenn jemand ein Relikt in mir sehen würde.

Aber wie ich ihr so gegenübersaß, fühlte ich mich auch ein wenig erleichtert. »Schuhlöffel« hatte Louis Beasley Dobrynins Frauen genannt, aber diese Definition konnte nicht zutreffen. Es war höchst unwahrscheinlich, daß Melissa Taniment jemals in ihrem Leben irgend jemandes »Schuhlöffel« gewesen war. Und ebenso unwahrscheinlich war, daß sie sich jemals von irgend jemandem hatte erniedrigen lassen.

»Nun, Miss Nestleton«, begann sie in zuvorkommendem Ton. »Was kann ich für Sie tun? Was möchten Sie von mir wissen?«

Der Ausdruck, den Tony gebraucht hatte, »die verlorenen Jahre unseres Helden«, schoß mir durch den Kopf. Ich mußte mich zwingen, ihn nicht zu benutzen. »Ich versuche herauszufinden, wie Peter Dobrynin seine letzten drei Lebensjahre verbracht hat, vor ... vor seinem allzu frühen Tod. Können Sie mir irgend etwas dazu sagen?«

Melissa faltete ihre Hände auf der Tischplatte und zögerte einen Moment, bevor sie antwortete.

»Ich kann Ihnen da nicht helfen«, sagte sie schließlich. In ihrem Ton lag eine Spur, nur eine Spur dieses gekünstelten Englisch, das man im Sprechunterricht lernt. »Woher sollte ich das auch wissen?« erklärte sie freundlich. »Wir hatten in den letzten Jahren völlig den Kontakt verloren.«

»Ich verstehe. Es ist nur ... Ich dachte, er wäre in dieser ganzen Zeit wenigstens einmal zu Ihnen gekommen, um Sie um Hilfe zu bitten.« Jetzt war ich damit dran, die Vokale zu dehnen und gläsern zu lächeln.

Melissa zeigte nicht die geringste Reaktion. Aber ich bemerkte, daß sie immer wieder meinem Blick auswich. »Ja, schon«, sagte sie endlich. »Ich habe Peter einmal gesehen. Ich glaube, das war ungefähr vor drei Jahren.«

»In der Weihnachtszeit?«

Jetzt endlich begann ich, winzige Anzeichen der Kälte zu registrieren, von der ich wußte, daß sie sie ausstrahlen konnte.

»Ich glaube«, sagte sie und fuhr dann fort. Sie sprach jetzt sehr bestimmt. »Peter hat mich um Geld gebeten. Er war betrunken, unverschämt und total ausfallend. Mein Mann mußte ihn mit Gewalt hinauswerfen.« Sie schaute jetzt an mir vorbei. »Das ... ist ... alles.«

»Und er hat Sie niemals angerufen oder versucht, sich noch einmal mit Ihnen zu treffen?«

»Nein.«

Nun schaute Melissa mich wieder an, und ihr Blick war jetzt viel weicher, fast schmerzlich.

»Aber ich habe einmal versucht, ihn zu finden«, sagte sie.

»Wann war das?«

»Vor zwei Jahren ist Peters Mutter gestorben. Sie lebte in Connecticut, in der Nähe von Hartford. Freunde der Familie haben mich angerufen, weil sie dachten, ich könnte ihn vielleicht ausfindig machen und ihn vom Tod seiner Mutter unterrichten. Aber natürlich ist mir das nicht gelungen.«

»Wenn Sie sagen, Sie haben versucht, ihn ausfindig zu machen – wo genau haben Sie da gesucht?«

»Im Grunde nirgends«, antwortete sie gleichgültig. »Ich hatte keine Ahnung, wo ich anfangen sollte zu suchen. Ich hatte ihn aus den Augen verloren.«

Jetzt war sie komischerweise wieder sehr freundlich.

»Sie sehen, ich kann Ihnen bei der Beantwortung Ihrer Fragen nicht helfen, aber ich freue mich *wirklich*, daß Sie heute hergekommen sind«, sagte sie lächelnd.

Jetzt war ich etwas verunsichert.

»Wie Sie sehen können, brauche ich keine weiteren ... Sachen mehr. Oder Geld«, fuhr Melissa fort. »Ich bin von Sachen umgeben. Aber die Vorstellung, daß Peter mir etwas hinterlassen hat, ist so bewegend ... egal, was es ist. Ich weiß, daß ich dankbar dafür sein werde.«

»Ich fürchte, ich verstehe nicht, was Sie meinen«, sagte ich ehrlich. »Ist Peter Dobrynin nicht völlig ohne Besitz gestorben?«

Ihr Gesicht erstarrte. »Aber Sie haben doch gesagt, Sie wären im Auftrag eines Anwalts hier? Ich habe angenommen, daß es um ein Erbe ginge oder um Briefe oder so etwas.«

»Wie sind Sie denn darauf gekommen?«

Die Ballerina war jetzt aufgesprungen und kam drohend auf mich zu. »Sie sind unter Vorspiegelung falscher Tatsachen hier, Miss Nestleton! Sie haben gesagt, Sie kämen im Auftrag des Anwalts, der Lucia Maury vertritt.«

»Nein, Sie haben mich mißverstanden«, protestierte ich. »Lucias Anwalt hat mich in der Tat engagiert, aber um den Mord an Peter Dobrynin aufzuklären.«

»Bitte gehen Sie!« Ihre geheimnisvollen Augen funkelten mich zornig an.

Ich wollte etwas erklären.

»Lügnerin!« unterbrach sie mich.

Und als ich ging, stieß sie dieses Wort noch einmal hervor.

11

Betty Ann Ellenville sah aus wie die typische Frau mittleren Alters, die allein in einer schönen Stadt lebt und ihre Tage damit verbringt, ernsthaft biologischen Gemüseanbau zu betreiben und ab und an ausgefallene Gefäße auf einer Töpferscheibe zu drehen. Sie war klein und hatte ein sympathisches, rundes Gesicht, einen einfachen, offensichtlich selbstfabrizierten Haarschnitt, und sie begrüßte mich in einem alten Overall mit einem gestärkten weißen Hemd darunter. Niemand, der sie zum ersten Mal traf, hätte sie auch nur im Traum für eine der anerkanntesten Ballettkritikerinnen von New York gehalten.

Schon der Weg hinauf zu ihrem Loft war abenteuerlich. Sie wohnte im obersten Stockwerk eines siebengeschossigen Hauses auf der Spring Street, das einmal eine

Fabrik gewesen war. Ich mußte schnell herausfinden, wie der sehr altmodische Fahrstuhl funktionierte, der bereits in der Lobby wartete. Man mußte an Ketten reißen, Hebel bedienen und an Schnüren ziehen, um das Ding in Bewegung zu setzen.

Als ich endlich vor ihrer Wohnungstür angekommen war und sie mich hereingebeten hatte, war ich angesichts eines flackernden Feuers im Kamin, der in eine gewaltige Backsteinwand eingelassen war, geradezu entzückt. Dies war die absolute Traumwohnung in Soho – ein wundervolles Apartment.

Sie bat mich, auf einem auserlesenen Art-deco-Sofa Platz zu nehmen, und sagte dann: »Ich habe nicht einen Augenblick daran geglaubt, daß Lucia Peter umgebracht hat. Nicht eine Sekunde. Ich verstehe überhaupt nicht, warum die Polizei nicht unter diesen heruntergekommenen Obdachlosen, die er gekannt hat, nach dem Täter sucht. Ich meine, es kann doch sein, daß er wegen einer Flasche billigen Weins ermordet worden ist! Wirklich! Das ist doch alles völlig absurd.«

»Ich weiß«, sagte ich. Natürlich wäre es schön und gut, den Mörder unter den zahlreichen Obdachlosen zu finden. Aber ich zog es vor, Betty Ann lieber nicht darauf hinzuweisen, daß nach einem Streit um eine Flasche Fusel sich wohl kaum jemand die Mühe machen würde, eine Pistole unter Lucias Schreibtisch zu kleben.

Während Betty Ann fortfuhr, ihren Glauben an Lucias Unschuld zu beteuern, sah ich mich im Zimmer um. Auf der gegenüberliegenden Wand fiel mir ein eindrucksvolles Porträt von Peter Dorbynin auf.

»Das stammt aus einer Serie, die mal in *Vogue* erschienen ist«, sagte sie, als sie bemerkte, wohin ich schaute. »Er war wirklich schön.«

Ich nickte. Er hatte raubvogelartige Gesichtszüge. Dobrynin sah aus wie ein stolzer Falke, mit seinem dichten, glänzenden goldenen Haar. Es war das Gesicht eines Mannes, der achtzehn aber ebensogut vierzig Jahre alt sein konnte. Ein zeitloses, schönes Gesicht, geprägt von einem ausschweifenden Lebenswandel, wie viele britische Schauspieler es haben. Dirk Bogarde fiel mir ein.

In dem kurzen Augenblick, den wir schweigend das Foto betrachteten, änderte sich Betty Anns Laune. Ihr Gesichtsausdruck verdüsterte sich. Offenbar hatte sie Peter Dobrynins Tod noch nicht verkraftet.

»So viele Tänzer«, sagte sie. »So viele große Tänzer. Manche waren technisch besser. Aber Peter war einzigartig. Wer auch immer nach ihm eine bestimmte Rolle tanzte, mußte sich an ihm messen lassen. Anders ging es nicht. Und es war völlig bedeutungslos, wer der Choreograph war, Petipa oder Balanchine oder Ashton oder ... Na ja, Limon hat es vielleicht geschafft, seine Anlagen besser herauszuarbeiten als irgendein anderer ...«

Sie hielt mitten im Satz inne. »Es tut mir leid. Ich plappere hier in einem fort. Sie sind nicht gekommen, um sich meine Ansichten über Ballett anzuhören. Sie sind wegen der armen Lucia hier.« Sie nahm eine Praline von einem Teller auf dem Beistelltisch. »Bitte, fragen Sie, was immer Sie wollen.«

»Wann haben Sie Peter zum letzten Mal gesehen – vor der Beerdigung meine ich?«

»Na ja, das letzte Mal war keine sehr erfreuliche Begegnung. Eine ziemlich unangenehme Situation. Ich hatte über ein Jahr nichts von ihm gehört, und dann tauchte er plötzlich hier auf. Das war ... ja, vor drei Jahren. Er kam einfach hier vorbei, und ich glaube, er war betrunken oder stand unter irgendwelchen anderen Drogen. Jedenfalls war er in einem fürchterlichen Zustand. Er hat nicht mal geklingelt. Irgendwie muß er ins Haus gelangt sein und hat dann einfach den Fahrstuhl genommen. Zwischen zwei Stockwerken ist er dann steckengeblieben und hat ein schreckliches Theater veranstaltet: auf alle Alarmknöpfe gedrückt und gebrüllt. Einer meine Nachbarn hat schließlich die Feuerwehr angerufen. Mein Gott, es war grauenhaft. Peter hat einen der Feuerwehrmänner mit dem Feuerlöscher angegriffen, der im Aufzug hängt. Ich wußte nicht mal, wer der Verrückte war, bis ich seine Stimme hörte. Ich kam gerade rechtzeitig die Treppe hinunter, um zu sehen, wie die Polizisten ihn abführten. Er blutete. Und als er mich sah, hat er irgendwas gebrüllt, daß ich für all das verantwortlich sei. Ich weiß nicht, was er damit gemeint hat. Er hat gesagt, ich hätte ihn zugrunde richten, ihn töten wollen. Dann haben sie ihn mitgenommen.«

Aber das Absurdeste an der ganzen Geschichte war, daß ich damals gerade meine Mutter zu Besuch hatte. Es war alles so grotesk!«

»Haben Sie danach versucht, ihn zu finden?«

Meine Frage schien ihr unangenehm zu sein, als ob ich ihre Loyalität zu dem Tänzer in Frage stellen, als ob ich auch sie beschuldigen wolle.

Sie stand auf und ging näher ans Feuer.

»Natürlich hätte ich gerne gewußt, wo er war. Aber was hätte ich denn tun sollen? Die Polizei hatte ihn wieder freigelasssen. Ich habe versucht, ihn zu finden. Viele haben das versucht. Ich habe sogar eine Vermißtenanzeige erstattet. Aber die Nachforschungen wurden eingestellt, als sich herausstellte, daß seine Mutter Postkarten von ihm bekam. Die Behörden haben gesagt, daß er offensichtlich nicht ›gefunden‹ werden wollte.

Und er war ja auch nicht wirklich vermißt. Viele Leute sind ihm ab und zu über den Weg gelaufen. Manche sagten, sie hätten ihn in der Nähe vom Columbus Circle betteln sehen, andere, daß er manchmal in einer dieser Baracken im Riverside Park übernachtete. Es war verrückt. Man wußte nicht mehr, was man noch glauben sollte.«

Betty Ann schürte das knackende Feuer.

»Macht es Ihnen etwas aus«, fragte ich, »wenn ich Ihnen eine persönliche Frage stelle?«

»Was für eine Frage?«

»Hatten Sie ... Haben Sie jemals mit Dobrynin geschlafen?«

Betty Ann brach in Gelächter aus. Ich setzte mich gerade hin, verwundert und ein bißchen pikiert.

Sie kam zu mir herüber und legte mir tröstend eine Hand auf den Arm. »O bitte, Sie dürfen nicht denken, daß ich Sie auslache. Glauben Sie mir, so habe ich das nicht gemeint. Ich mußte nur an einen Witz denken, den man sich damals oft erzählt hat. Ich kann mich nicht mehr genau an die Einzelheiten erinnern, aber der Gag hatte etwas mit dem technischen Aspekt des Wortes ›schlafen‹ zu tun. Peter hatte ganze Wagenladungen von Geliebten, aber wahrscheinlich haben nur sehr wenige wirklich mit ihm *geschlafen*. Wie ich.«

Sie lächelte. »Es war unmöglich, mit Peter zusammen zu sein und *keinen* Sex zu haben. Er war ein Satyr. Das Interessante daran war, daß die Frauen, auch wenn sie wußten, daß sie nur ein Wegwerfartikel für ihn waren, nicht verletzt waren. Sie sahen die Sache genauso wie er: als einen amüsanten Zeitvertreib. Und er vermittelte ihnen das angenehme Gefühl, ihm einen dringend benötigten Dienst erwiesen zu haben.«

Sie drehte sich wieder zu dem Foto um.

»Aber Peter hat es mit dem Wegwerfen ein wenig übertrieben. Er ist zu weit gegangen. Und schließlich hat er seine Karriere weggeworfen ... seine Kunst ... sein Leben.«

Ich konnte Betty Anns Gesicht nicht mehr sehen. Sie war zu dem Foto hinübergegangen und betrachtete es eingehend.

»Ich vermisse ihn wirklich. In seiner Kunst war er ebenso besessen. Mein Gott, war er ausgeflippt! Einmal hatte er ein kleines Vermögen mit Werbung für Pullover verdient. Oder für Jeans, was auch immer. Auf jeden Fall ist er an dem Morgen, als der Scheck eingelöst worden war, losgegangen und hat sich für vierzigtausend Dollar einen Jaguar gekauft. Und am Nachmittag hat er den Wagen dann im Leerlauf vor einer Bar stehenlassen. Und natürlich wurde er sofort gestohlen. Und was hat Peter gemacht? Er hat sich ein neues Auto gekauft, diesmal einen Jeep, für fünfzehntausend. Der wurde abgeschleppt, weil er ihn falsch geparkt hatte. Als er aus dem Restaurant kam und feststellte, daß der Wagen weg war, hat er sich zwanzig Dollar geliehen und ist mit dem Taxi nach Hause gefahren. Er hat niemals auch nur die geringsten Anstalten gemacht, einen der beiden Wagen zurückzubekommen.« Sie schüttelte den Kopf und kam dann wieder zu mir zurück.

»Hatte er auch männliche Liebhaber?« fragte ich. »One-Night-Stands oder festere Beziehungen?«

»Das würde mich nicht überraschen. Er war ein Satyr, der die Diskriminierung von Minderheiten bekämpfte, wenn Sie so wollen. Alle waren willkommen.«

Ich wollte mit einer Bemerkung antworten, daß er wohl nicht immer den besten Geschmack gehabt hatte, aber Betty Ann bewahrte mich vor mir selbst. Sie hob ihre Hand und unterbrach mich. »Es ist an der Zeit, daß ich endlich gute Manieren zeige«, sagte sie. »Ich habe eine dieser High-tech-Espressomaschinen. Kann ich Ihnen einen Cappuccino anbieten?«

»Um ehrlich zu sein, ich dachte schon, Sie würden mir nie etwas anbieten.«

Sie ging hinaus, und bald hörte ich das durchdringenden und merkwürdig tröstende saugende Geräusch der Maschine bei der Arbeit. Während sie in der Küche war, ging ich hinüber, um mir den Satyr etwas genauer anzusehen. Dobrynin schien über meine rechte Schulter zu schauen. Ich fragte mich, ob seine sexuelle Beziehung zu Betty Ann wirklich das reine Vergnügen gewesen war, so wie sie es geschildert hatte. Vielleicht war es für ihn eher gewesen, als ginge er mit der Kindergartentante ins Bett. Und ich fragte mich auch, ob ich, wenn ich ihn gekannt hätte, seinen Schmeicheleien erlegen und einer seiner berühmten »Schuhlöffel« geworden wärn. Ich hatte immer geglaubt, ich sei gegen solche Typen immun. Aber wie heißt es so schön: Man kann nie wissen.

Der Cappuccino war köstlich und ich trank ihn gierig. Es gab noch ein oder zwei Sachen, die ich Betty Ann fragen wollte.

»Sagen Sie, haben Sie irgendeine Ahnung, wie ein Penner ohne Schuhe und ohne Eintrittskarte ins Ballett gekommen sein könnte?« fragte ich.

Sie lachte wieder.

»Meine Liebe, haben Sie jemals von Pausenschleichern gehört? Nicht? Ich dachte, sie wären eine gebildete New Yorkerin?«

Ich antwortete ihr, daß ich weder gebildet noch New Yorkerin sei. »Aber«, sagte ich, »ich weiß schon, was ein Pausenschleicher ist. Auf diese Weise kommen Studenten, die kein Geld haben, in die Vorstellungen auf dem Broadway. In der Pause gehen viele Theaterbesucher hinaus auf die Straße, um eine Zigarette zu rauchen. Wenn es dann klingelt, gehen die Pausenschleicher einfach mit der Menge hinein. Das ist ein ganz alter Trick. Aber Dobrynin wurde während des ersten Teils der Vorstellung ermordet, vor der Pause.«

»Ja, ich meinte ja eigentlich auch nur«, erklärte sie, »daß es eine Möglichkeit gibt, sich ins Ballett zu schleichen, ebenso wie ins Theater. Jede Menge Jugendliche, die verrückt nach den Stars sind, schleichen sich durch die Tiefgaragen unter dem Lincoln Center ins Staatstheater. Soviel ich weiß, ist es unmöglich, auf diese Weise in die Met zu gelangen, aber wer sich auskennt, kommt ohne Schwierigkeiten ins Staatstheater und in die Avery Fisher Hall.«

»Und wenn ein Jugendlicher das kann, wird ein gerissener Penner, der das Theater wie seine Westentasche kennt, das ja wohl auch schaffen«, dachte ich laut.

Ich plauderte noch eine Dreiviertelstunde mit Betty Ann, bis sie sich wieder ihren Erinnerungen überließ und ich alles, was sie über unseren Helden wußte, erfahren hatte. Ich fand das alles sehr aufschlußreich.

Ich fuhr mit dem scheppernden Aufzug nach unten und dachte über all das nach, was ich in Erfahrung gebracht hatte. Ich mochte Betty Ann. Ich fand ihre Gradlinigkeit sehr sympathisch. Ich hoffte sehr, daß sie Peter Dobrynin nicht umgebracht hatte.

12

Hier hatte alles angefangen.

Ich war allein in Mrs. Timmermans Wohnung. Ich wußte nicht genau, wohin die Familie gefahren war. Ich hatte nicht sehr aufmerksam zugehört, als sie mich angerufen und gefragt hatte, ob ich kommen könne. Und natürlich war ich nicht völlig allein. Bei mir war der Anlaß meines Besuchs: Belle.

Belle ist eine weiße Manx-Katze. Und wie ich sie so durch die Wohnung hoppeln sah, war ich versucht, der komischen Theorie Glauben zu schenken, derzufolge es irgendwo in der Urzeit – vor abermillionen Jahren – eine biologische Verbindung zwischen Manx-Katzen und Kaninchen gegeben haben soll.

»Das ist alles deine Schuld, Schätzchen«, schimpfte ich mit ihr, während ich in der Küche ihr Fressen zurechtmachte. »Deinetwegen habe ich schließlich damit angegeben, daß ich Karten für dieses verdammte Ballett besorgen könnte.«

Aber sie war sich keiner Schuld bewußt. Und fressen wollte sie jetzt auch nicht. Statt dessen zeigte sie mir, daß sie jetzt ihr Lieblingsspiel spielen wollte: Kamikazesprünge vom Küchentisch, während derer sie nach Tante Alices Nylonstrümpfen schnappte.

Obwohl ich sie ab und zu ausschimpfte, mochte ich Belle doch sehr gern, auch wenn ihr Verhalten mir gegenüber abwechselnd besonders freundlich und besonders feindselig war. Aber das konnte auch damit zusammenhängen, daß Belle etwas mißverstanden hatte: Vielleicht dachte sie, ich sei eines der Kinder der Timmermans, nur halt schon erwachsen.

»Okay, Belle«, verkündete ich und wich ihren Pranken aus. »Wenn du nicht fressen willst, leiste ich dir hier auch keine Gesellschaft.«

Ich verließ die Küche. Aus dem Augenwinkel sah ich, wie Belle sich auf dem Küchentisch positionierte, bereit für einen weiteren Sprung. Zum ersten Mal bemerkte ich, daß sie nicht völlig schwanzlos war. Sie hatte einen winzigen Schwanzstummel, aber immerhin einen Schwanz.

»Irgendwann werde ich dich mit Bushy bekannt machen«, sagte ich. »Der hat nämlich den Rest von deinem Schwanz, weißt du.«

Als ich die Wohnung verließ, blieb ich stehen, um ein gerahmtes Foto zu betrachten, das von all den Bildern, die auf dem Klavier standen, das auffälligste war. Es zeigte die Timmermans als Jungverheiratete, Arm in Arm, beide in sommerliches Weiß gekleidet, vor einem mit Stuck verzierten Gästehaus in einem namenlosen Ferienort. Unerklärlicherweise berührte mich die jugendliche Frische ihrer Gesichter. Und ich verglich sie mit dem harten, hungrigen Ausdruck auf dem Gesicht von Peter Dobrynin. Plötzlich fühlte ich mich ganz schwach. Ich setzte mich auf das Flickensofa und legte mir eines der kleinen Kissen auf den Schoß.

Ich wußte, daß ich Lucias Anwalt bald Bericht über die Fortschritte bei meinen Ermittlungen erstatten mußte. Und ich hatte Mr. Brodsky ziemlich wenig zu erzählen. Ich kam an Peter Dobrynin nicht ran, er gehörte nicht zu meinem Erfahrungshorizont. Alle seine Freunde hatten ihn bewundert, ihn geliebt und am Ende abgelehnt, ihm zu helfen. Wahrscheinlich hatten sie alle eine sexuelle Beziehung mit ihm gehabt. Aber wenn Sex eines der Mordmotive war, könnte jeder von ihnen ihn umgebracht haben.

Und was bedeutete das? Wenn Dobrynin wirklich so wahl- und verantwortungslos mit allen geschlafen hatte, wie sie behaupteten, dann würde die Liste der Verdächtigen mehrere Seiten eines Notizblocks füllen. Und eines der kleinen Steinchen in dem »großartigen Mosaik«, wie unser Bürgermeister New York bezeichnet hat, könnte den Abzug gedrückt haben.

Was die drei verlorenen Jahre betraf, in denen seine engsten Freunde ihn nicht hatten finden können oder wollen, so hatte er vielleicht aus Rache seine Spuren verwischt. Wenn er wirklich ein richtiger Obdachloser geworden war und von einem Kumpan aus einem lächerlichen Grund – zum Beispiel wegen einer Flasche Fusel – umgebracht worden war, wie Betty Ann Ellenville gemutmaßt hatte, dann war es sehr zweifelhaft, daß der Mörder jemals gefunden werden würde. Und das würde für Lucia Maury das Schlimmste bedeuten.

Das Kissen in meinem Schoß war bestickt. Ich ließ meine Handfläche über das erhabene Muster gleiten. Mir kamen so viele Fragen in den Sinn. Sicher, die Penner-Theorie war verlockend und in gewisser Hinsicht auch einleuchtend. Schließlich kommt es immer wieder vor, daß ein Obdachloser einen anderen tötet. Gewalt gehört zu diesem Milieu. Aber wie viele Penner wären wohl so vorausschauend, sich der Waffe auf derartige Weise zu entledigen? Und selbst wenn, warum ausgerechnet unter Lucias Schreibtisch? Dieser »Penner« mußte gewußt haben, daß Lucia und Dobrynin in der Vergangenheit eine Affäre gehabt hatten. Ich konnte mir ja noch vorstellen, wie sich zwei Obdachlose an einer eisigen Straßenecke eine Flasche teilen, aber nicht, daß sie biographische Details über Liebesabenteuer aus besseren Zeiten austauschen.

Belle lugte um die Ecke. Ich winkte sie heran. Sie sprang auf den Beistelltisch und setzte sich auf eine Fotostudie von Leni Rieffenstahl, die einen Massai darstellte. Beim Anblick dieses reizenden, fast schwanzlosen Katzenkörpers mußte ich lächeln. Irgendwann hatte ich mal etwas über die Zahl der Wirbel im Schwanz einer durchschnittlichen Katze gelesen. Ich fragte mich, wie viele in Belles verstümmeltem Schwanz wohl fehlten.

Sie sprang auf meinen Schoß. »Dir fehlen bestimmt zwanzig oder fünfundzwanzig Wirbel, Schätzchen«, neckte ich sie. »Geh dein Herz aufessen.«

Sie stupste mit der Pfote gegen meine rechte Schulter. Es war nur ein Spiel, ihre Krallen waren eingezogen.

Dieser Angriff einer weißen Pfote war völlig harmlos, aber aus irgendeinem Grund fiel mir der schreckliche Anblick der Leiche Peter Dobrynins wieder ein. Und in Sekundenbruchteilen wußte ich auch, warum. Weiße, nackte Füße. Saubere weiße Füße am Ende langer, ausgestreckter Beine, gut sichtbar für alle auf dem hell erleuchteten Balkon.

Ich spürte einen Adrenalinstoß.

Viele Obdachlose tragen auch im Winter keine Schuhe.

Aber diese Füße waren *sauber*.

Das ließ nur eine Schlußfolgerung zu: Dobrynin war mit Schuhen ins Staatstheater gekommen.

Der Mörder hatte sie ihm ausgezogen.

Eine Flasche Fusel war ein ziemlich blödes Motiv für einen Mord. War ein Paar Schuhe etwa besser?

Oder gab es eine viel kompliziertere Erklärung?

Noch wußte ich keine Antworten. Aber das Adrenalin, das durch meine Adern strömte, war ein sehr gutes Zeichen.

Ich suchte meine Sachen zusammen und nahm die Katze hoch, als sie gerade nicht aufpaßte, um sie zu küssen. Aber sie wollte nicht. »Belle, meine Schöne«, sagte ich, »vielleicht gibt es bald Kaviar für dich.«

13

Das kleine rote Lämpchen blinkte. Es war nur ein Anruf auf dem Band. Aber der reichte.

»Der Bericht der ballistischen Untersuchung ist eingetroffen.«

Es war Frank Brodskys weiche, wohlklingende Stimme.

»Die Kugel, die Mr. Dobrynin am Weihnachtsabend tödlich getroffen hat, stammt aus der Waffe, die in Lucias Büro unter den Schreibtisch geklebt war. Eine halbautomatische Pistole tschechischer Produktion, Kaliber 25.«

Der Anwalt hatte so ruhig gesprochen, wie der Mann von der Wettervorhersage im Fernsehen, wenn er leichte Bewölkung mit heiteren Abschnitten ankündigt.

Ich spürte eine leichte Übelkeit in der Magengegend. Ich blickte Tony, der mit mir in Brodskys Kanzlei gehinkt war, unglücklich an. Aber Tony schien sich viel mehr für die beeindruckende Sammlung von Gemälden der Hudson-River-Schule zu interessieren als für ballistische Berichte.

»Ich habe jetzt keine Zweifel mehr daran, daß die Staatsanwaltschaft Anklage erheben wird«, verkündete Brodsky. »Und unter den gegebenen Umständen wird sie auf Mord lauten.«

»Was für Umstände?« fragte ich, etwas zu agressiv, fast als ob der Anwalt und ich nicht auf derselben Seite stünden. Dann versuchte ich, meine scharfe Bemerkung zu relativieren: »Immerhin sagt Lucia, daß die Waffe nicht ihr gehört. Sie besitzt überhaupt keine Pistole.«

Er fuhr fort, jetzt in noch gemäßigterem Tonfall. »Ah, aber die Waffe – die *Mordwaffe* – wurde in ihrem Büro gefunden, und zwar *versteckt*, wird die Staatsanwaltschaft sagen. Und natürlich war da auch diese – wie soll ich sagen –, diese dumme Geschichte zwischen den beiden. Die Staatsanwaltschaft wird vor Gericht darauf aufbauen, daß Lucia und der Tänzer vor ein paar Jahren eine Affäre hatten. Und daß diese unglücklich geendet hat. Sie werden zu beweisen suchen, daß Lucia das nie verkraftet hat und immer verzweifelter geworden ist – und rachsüchtiger. Daß sie Mr. Dobrynin in das Theater gelockt und ihn dort umgebracht hat.

Angesichts dessen und der Tatsache, daß die Gerichte in der Regel strenge Urteile fällen, wenn die Angeklagten wohlhabend und einflußreich sind, wird das Gericht auf vorsätzlichen Mord entscheiden.«

Er sprach das Wort »vorsätzlich« so aus, als ob er es einer fremden, unanständigen Sprache entliehen hätte.

»Und deshalb«, fuhr Brodsky fort, »sind Ihre Ermittlungen jetzt noch entscheidender. Die Sache muß beschleunigt werden, wenn Sie so wollen.«

Er lächelte Tony und mich an, als ob er unserer noch einmal hervorgehobenen Bedeutung Achtung zollen wolle. Eine unangenehme Stille folgte, bis mir klar wurde, daß der Anwalt jetzt nur noch auf meinen Bericht wartete.

Aber was hatte ich zu berichten? Daß ich eine lükkenhafte Biographie des Opfers rekonstruiert hatte?

Daß alles darauf hindeutete, daß der Mörder mit Dobrynins Schuhen abgehauen war? Ich glaube nicht, daß es das war, was Mr. Brodsky für sein Geld erwartete, oder, besser gesagt, für Lucias Geld.

»Ich habe mit einigen von Dobrynins engsten Freunden gesprochen«, fing ich an. »Sie beschreiben ihn alle als hochbegabten Mann mit unersättlicher Gier, und als völlig außer Kontrolle.«

»Könnte einer der Freunde ein Motiv für den Mord haben?«

Ich wartete ein wenig, bevor ich antwortete, und schaute Tony an, der mich angrinste. Die Frage des Anwalts bedeutete, daß er nicht die leiseste Ahnung hatte, was für ein Mensch Peter Dobrynin gewesen war.

»Motiv? O ja«, sagte ich. »Wahrscheinlich hatten sie alle ein Motiv. Ich habe nämlich herausgefunden, daß buchstäblich jeder, der eine intime Beziehung mit ihm hatte, seiner überdrüssig geworden war oder angefangen hatte, ihn zu verabscheuen oder sich vor ihm zu fürchten. Er war in jeder Hinsicht unersättlich. Er hat die Menschen benutzt. Er hat sie erniedrigt.«

Der Anwalt antwortete nicht sofort. Statt dessen schenkte er sich eine halbe Tasse Kaffee ein und forderte uns auf, uns selbst zu bedienen.

Dann fragte er: »Und was ist mit der Spur, die Sie verfolgt haben, mit den Jahren, in denen er ausgestiegen war? Was haben Sie herausgefunden?«

»Nicht besonders viel«, gab ich zu. »Nur zufällige Geschichten über Dobrynin, der plötzlich kurz auftauchte und dann wieder verschwand. Manche seiner Freunde wollen ihn irgendwo gesehen haben, aber keiner dieser Hinweise ließ sich erhärten. Sehr viel Spekulation. Ich glaube, das einzige, was wir als Tatsache betrachten können, ist, daß er als Obdachloser auf der West Side gelebt hat.«

»Und wie wollen Sie jetzt weiter vorgehen?«

»Nun ja, Mr. Brodsky, ich habe bis jetzt ja nur an der Oberfläche von Dobrynins Leben gekratzt. Ich beabsichtige, mit einigen Balletttruppen Kontakt aufzunehmen, mit denen er in Verbindung stand. Und ich möchte mehr über seine finanzielle Situation herausfinden. Ich möchte jetzt ein detaillierteres Profil des ...«

Frank Brodsky hob die Hand und unterbrach mich. »Wir haben keine Zeit, Miss Nestleton. Lucia hat keine Zeit.«

»Ich bin mir des Drucks bewußt, unter dem wir stehen, Mr. Brodsky. Aber Sie können keine sofortigen Ergebnisse erwarten.«

»Das tue ich auch nicht. Aber ich bin der Ansicht, daß Ihr Hauptaugenmerk – unser Hauptaugenmerk – jetzt nicht mehr auf Mr. Dobrynin, sondern auf seinen Mörder gerichtet sein sollte. Sind Sie nicht auch der Meinung, daß der schnellste Weg der dornige Pfad der Obdachlosigkeit ist?«

»Ich weiß nicht, ob ich dem zustimmen kann, Mr. Brodsky. Aber da scheine ich so ziemlich die einzige zu sein. Alle, mit denen ich gesprochen haben, waren auch Ihrer Ansicht. Sie glauben, daß er von einem anderen Penner umgebracht worden ist.«

»Genau. Und jetzt?«

»Jetzt?«

»Jetzt sieht es so aus, Miss Nestleton, als ob es doch wohl das Beste wäre, ein paar von seinen obdachlosen Kumpels zu finden.«

»Das ist nicht so einfach, wie es sich anhört, Mr. Brodsky. Die Obdachlosenszene ist ständig in Bewegung. Viele von diesen Menschen sind Drogenabhängige, Kriminelle oder kommen aus psychiatrischen Anstalten.«

»Ja«, antwortete er knapp.

»Und ich weiß nicht, ob ich wirklich in der Lage bin, in dieser Szene zu ermitteln.«

»Warum nicht, wenn ich fragen darf?«

»Aus allen möglichen Gründen, Mr. Brodsky?«

»Ist es Ihnen vielleicht zu gefährlich?«

»Unter anderem. Aber das ist nicht der einzige Grund dafür, daß ich es vorziehen würde, auf meine Weise weiterzumachen.«

Mr. Brodsky schenkte mir ein weiteres gönnerhaftes Lächeln, aber diesmal lag ein wenig Unerbittlichkeit darin. »Ich denke, Miss Nestleton, wenn Sie momentan nicht ›in der Lage‹ sind, wie Sie sagen, dann sollten Sie sich schleunigst in diese Lage versetzen. Glauben Sie nicht auch, daß angesichts Lucias mißlicher Situation jede andere Vorgehensweise unverantwortlich wäre?«

Mich ärgerte seine Kritik und seine ganze Art. Mit dem Spielraum, den er mir gelassen hatte, und mit seinem Vertrauen in meine detektivischen Fähigkeiten war es also doch nicht so weit her.

»Und noch etwas«, fuhr er fort.

»Ja, bitte, Mr. Brodsky.«

»Ich habe ein Spesenkonto für Sie und Ihren Partner, Mr. ... Mr. ...«

»Basillio«, unterbrach Tony, der bisher im Raum herumgewandert war und unserem Gespräch nicht die geringste Aufmerksamkeit geschenktt hatte. Ich spürte ein unwiderstehliches Bedürfnis, ihm eine runterzuhauen. Aber Brodsky war sowieso schon der Ansicht, daß ich alles verpfuscht hatte; wie würde er also wohl reagieren, wenn ich jetzt meinen eigenen Partner ohrfeigte?

»Ja, Mr. Basillio, natürlich. Wie ich gerade sagte, wir haben extra ein Konto eingerichtet, um es Ihnen zu ermöglichen, Informationen von Leuten von der Straße, die Dobrynin kannten, zu kaufen – wenn Sie sie denn finden können.«

Schon wieder so eine spitze Bemerkung, dachte ich.

»Ich bin überzeugt, daß Mr. Basillio für Ihre Sicherheit garantieren kann, Miss Nestleton. Denn ich bin sicher, das hat er in der Vergangenheit schon unzählige Male getan.«

Tony gluckste zustimmend. Ich warf ihm einen Blick zu, aber er bemerkte ihn nicht.

Das Problem bestand darin, daß ich noch nicht weit genug war, um mich in die Art von Unternehmung zu stürzen, die Frank Brodsky von mir verlangte. Natürlich war der Zeitfaktor nicht zu unterschätzen, da hatte er recht. Und natürlich, ich hatte ein üppiges Honorar für meine Bemühungen angenommen: fünftausend Dollar. Aber mein persönlicher Ermittlungsstil war ein anderer, ein mehr geistiger, auf genauen Überlegungen basierender.

Ich suchte nach geheimnisvollen Fakten, entdeckte Verbindungen, die keinem anderen auffielen, löste Knoten, grub irrelevant erscheinende Details aus und fand zwischen all den Widersprüchen schließlich die Wahrheit. Ja, es war genau diese Art der Ermittlungsführung, die meine ganz persönliche Stärke ausmachte. Ich konnte mir kaum vorstellen, jetzt quasi als Zivilbulle auf der Straße arbeiten zu sollen. Aber genau das verlangte Brodsky von mir.

Ich schaute ihn an. Er wartete geduldig auf meine Entscheidung. Es war offensichtlich, daß ich entweder tat, was er wollte, oder gar nichts.

Tony stand vor einem Bild, einer großartigen Darstellung einer Felsenschlucht mit einem Wasserfall vor einem Panorama zerklüfteter Berge.

Er drehte sich zu uns um und rief: »Da bin ich schon mal gewesen! Das ist der Lookout Mountain in den Catskills!«

Brodsky und ich blickten ihn stumm an. Ich spürte, wie ich rot wurde. Als der Anwalt mich wieder ansah, bemerkte ich zum ersten Mal, daß er hübsche, blaugrüne Augen hatte. Sie wirkten wie die Augen eines jungen Mannes.

Basillio redete weiter, ohne sich daran zu stören, daß niemand ihm geantwortet hatte. »Ich fand diese Art von Bildern schon immer ganz toll. Sie machen einen ganz benommen – wie guter Brandy.«

»Nun«, antwortete Brodsky, wobei er Tony eindringlich ansah, »vielleicht werden Sie eines Tages genug Vermögen haben, um selbst eines zu besitzen, Mr. Basillio.«

Tony lachte herzhaft und humpelte zu seinem Stuhl zurück.

»Nein, Tony«, sagte ich, »du brauchst dich gar nicht zu setzen. Ich denke, wir haben unsere Anweisungen bekommen. Wir wollen Mr. Brodsky nicht länger aufhalten.« Dann wandte ich mich an den Anwalt und sagte: »Ich werde mein Bestes tun.«

»Großartig«, sagte er ruhig und sah uns nach, als wir gingen. »Das ist großartig.«

Ich hatte mich einverstanden erklärt, einen Kaffee trinken zu gehen und mit Tony unser weiteres Vorgehen zu besprechen – eigentlich hatte ich es selbst vorgeschlagen. Aber die Wut, die sich in meiner Brust angestaut hatte, konnte nicht warten, bis wir in dem Café angelangt waren. Also begann ich mitten auf der Straße loszubrüllen.

»Basillio, wenn du in deiner Midlife-crisis jetzt völlig übergeschnappt bist, dann meinetwegen! Aber wenn du mich noch ein einziges Mal vor einem Kunden derart bloßstellst, dann bringe ich dich um! Hast du mich verstanden?«

Tony sah mich völlig entgeistert an.

»Du brauchst jetzt nicht diese ›Wer, ich?‹– Masche abzuziehen, Basillio! Was sollte diese ganze schwachsinnige Kunstkenner-Show? Hast du nicht gemerkt, daß Brodsky dich für einen Idioten gehalten hat? Und ist dir nicht klar, daß so ein Benehmen auf mich zurückfällt? Daß es mich lächerlich macht?« Ich spürte, wie mir die Tränen in die Augen stiegen und versuchte ärgerlich, sie herunterzuschlucken.

Tonys schaute zerknirscht drein. »Es tut mir leid, Schwedenmädel.«

»Mir auch«, bellte ich. »Es tut mir leid, daß du Probleme hast und ich das nicht eher bemerkt habe. Aber ich habe eine Kundin, eine sehr alte Freundin, die ebenfalls Probleme hat. Lucia wird ins Gefängnis kommen, wenn wir nichts unternehmen, Tony. Ins Gefängnis!«

»Ja, ich verstehe«, sagte er.

»Ja, Tony? Hast du das wirklich verstanden?«

»Ja«, sagte er und wurde jetzt selbst wütend. Dann fügte er, wieder ruhiger, hinzu: »Ich habe doch gerade gesagt, daß ich das verstehe.«

»Also, traust du dir zu, das hier mit mir bis zum Ende

durchzustehen? Denn wenn du schlappmachst, Tony, dann ... dann ...«, sagte ich hoffnungslos, »dann weiß ich auch nicht.«

Er nahm mich bei den Schultern. »Schon gut, Schwedenmädel, ist ja gut. Ich werde die Pflichten des weißen Ritters erfüllen, wie immer. Du wirst schon sehen.«

Ich wurde langsam wieder ruhiger.

»Und es tut mir wirklich leid, daß ich mich bei – wie heißt er noch – diesem Claude-Rains-Typ danebenbenommen habe.«

»Dieser herablassende alte Knacker«, brummte ich.

Wir einigten uns darauf, daß wir beim Kaffee darüber reden würden: über alle Sorgen oder Dämonen, die Tony im Moment zu schaffen machten. Aber das taten wir nicht. Wir sprachen über den Fall.

14

Ich hatte Basillio für den frühen Morgen einige Aufträge erteilt. Danach sollte er mich bei mir zu Hause abholen. Es war kurz vor zehn, also war er schon vierzig Minuten zu spät. Ich versuchte, die aufsteigende Panik, die bereits unter meiner Haut kribbelte, so gut es ging zu ignorieren, stand am Fenster und blätterte in diesem komischen Skript. Endlich klingelte es.

»Entschuldige die Verspätung«, sagte er, als er hereinkam. »Aber es ist nicht meine Schuld. In der Bank hat es ziemlich lange gedauert, und als ich in diesen Laden in der Twenty-third Street kam, waren die Fotos noch nicht fertig.«

Er legte zwei braune Umschläge auf meinen Eßtisch und blies in seine kalkweißen Hände.

»Warum hast du eigentlich keine Handschuhe an, Basillio?«

»Ich trage niemals Handschuhe. Sie vermindern das Tastvermögen.«

»Was betastest du denn auf der Straße?«

Er zuckte die Schultern.

Ich knöpfte seinen Mantel auf und löste den Schal um seinen Hals. »Überhitz dich bloß nicht, alter Junge.«

Ich nahm den größeren der beiden Umschläge und öffnete ihn. Es sollten fünfunddreißig Zehn-Dollar-Scheine drin sein, von dem Spesenkonto, das Frank Brodsky eingerichtet hatte. Ich wog das Geldscheinbündel in der Hand, als ob ich allein vom Gewicht her sagen könnte, daß die Summe stimmte. Es schien zu stimmen, glaubte ich.

Dann schaute ich in den anderen Umschlag. Darin waren Reproduktionen fünf verschiedener Fotos von Peter Dobrynin aus Zeitungen und Zeitschriften, im Brieftaschenformat. Es waren ausschließlich späte Fotos von Dobrynin, und das war gut. Aber leider waren auf keinem davon die Gesichtszüge so klar und deutlich zu erkennen wie auf dem Porträt, das ich in Betty Ann Ellenvilles Apartment gesehen hatte. Aber wie hätte das auch gehen sollen?

»Möchtest du Kaffee, Tony?«

»Ich möchte alles mögliche. Aber im Moment wäre ein Kaffee nicht schlecht.«

Ich ging in die Küche und kam mit einer Tasse Instantkaffee zurück.

»Ich bin gleich fertig«, sagte ich. »Ich muß mir nur noch Socken und ein paar Pullover anziehen – nein, ein Paar Socken und ... ach, du weißt schon, was ich meine.«

Ich ging ins Schlafzimmer, um mich warm einzupakken. Es würde ein langer, windiger Spaziergang in unwirtlicher Umgebung werden. Als ich wieder ins Wohnzimmer kam, saß Tony verkehrt herum auf einem Stuhl und fixierte Bushy.

Wie jeden Tag aalte sich der Kater in einem Lichtkreis in der Nähe des Fensters, wo jeden Morgen ein kleiner, aber kräftiger Sonnenstrahl hineinfiel. Er lag nicht lange da, aber bevor er wieder verschwand, glitzerte er wie ein Diamant. Bushys glänzendes Fell leuchtete im Sonnenlicht, seine Augen waren halb geschlossen, sein Körper ruhig und erwartungsvoll. Er sah aus wie ein König, der einem Maler für das offizielle Herrscherporträt sitzt.

»Was machst du da?« fragte ich Tony freundlich. »Bewunderst du den großartigen Mr. Bushy?«

Er schnaubte verächtlich. Dann verzog er das Gesicht und fing an, mit einem breiten, mitteleuropäischen Akzent zu sprechen. Wieder einmal beehrte er uns mit seiner mehr als mittelmäßigen Peter-Lorre-Imitation.

»Ihr Kater mag ja sehr schön sein, Madam, aber ... hähä ..., ich entlarve ihn als Verräter und Angeber ... hähä ... Für Sie mag er ein unschuldiger Main-Coon sein. Aber wir wissen, daß er ein Hochstapler und Betrüger ist. Denn er kann nicht mal eine Maus oder einen Vogel fangen. Und deshalb muß er für seine Verbrechen büßen ... Ich muß ihn töten ... hä! Ich will ihn töten.« Dann humpelte er aus der Wohnungstür, und ich folgte ihm.

Ich wußte, daß Bushy alles verstanden hatte, aber er hatte nicht mit der Wimper gezuckt.

Wir hatten beschlossen, an der Ecke Forty-third Street und Ninth Avenue anzufangen und die Avenue bis zum Roosevelt Hospital in nördliche Richtung zu gehen, dann nach Osten bis zum Broadway, den Broadway hinauf bis zur Seventy-second Street und dann diese Straße nach Westen bis zum Riverside Park.

Auf dieser Route hofften wir, möglichst vielen von den Obdachlosen zu begegnen, die im Schatten des Lincoln-Komplexes leben und die Dobrynin vielleicht gekannt hatten.

Zu Anfang hatten wir keinen Erfolg, weil es einfach viel zu viele Obdachlose gab: in den Unterführungen, hinter den Gittern der Vorgärten, in den Eingängen zu den Banken, wo die Geldautomaten standen, überall, wo diese Menschen der Kälte entfliehen konnten. Dazu kam, daß wir uns zunächst nicht dazu überwinden konnten, mit ihnen Kontakt aufzunehmen, und zwar wegen ihrer Kleidung, ihres Verhaltens und oft auch wegen ihres Geruchs. Als ausgesprochen hinderlich erwies sich auch die Tatsache, daß wir leider absolut keine Erfahrung darin hatten, zwischen denen zu unterscheiden, die einfach nur heruntergekommen, und denen, die geistesgestört waren, denn wir wollten ihnen ja schließlich die Fotos zeigen und eine vernünftige Antwort bekommen.

Aber im Grunde war das alles unerheblich. Niemand wollte den Typ auf den Fotos kennen. Und egal, wie wir auch versuchten, mit ihrem abweisenden Verhalten umzugehen, am Ende hatten wir jede Menge der Zehn-Dollar-Scheine aus reiner Mildtätigkeit verteilt – eine ziemlich schlechte Strategie.

In einem kleinen Stehcafé auf der Fifty-senventh Street tranken wir einen Kaffee, gingen einen weiteren Block in Richtung Roosevelt Hospital und wollten gerade zum Broadway und zum Columbus Circle abbiegen, als Tony einen neuen Kandidaten entdeckte. Der Mann zog eine Art Leiterwagen, der offenbar selbstgebaut und sehr groß war, beladen mit all seinen Habseligkeiten und allem möglichen Abfall: Zeitungen, zerfetzte Sofakissen, Bücher und Lumpen, alles mit einem Strick auf dem merkwürdigen Gefährt festgebunden.

Der Mann kam aus nördlicher Richtung, vielleicht wollte er in den kleinen öffentlichen Park an der Ninth Avenue.

»Ich glaube, der könnte was sein«, spöttelte Tony. »Komm, wir zeigen ihm den guten Jungen.«

Als wir näher herankamen, konnten wir sehen, wie merkwürdig er gekleidet war. Er trug einen riesigen schwarzen Hut mit ein paar schmierigen Federn daran und ein speckiges Wildlederhemd mit langen, verdreckten Fransen. Er sah aus wie ein Büffeljäger, der gerade aus einem hundertjährigen Schlaf erwacht ist. Sein angegrauter Schnauzbart unterstrich diesen Eindruck noch.

Tony ging auf den Mann zu und sprach ihn höflich an. »Entschuldigen Sie, könnte ich kurz mit Ihnen sprechen?«

Buffalo Bill blieb stehen, ließ die Stange seines Leiterwagens auf das Pflaster sinken und sah Tony mit offenem, wenn nicht leerem Blick an. »Ja, zum Teufel«, antwortete er. »Red nur, Kumpel.«

»Haben Sie diesen Mann schon einmal gesehen?« Tony hielt ihm drei der Fotos hin, aufgefächert wie Spielkarten.

Der Büffeljäger kniff die Augen zusammen und starrte auf die Fotos.

»Sag mal, Partner, hast du vielleicht was zu rauchen, während ich mir das hier ansehe?«

Basillio zündete eine Zigarette an und gab sie ihm. Der Penner stürzte sich förmlich darauf und stieß riesige Rauchwolken aus.

Er sah die Fotos an, und zwar mehrere Minuten lang. Ich dachte schon, er hätte vergessen, daß wir auch noch da waren. Aber da hob er die Augen, schnippte mit den Fingern verächtlich gegen das linke Porträt und sagte: »Den hab ich nie gemocht. Den hab ich wirklich nie ausstehen können.«

»Soll das heißen, Sie kannten ihn?« stieß ich hervor.

»Klar, zum Teufel, ich kannte ihn«, sagte er. Dann wurde sein Verhalten bedrohlich. »›Kumpel‹, hab ich zu ihm gesagt, ›sieh zu, daß du weiterkommst. Hau ab und mach die Fliege, hörst du. Ich kann dich nämlich nicht vertragen!‹« Er stieß etwas hervor, was wohl ein böses Lachen sein sollte.

Tony zog seelenruhig zwei Zehner hervor und stopfte sie mit Nachdruck in die Brusttasche von Buffalo Bills Hemd.

»Können Sie uns sagen, wann Sie ihn zuletzt gesehen haben?« fragte ich.

Er zog noch einmal an der Zigarette, wie ein verrückter Wal, dachte nach und sagte dann: »Ich glaube, ich habe Lenny an Thanksgiving zuletzt gesehen ... da drüben, wo wir Essen kriegen. In der Suppenküche.«

»Lenny?« wiederholte ich. »Haben Sie ›Lenny‹ gesagt?« Basillio und ich wechselten einen enttäuschten Blick.

»Ja, zum Teufel, das ist Lenny. Verdammte Scheiße, ja. Er hing da rum, aber ich hab ihm gesagt: ›Verpiß dich!‹ Hab ihn weggeschickt. Hab ihn nie leiden können.«

Tony holte die Fotos wieder hervor und entfaltete sie noch einmal. »Sind Sie sicher, daß das Lenny ist?«

Buffalo Bill nahm Tony die Fotos aus der Hand und schaute sie noch einmal an, diesmal aber weniger als zwei

Sekunden. »Lenny«, verkündete er und gab Tony die Bilder zurück.

»Sagen Sie mal«, fragte ich, bevor er weitergehen konnte, »wo ist diese Suppenküche, wo Sie Lenny zuletzt gesehen haben?«

Er schien verwundert darüber, daß nicht allgemein bekannt war, wo die Suppenküche sich befand. Aber nachdem wir uns für unsere Unwissenheit entschuldigt hatten, erzählte er uns alles über die netten Leute von der Kirche in der Seventy-first Street. Dann nahm Buffalo Bill sein überladenes Wägelchen und zog seiner Wege.

Tony und ich traten in einen Hauseingang, um uns ein wenig aufzuwärmen und unseren ersten Ermittlungserfolg zu verdauen.

»Ich weiß nicht, Tony«, sagte ich. »Können wir wirklich sicher sein, daß Lenny Peter Dobrynin ist?«

»Na ja, der Typ war sich ja wohl sicher.«

»Aber vielleicht ist er ein kompletter Psychopath?«

»Das bezweifle ich.«

»Aber warum sollte er sich ›Lenny‹ genannt haben?«

»Woher soll ich das wissen?«

»Ich glaube, wir besuchen mal diese Suppenküche.«

In der Episkopalkirche war nur der Küster. Der Mann auf den Fotos kam ihm nicht bekannt vor, und er kannte auch niemanden namens Lenny. Außerdem, sagte er, hatte die Kirche ihre Obdachlosenspeisung vor sechs Wochen wegen Geldmangels einstellen müssen. Er nannte uns aber die Namen der Gemeindemitglieder, die die Suppenküche betrieben hatten. Wir bedankten uns und gingen.

Wieder auf der Straße, fing Tony an zu klagen. »Ich bin

nicht so ein harter nordischer Typ wie du, Schwedenmädel, und ich kann förmlich fühlen, wie mich all meine Energie verläßt. Diese Kälte fordert wirklich ihren Tribut.«

»Willst du damit etwa sagen, daß wir für heute Schluß machen sollen?« fragte ich. »Wahrscheinlich solltest du in deinem angeschlagenen Zustand sowieso nicht mit mir hier herumlaufen.«

»Nein, nein, mir geht es gut. Aber ich wäre doch sehr dafür, ein paar von diesen Zehnern zu klauen und in Nahrung zu investieren.«

Ich zögerte eine Minute. Ich hatte auch Hunger und kalt war mir ebenso.

Tony führte mich in ein altmodisches italienisches Familienrestaurant. Er war seit Jahren nicht mehr hiergewesen, sagte er, und obwohl ich bestimmt Dutzende von Malen hier vorbeigekommen war, war mir das Restaurant nie aufgefallen. Wir kamen zu einer ungewöhnlichen Zeit – zwischen Mittag- und Abendessen – und daher waren keine anderen Gäste da. Die Kellner saßen an einem runden Tisch zusammen und tranken Kaffee. Tony und ich setzten uns in eine Nische und bestellten ein üppiges Mahl: einen guten Chianti, einen Cäsar-Salat für zwei, Antipasti für zwei, und Pasta. Zum Abschluß teilten wir uns Erdbeeren mit Zabaione.

Es dauerte einige Zeit, bis das Essen kam, aber das machte uns nichts aus. Wir saßen im Warmen. Wir hatten schließlich schon einen anstrengenden Tag hinter uns, und er war noch lange nicht vorbei. Ich hatte das Gefühl, mir mein Honorar schwer zu verdienen, auch wenn es momentan noch unmöglich war, zu beurteilen, ob das, was wir herausgefunden hatten, irgend etwas wert war.

Wenn Buffalo Bill nicht geistesgestört war, dann hatten wir endlich einen konkreten Hinweis erhalten. Dobrynin hatte wirklich mit den Obdachlosen gelebt. Er war einer von ihnen gewesen, und sie hatten ihn Lenny genannt. Was seine Kumpel nicht wußten, war, daß Lenny der beste Ballettänzer des Jahrzehnts gewesen war. Das alles war ziemlich abstrus. Ich war völlig in Gedanken versunken, tief in dieses ganze Dobrynin-Rätsel. Tonys Lachen holte mich in die Wirklichkeit zurück.

»Aber es hat doch wirklich Spaß gemacht, nicht wahr, Alice?« sagte er.

»Was hat Spaß gemacht?«

»Früher, als wir endlos herumgehangen haben und stundenlang durch die Stadt gelaufen sind. Erinnerst du dich: erst in eine Bar, dann ein Stehcafé, dann ins Kino, und dann noch irgendwohin? Sogar in ein Kaufhaus zu gehen war irgendwie ein Abenteuer. Wir sind Rolltreppe gefahren, nur um die Leute zu beobachten. Wie zum Teufel haben wir es damals nur geschafft, so viel rumzulaufen? Und jetzt sind wir hier, über zwanzig Jahre später, und treten uns schon wieder die Füße platt. Warum haben wir das eigentlich gemacht, Alice?«

»Keine Ahnung«, sagte ich kurz angebunden. Mir war nicht ganz klar, warum, aber ich wollte seinen Nostalgieanfall im Keim ersticken.

Dabei wußte ich genau, warum. Ich erinnerte mich.

Basillio und ich waren zum Theater gekommen, als die Schauspielschulen noch unter dem Einfluß von Stanislawskis *Method Acting* standen. Die Hauptthese dieser Methode ist ganz einfach: Man muß jede Rolle aus den Traumata und Freuden des eigenen Lebens entwikkeln. Wenn die Rolle, die man spielt, verlangt, daß man weinen muß, weint man wirklich, indem man sich zum Beispiel an ein Haustier erinnert, das man verloren hat, als man noch ein kleines Kind war. Auf diese Weise kann man der Rolle Glaubwürdigkeit verleihen. Natürlich ist dann jeder Schauspieler nur so gut wie sein Erfahrungsschatz. Je mehr traumatische Erfahrungen man gemacht hat, desto besser. Je mehr freudige Ereignisse man erlebt hat, desto besser. Je mehr man gelitten und erfahren hat, desto besser wird man als Schauspieler sein und desto mehr verschiedene Rollen wird man spielen können.

Kurz, ein guter Schauspieler muß »wilder« leben als jemand, der kein Schauspieler ist. Und ich kann Ihnen versichern, wir waren damals ganz von dieser These überzeugt. Ich war damals so wild entschlossen, alle Höhen und Tiefen des Lebens auszukosten – Sex, Liebe, Arbeit, Schmerz, Mitleid, Bildung –, daß es einem angst machen konnte. Ich wollte ein großer Star werden.

Die amerikanische Form des *Method Acting* gibt es heute nicht mehr, aber die Mythen, die damit verbunden sind, sind so lebendig wie eh und je, und zwar auf eine ziemlich erbärmliche Weise. Hollywoodstars, die Millionen verdienen, betonen in ihren Autobiographien, wie nah am Abgrund sie gelebt haben, um zu beweisen, daß sie damals wirklich richtig wild gewesen sind. Dabei ist das einzig Wilde an ihnen die Tatsache, daß sie ab und an ihr gemütliches Heim in Brentwood in Begleitung nur eines Bodyguards verlassen.

Das war der Zweck der endlosen Spaziergängen gewesen, die Tony und ich damals unternommen hatten: Menschen, Dinge und Gefühle zu sammeln wie Blumen zu einem Strauß. Um mehr zu sehen, mehr zu empfinden, mehr zu lernen, uns mehr zu freuen. Alles, was uns auf diesen Spaziergängen begegnete, war eine Erinnerung, die bewahrt werden mußte, um sie auf der Bühne nutzen zu können.

Ich schaute zu Tony hinüber und lächelte ihn an. Ich war überrascht, als ich sah, daß er ein finsteres Gesicht machte und mit gesenktem Kopf auf den leeren Teller vor sich starrte.

»Basillio, was ist los?«

Es dauerte lange, bis er seinen Blick hob und mich ansah, mit einem beunruhigend unfreundlichen Gesichtsausdruck.

»Ich möchte dich etwas fragen ... Alice.«

Es wunderte mich, daß er nicht »Schwedenmädel« sagte, aber ich schaffte es, zu antworten: »Frag doch.«

Er stellte seine Frage nicht sofort, sondern spielte mit den Sachen auf dem Tisch, schob sie hin und her.

Dann sagte er, ruhig und würdevoll: »Warum liebst du mich nicht?«

Ich dachte, das sollte ein Witz sein. Ich lachte.

»Verdammt noch mal, was ist denn daran so furchtbar lustig?« Er knallte eine Gabel auf den Tisch, so heftig, daß Wein aus seinem Glas auf den kleinen Teller mit den Zuckerstückchen spritzte. »Entschuldige«, sagte er und setzte sich gerade hin.

»Tony«, begann ich nervös, »ich weiß nicht, was ich darauf sagen soll. Ich dachte, du wärst glücklich und zufrieden mit deinen jungen Schauspielerinnen. Viele Männer wären froh, wenn sie deinen Erfolg bei diesen ...«

Er unterbrach mich. »Ich mache junge Schauspielerinnen an, Alice, weil du anscheinend kein Interesse mehr an mir hast.«

»Das stimmt nicht, Tony, und das weißt du auch.«

Er hörte mir überhaupt nicht zu. »Du hast kein Interesse mehr an mir, obwohl ich alles, was ich in den letzten Jahren getan habe, nur für dich getan habe. Deinetwegen habe ich meine Frau verlassen – na ja, vielleicht war es nicht nur deinetwegen. Vielleicht hätte ich sie sowieso verlassen. Aber als ich sie verlassen habe, war es deinetwegen.

Und wenn es nicht deinetwegen gewesen wäre, wäre ich nie wieder zurück zum Theater gegangen. Und das ist wirklich nicht einfach gewesen, Alice. Meine Chancen, als Bühnenbildner erfolgreich zu sein, sind ungefähr genauso gut wie deine, Peter Dobrynin zu finden, wie er Bleistifte auf der Columbus Avenue verkauft.

Und dann signalisierst du mir jeden Tag etwas anderes. Einerseits hast du mich gern dabei, um dir bei deiner Arbeit zu helfen. Andererseits schließt du mich aber aus deinem Leben aus. Einerseits schläfst du ab und zu mit mir. Andererseits kannst du gut auf mich verzichten. Ich bin austauschbar, und das weiß ich.

Wo stehe ich also? Na? Deshalb möchte ich, daß du mir diese dämliche Frage beantwortest: Warum liebst du mich nicht?«

Aber anstatt eine Antwort abzuwarten, fuhr er mit seiner Tirade fort.

»Ich bin ein intelligenter Typ, nicht? Phantasievoll? Ja, gut, ich weiß, daß ich ein bißchen verrückt bin, aber ich bin nicht gefährlich, oder doch? Ich bin auf eine interessante Weise verrückt. Wir mögen dieselben Dinge: dieselben Schauspieler, dieselben Stücke, dasselbe Essen. Und das allerbeste ist: Ich *kenne* dich. Ich weiß, was du fühlst, ich weiß, wie du denkst, und in der Regel weiß ich auch genau, was du denkst. Was willst du denn noch? Was fehlt?«

Er beugte sich zu mir herüber, und in seinem Gesicht war so viel Schmerz, daß ich gar nicht hinsehen konnte.

»Also, Alice«, seine Stimme war leise und rauh, »warum nicht?«

»Tony«, sagte ich schließlich, »es gibt Liebe ... und Liebe.« Mehr brachte ich nicht heraus. Ich langte über den Tisch und griff nach seiner Hand. Es gab nichts mehr zu sagen. Aber ich wußte, daß ich ihn heute abend nicht ins Hotel schicken würde.

»Ich glaube, das war die beste Nacht seit 1978«, sagte Tony schläfrig.

Das Licht des frühen Morgens wirkte schlammig, wie es durch mein kleines Schlafzimmerfenster fiel, mehr wie ein Sonnenrest als wie Morgenlicht.

»Was war denn 1978?« fragte ich.

»Oh, ich weiß gar nicht.«

Er griff unter der Decke nach mir.

»Es war super, Schwedenmädel. Das haben wir gut gemacht, findest du nicht?«

»Hm«, sagte ich.

Ich schaute Basillio in die Augen und lächelte nachsichtig. Ich habe niemals verstanden, warum Männer Sex immer benoten müssen, als ob körperliche Liebe wie Fußball wäre, mit Freistößen und Abseitsfallen und Elfmetern. Ja, es war schön gewesen. Aber sollte Sex das nicht immer sein? Es war erregend und zärtlich und was nicht noch alles gewesen. Aber das war kein Grund, es dauernd zu wiederholen.

Seine Hand fühlte sich warm an, wie sie über meine Haut strich. »Ich glaube, wir haben den zweiten Akt vergessen, Schwedenmädel«, flüsterte er mir ins Ohr. »Laß uns den Tag vernünftig beginnen.«

Ich dachte eine Sekunde darüber nach. »Lieber nicht«, sagte ich freundlich. »Es ist Zeit, an die Arbeit zu gehen.«

Etwas plumpste auf das Bettende. Ich setze mich auf und war ziemlich erstaunt, Pancho dort sitzen zu sehen, der uns anstarrte – der Tony anstarrte, besser gesagt.

Es hätte mich nicht im geringsten überrascht, Bushy dort vorzufinden, der schließlich oft in meinem Bett schlief. Und in der Tat war er beleidigt gewesen, daß jemand seinen Platz eingenommen hatte, und hatte daher die Nacht im Badezimmer neben der Heizung verbracht. Aber Pancho! Der hatte noch niemals lang genug still gesessen, um zu erfahren, wie gemütlich warme Decken sein können.

»Pancho, was ist los?« fragte ich

Seine glben Augen fixierten Tony und leuchteten bedrohlich.

»Will er mich umbringen?«

»Sei nicht albern«, sagte ich zu Basillio. Aber Pancho wirkte in der Tat furchterregend, wie er so dasaß und die Muskeln in seinen Flanken und Schultern ab und zu zuckten. Plötzlich fragte ich mich, ob es wohl möglich war, daß Pancho glaubte, Tony sei der Feind, der ihn sein Leben lang in meiner Wohnung verfolgt hatte? Der Anlaß für seine ununterbrochenen Fluchtversuche durch die ganze Bude? Konnte es sein, daß er jetzt, wo er seinen Verfolger endlich gestellt hatte, den Spieß umdrehen wollte?

»Tony ist ein Freund«, versicherte ich dem Kater und streckte die Hand aus, um Basillios Kopf zu streicheln.

Was immer Pancho auch im Schilde geführt haben mochte, meine plötzliche Bewegung jagte ihm einen Schrecken ein. Er floh vom Bett und zischte den Flur entlang.

»Deine Wohnung wird gefährlich, Alice. Ich frage mich, wie viele Typen hier wohl hergelockt und dann lebend von diesem Ungeheuer verspeist worden sind? Und was macht das andere Monster eigentlich dabei? Sieht es zu?«

Ich kochte Kaffee und brachte Tony eine Tasse ins Badezimmer. Beim Frühstück lachten wir viel.

Um neun Uhr waren wir in der Seventy-second Street, am Eingang zum Riverside Park. Dieser schmale, längliche Park, der sich über vier Meilen am Ufer des Hudson entlangzieht, von unserem Standort über den Trinity-Friedhof bis zur One Hundred Fifty-third Street, ist schon seit langem ein Paradies für Obdachlose. Sie versammeln sich meist an den Kreuzungen, wo der Park breiter wird, um den Verkehr in Richtung Riverside Drive aufzunehmen: an der Seventy-second, Seventy-ninth, Eighty-sixth und Ninety-sixth Street. In diesen Teilen des Parks gibt es Tunnellabyrinthe, Abhänge und Felsen.

Die ersten beiden Stunden unserer Ermittlungen an diesem Morgen brachten gar nichts. Wir sprachen mit zehn oder zwölf Obdachlosen, von denen die meisten in Kartons oder Schuppen unter der Überführung an der Seventy-second Street Schutz vor der Kälte gesucht hatten. Aber keiner von ihnen kannte den Mann auf den Fotos, die wir ihnen zeigten.

Aber als wir den Riverside Drive in nördlicher Richtung entlanggingen, hatte das Schicksal ein Einsehen mit uns. Ein dicker Mann stand an der Bushaltestelle bei der Seventy-fifth Street und bettelte, und das auf recht außergewöhnliche Weise. Er hatte sich gegen den Unterstand gelehnt und stand, auf eine einzelne Krücke gestützt, um den Passanten sein ziemlich ekelhaftes, geschwollenes und übel zugerichtetes Bein präsentieren zu können. In der Hand hielt er einen Plastikbecher, in dem Münzen klapperten, wenn er ihn schüttelte. Indem er sein zerschundenes Bein zur Schau stellte, wollte er Mitleid erwecken, und in der Tat war es kaum möglich, ungerührt zu bleiben angesichts dieses wirklich fürchterlichen Anblicks.

Der korpulente Mann trug eine dieser wollenen Baseballmützen, auf der SAN DIEGO CHARGERS stand. Er war weit weg von San Diego. Sein Bart war verfilzt und schmutzig, und er trug mehrere Jacken übereinander, die nur halb zugeknöpft waren. Seine Augen waren blutunterlaufen, und er roch nach saurem Wein.

»Entschuldigen Sie, kennen Sie diesen Mann«, fragte Tony und versuchte, in sicherer Entfernung von dem kranken Bein zu bleiben, aber trotzdem nah genug heranzutreten, um dem Mann die Fotos zeigen zu können. Der Typ nahm Tony eines aus der Hand, drehte es auf den Kopf, sagte »Nee« und grinste verschlagen.

Tony nahm ihm wütend das Foto weg, drehte es richtig herum und reichte es ihm wieder, diesmal zusammen mit einem Zehn-Dollar-Schein.

Der dicke Mann schaute eine Minute lang auf das Geld, bevor er es einsteckte. »Lenny hat mir immer fünfzig gegeben«, sagte er verächtlich.

»Was?« sagte Tony, vergaß alle Vorsicht und trat ein bißchen näher an den Mann und sein Bein heran.

»Sie haben Lenny gekannt?« fragte ich.

»Manchmal hat er mir sogar hundert gegeben.«

Der Fall nahm eine neue, unerwartete Wendung. Als Dobrynin ausstieg, war er vielleicht übergeschnappt, vielleicht aber auch nicht. Das wußten wir nicht mit Bestimmtheit. Aber alle hatten übereinstimmend behauptet, daß er pleite gewesen war. Wenn man diesem Mann glauben konnte, dann war unser Lenny durch die Gegend gelaufen und hatte Hundert-Dollar-Scheine verteilt.

Der Dicke seufzte nur, als wir ihm weitere Fragen über Lenny stellten. »Fragen Sie nicht mich«, verabschiedete er uns, »fragen Sie Fay. Sie weiß mehr als ich.«

Es stellte sich heraus, daß Fay beim Bootsteich lebte. Er zeigte uns die Richtung und meinte, wir sollten sagen, Harry habe uns geschickt. »Ja, Harry«, wiederholte er ungeduldig. »Das bin ich. Fragen Sie Fay.« Und er fing wieder an mit seinem Becher zu klappern, das scheußliche, geschwollene Bein immer noch schamlos entblößt.

Wir eilten zum Teich. Weil Winter war, dümpelten nur Hausboote im Wasser. Auf den Bänken entlang des Weges, der zum Ufer führte, lagen Dutzende von Männern. Manche schliefen, andere aßen fettiges Fast-food, andere rauchten und tranken aus Flaschen, die in Papiertüten steckten. Sie kannten Fay alle. Einer führte uns direkt zu dem kleinen Hügel am nördlichen Ende des Anlegebeckens.

Sie saß auf einem Stapel zusammengefalteter Zeitungen auf dem gefrorenen Boden. Neben ihr stand ein vollgestopfter Einkaufswagen mit ihren Besitztümern oder was ich dafür hielt. Allein die Menge des Zeugs in dem Einkaufswagen war überwältigend. Ich betrachtete es nicht sehr eingehend.

Wenn man Fay unter anderen Umständen getroffen hätte, wäre man nicht sofort darauf gekommen, daß sie zu den Obdachlosen gehörte. Sie war sauber, relativ vorzeigbar, aber trotzdem war an ihrer Erscheinung etwas Merkwürdiges, und sie hatte eine erschreckende

Menge Rouge aufgelegt. Ihr Mantel sah aus, als ob er aus echtem Pelz wäre, und er war in recht gutem Zustand, aber als ich ihn näher betrachtete, sah ich, daß der Kragen von einem anderen Mantel stammte und nur mit ein paar Stichen angeheftet worden war. An den Füßen hatte sie Plüschpantoffeln, was angesichts der Temperaturen schon merkwürdig genug war, aber dazu trug sie zwei verschiedene Herrensocken.

Es stand außer Frage, daß Fay Lenny gekannt hatte. In dem Moment, in dem Tony Dobrynins Foto herausholte, leuchteten ihre Augen auf: Sie hatte ihn erkannt. Vielleicht leuchteten sie aber auch, weil sie ihn geliebt hatte. Sie nahm das Foto, drückte es gegen ihre Wange und gurrte seinen Namen.

»Lenny! Ich warte schon so lange auf ihn«, sagte sie schwer atmend. »Wo ist Lenny?«

Wir sagte Fay nicht die Wahrheit. Tony erfand eine Geschichte von einem Autounfall, bei dem Lenny verletzt worden war. Wir seien alte Freunde von Lenny und versuchten jetzt, ein paar Hintergrundinformationen zu sammeln, damit sein Anwalt den Fahrer des Wagens belangen könne. In ein paar Monaten würde Lenny wieder gesund sein, sagte Tony. Er sei auf dem Weg der Besserung.

Fay war erschüttert über diese Mitteilung, und das beschämte mich. Aber ich konnte ihr einfach nicht die Wahrheit sagen.

»Ich hoffe, er kommt bald zurück«, sagte sie schließlich. »Seine Babys haben Hunger. Und ich habe kein Geld, um sie zu füttern.«

Jetzt war ich wirklich perplex.

»Von was für Babys sprechen Sie, Fay«, schaffte ich zu fragen.

»Von seinen Babys«, antwortete sie scharf. »Er hat mir immer Geld gegeben, damit ich Futter für sie kaufen konnte. Leckeres Futter. O ja, er kümmert sich sehr um diese Babys. Ich soll immer nur das Allerbeste für sie kaufen. ›Hühnchen Kiew‹ ist ihr Leibgericht.«

Basillio bekam einen heftigen Hustenanfall und drehte uns eine Minute lang den Rücken zu.

»Lenny gibt mir das Geld«, fuhr Fay fort, »und ich gehe rüber in diesen russischen Laden und kaufe das Futter.«

»Sie meinen ... nicht vielleicht ...«, fragte ich stockend, »das ... das russische ... Spezialitätenrestaurant? Auf der Fifty-seventh Street?«

»Ja«, sagte sie und rümpfte die Nase. »Was denn sonst? Er gibt ihnen tolles Futter. Und uns auch. Lenny ernährt uns alle. Sagen Sie ihm, seine Babys hätten Hunger.«

Als ich sie bat, uns zu diesen Babys zu führen, zögerte Fay. »Warum? Wollen Sie sie weinen hören?«

Ein paar von unseren Zehnern erweichten sie schließlich. Tony gab ihr das Geld wortlos und schüttelte dabei den Kopf.

Sie führte uns über den Hügel, durch einen dieser kleinen steinernen Tunnel, die es überall im Park gibt, und wir kamen vor einem großen Felsenvorsprung heraus, der von einem Eisengitter umgeben war. Dort blieben wir stehen.

»Siehst du irgendwelche Babys?« fragte Tony mich. »Ich jedenfalls nicht.«

Fay fing an, in ihrem Einkaufswagen zu kramen. Nach einer Weile förderte sie einen großen Löffel zutage, den sie wahrscheinlich in einer dieser Suppenküchen immer noch suchen.

Sie trat nah an den Gitterzaun heran und ließ den Löffel an den Stäben entlangrattern. Das machte ziemlichen Lärm. Sie trat von dem Zaun zurück und lächelte uns an.

Auf dem Felsen auf der anderen Seite des Gitters war eine schnelle Bewegung zu erkennen, und dann kam ein großer, übel zugerichteter Kater hervor. Er ging langsam auf den Zaun zu, als ob jeder Schritt ihm Mühe bereiten würde.

Dann kam eine weitere Katze, eine schäbige Calico. Dann noch eine. Dann kamen sie zu zweit. Es kammen immer mehr, eine mitleiderregende Prozession. Sie sahen alle merkwürdig und unterernährt aus. Und erwartungsvoll.

»Sehen Sie«, sagte Fay traurig. »Da sind all seine hungrigen Babys. Sehen Sie?«

»Alice«, flüsterte Tony, »wir sind nicht mehr in Kansas. Mir reicht es jetzt.«

Ich hörte ihm gar nicht richtig zu. Ich achtete mehr auf Fay, die fortfuhr. »Und sagen Sie ihm, alle anderen sind auch hungrig. Die bei der Hundred and third Street. Sagen Sie Lenny, wir brauchen sofort Geld.«

Die bedauernswerten Katzen stimmten ein klägliches Miauen an.

»Ich kann es nicht ertragen, wenn sie weinen!« schluchze Fay, stopfte den Löffel wieder in den Wagen und ging los. Dann rief sie uns zu: »Sagen Sie Lenny, wenn er nicht selbst kommen kann, soll er das Geld in seiner Wohnung lassen. Ich gehe es dann holen!«

Ich rannte ihr nach und versuchte, mit ihr Schritt zu halten. Sie ging erstaunlich schnell. »Nur eine Frage noch«, sagte ich. »Lenny hat eine *Wohnung*?«

Fay schnaubte. »Hör mal, Schwester, Lenny ist ein

Gentleman! Kennst du einen Gentleman, der keine Wohnung hat? Ja, und er hat eine Villa. Eine große blaue Villa. Ich weiß das ... Ich war schon mal da.«

Aus dem Augenwinkel sah ich, wie sich die Katzen langsam verzogen. Sie hatten ihr Futtersignal gehört. Sie waren zum Essen gerufen worden. Und jetzt mußten sie hungrig wieder gehen.

15

Während Fay mir erklärte, wo die »blaue Villa« war, stand Tony in der Nähe und pfiff vor sich hin. Als ich ihm mitteilte, wo wir jetzt hingehen würden, sagte er, die ganze Sache würde jetzt wirklich verrückt, aber ich bestand darauf, daß wir uns die Wohnung ansahen, die auf dem oberen Broadway liegen sollte, an der Grenze zu Harlem.

In einer der Imbißbuden in der One Hundred and Twelfth Street, die in letzter Zeit aus dem Boden gestampft worden sind, um dem Viertel mehr Flair zu verleihen, machten wir eine Pause. Tony verschlang einen Hamburger, und ich aß eine Suppe. Die plüschbezogenen Barhocker waren recht bequem, und das Lokal war angenehm hell. Aus einer Jukebox im hinteren Teil klang eine Frauenstimme, die auf merkwürdige, ja, geradezu säuerliche Art den Titel *Stay as Sweet as You Are* (Bleib so süß wie du bist) interpretierte.

Tony hörte jetzt mit seinem skeptischen Kopfschütteln gar nicht mehr auf. Es sah aus, als hätte er eine Mücke im Ohr.

»Ich weiß, Basillio, ich weiß«, sagte ich. »Wir sind im Niemandsland. Aber du hast versprochen, das hier mit mir zusammen durchzustehen.«

»Ich bleibe ja auch dabei«, protestierte er leise lachend. »Ich bleibe dabei.«

Wir saßen eine Weile schweigend da und tranken.

»Weißt du, was unangenehm ist?« fragte er nach ein paar Minuten. »Ich meine, was noch unangenehm ist, außer unseren außergewöhnlichen Begegnungen der dritten Art heute.«

»Was denn?«

»Ist es nicht ärgerlich, daß alles, was seine sogenannten Freunde gesagt haben, sich als wertlos erweist?«

»Das mußt du mir näher erklären«, sagte ich und nippte an meiner Bloody Mary, die zu scharf für meinen Geschmack war.

»Na ja, erst mal haben sie alle angeblich *gewußt*, daß er in den letzten Jahren ein Obdachloser, ein Penner gewesen ist. Und jetzt stellt sich heraus, daß er eine Wohnung hatte, entschuldige, eine ›blaue Villa‹.«

»Das wissen wir im Moment noch nicht genau. Aber in ein paar Minuten werden wir erfahren, ob Fay die Wahrheit gesagt hat.«

»Eben. Und was ist mit dem Geld? Alle haben sie gesagt, er hätte keines gehabt. Seine Freunde haben alle behauptet, er hätte es verplempert, er hätte keinen roten Heller mehr gehabt, und er hätte sie anpumpen wollen. Aber er hatte offenbar genug, um sich eine Villa zu leisten. Und er hatte genug, um Katzenfutter im russischen Spezialitätenrestaurant zu kaufen!«

»Da hast du recht, Tony.«

»Und sie haben alle behauptet, er sei ein absoluter Egozentriker gewesen, der die Menschen benutzt hätte und nur für sein eigenes perverses Vergnügen gelebt hätte, was zum Teufel auch immer das gewesen sein mag. Jetzt stellt sich heraus, daß er von seinem Weg abgekommen ist, wegen ein paar von diesen ... diesen armen Unglückseligen. Er verfüttert ›Hühnchen Kiew‹ an eine Horde streunender Katzen. Das hört sich an, als sei er auf direktem Weg zur Heiligsprechung gewesen.«

Ich nickte, aber ich war mir nicht sicher, ob er mit seiner letzten Schlußfolgerung recht hatte. Schließlich weiß jeder Schauspieler, daß die Menschen endlos komplex und widersprüchlich sind. Eine Eigenschaft macht noch nicht den ganzen Charakter aus. Ein Mensch kann theoretisch ein egomanisches Schwein sein und trotzdem ein Herz für streunende Tiere haben.

Ich ließ meinen Drink stehen und bestellte eine Tasse Kaffee. Ich dachte an die Katzen im Park, die plötzlich aufgetaucht waren, als Fay mit dem Löffel an das Gitter geschlagen hatte. Aus irgendeinem Grund konnte ich nicht glauben, daß Peter Dobrynin die Mutter Teresa der Katzenwelt gewesen war, nur weil er sie mit teuren russischen Spezialitäten gefüttert hatte. Ich weiß auch nicht, warum ich dieses Gefühl hatte. Vielleicht, weil streunende Katzen, die im Park leben, immer noch besser dran sind als herrenlose Katzen in leerstehenden Häusern und auf der Straße. Es sind die letzteren, deren Existenz so deprimierend und problematisch ist, so voller Terror und Gefahr durch den Verkehr und den Hunger – und die herzlosen Menschen. Ich wünschte, er hätte sich zuerst um diese Katzen gekümmert. Nur einen Block außerhalb des Parks gibt es unzählige davon. Und die brauchen ganz bestimmt keine Delikatessen. Alles, was sie brauchen, ist ganz normales Katzenfutter.

Der Gedanke an die vielen herrenlosen Katzen machte mich traurig. In all den Jahren habe ich Hunderte von Stunden an diversen kurzlebigen Freiwilligenprogrammen teilgenommen, bei denen versucht wurde, streunende Katzen zu retten. Es ist schwierig, die armen Tiere einzufangen, sogar die, die verletzt oder völlig ausgemergelt sind. Und wenn man sie endlich gekriegt hat, ist es noch schwieriger, ein Heim für sie zu finden, außer, wenn sie noch jung sind. Und wenn man sie nirgends unterbringen kann, was geschieht dann mit ihnen? Soll man sie ins Tierheim geben? Das bedeutet nur allzu oft ihren Tod. Ich trank meinen Kaffee aus und schob die Tasse weg. Wenn ich noch länger hier sitzen blieb, würde ich mich an einzelne dieser Streuner erinnern, und das wollte ich unbedingt vermeiden.

Tony und ich gingen auf dem Broadway nach Norden, am Campus der Columbia University vorbei, an den Seminargebäuden und den Musikschulen. Wir gingen unter der überirdischen U-Bahn-Station an der One Hundred and Twenty-fifth Street hindurch und weiter auf der One Hundred Twenty-sixth Street nach Westen.

Es war eine dreckige Straße; ein besetztes Fabrikgebäude reihte sich an das nächste. Ich suchte den Block mit den Augen ab. Dann hörte ich Tony sagen: »Mann, das darf doch nicht wahr sein!«

Wir sahen das blaue Gebäude. Na ja, es war einmal blau gewesen. Die Farbe war von den Backsteinwänden abgeblättert, und jetzt war es ein Gemisch aus Blau und Rostbraun.

Wir betraten das Haus durch eine doppelte Stahltür und fanden uns in einer kleinen Lobby wieder, die mit altem Marmor ausgekleidet war. Auf einem alten Schild war zu lesen, daß es hier nur noch zwei Mieter gab: eine Metallspinnfirma im zweiten Stock und ein Großhändler für Autoersatzteile. Es schien sonst niemand in diesem Haus zu wohnen, nur zwei Industrieunternehmen hatten hier ihren Sitz.

»Was machen Sie hier?«

Tony und ich drehten uns nach rechts um, von wo die Stimme gekommen war. Ein grauhaariger Mann mit einer von Klebeband zusammengehaltenen Brille stand in der geöffneten Feuertür. Er hatte eine Klempnerschlange in der Hand und noch ein anderes Werkzeug.

»Wer sind Sie?« fragte er und kam auf uns zu.

»Wer sind *Sie*?« gab ich in ebenso mißtrauischem Tonfall zurück.

»Ich bin der Hausmeister«, sagte er und griff seine Werkzeuge fester.

Dann sagte Tony sehr freundlich: »Wir sind Freunde von Lenny.«

Als er das hörte, wurde der Hausmeister ruhiger und versuchte sogar zu lächeln. Ganz offensichtlich mochte er Lenny.

»Wo ist er denn?« fragte er. »Ich habe ihn schon eine ganze Weile nicht mehr gesehen.« Sein Gesicht nahm einen besorgten Ausdruck an. »Es ist ihm doch hoffentlich nichts passiert?«

Tony begann mit einer Geschichte, die so ähnlich war wie die, die er Fay erzählt hatte, um sie zu schonen. »Nun ja ... doch«, antwortete er ernst, aber nicht allzu besorgniserregend. »Es war ein Unfall. Er ist im Beekman Hospital. Aber es geht ihm schon viel besser.«

»Oh, das tut mir aber leid«, sagte der Mann. »Lenny ist der beste Mieter, den ich je hatte – außer wenn er manchmal diese abgerissenen Typen mitbringt.«

»Ach ja«, fuhr Tony fort, »Lennys liebe Freunde. Er kümmert sich wirklich rührend um sie, nicht wahr?«

Ich beschloß, daß es jetzt an der Zeit war, mich einzumischen. »Ich bin so erleichtert, daß wir Sie gefunden haben. Lenny hatte ja gar nichts dabei, als er angefahren wurde. Keine Schlüssel, kein Geld, gar nichts. Er hat uns gebeten, ihm ein paar Klamotten und andere Sachen zu bringen. Könnten Sie ...?«

Der Hausmeister legte seine Werkzeuge auf den Boden, holte einen riesigen Schlüsselring aus seiner Hosentasche und führte uns die Treppen hinauf. Im dritten Stock gingen wir einen düsteren Flur entlang, an dessen Ende sich eine einzelne Tür befand.

»Hier ist es«, sagte der Hausmeister und probierte einen Schlüssel nach dem anderen aus, bis er den passenden gefunden hatte. Er stieß die Tür auf, knipste das Licht an und sagte, wir würden uns unten treffen, wenn wir fertig seien.

Basillio und ich waren gleichermaßen verblüfft von dem Anblick, der sich uns bot.

Eine ganze Reihe von Spots an der Decke erleuchtete hell den Raum. Der Boden, frisch versiegeltes Parkett, glänzte wie ein Schmuckstück. Dobrynin-Lenny hatte den Raum wie ein Ballettstudio eingerichtet, mit Übungsstange und einem Spiegel, der eine ganze Wand einnahm. Es gab zwei hohe Schränke in dem Zimmer, beide vollgestopft mit Leotards, Ballettschuhen, Legwarmers, Trainingshosen und allem möglichen Tanzzeug. Dann gab es noch eine Stereoanlage und ein großes glänzendes schwarzes Klavier.

»Das wird ja immer merkwürdiger«, murmelte Tony, während er sich umsah.

Ich ging an der einen Wand entlang und betrachtete die auf dem Boden verstreuten Matten und Decken. Zweifellos kamen die abgerissenen Leute, von denen der Hausmeister gesprochen hatte, ab und an hierher.

»Alice, schau mal!« rief Tony. »Da ist eine Kassette im Videorecorder.«

Ich ging zu ihm hinüber. Er grinste. »Ich frage mich, was für Filme dein Freund wohl bevorzugt hat.«

»Er war nicht mein Freund, Basillio. Ich bin diesem Mann nie begegnet.«

Tony drückte ein paar Knöpfe, schaltete den Fernseher und den Videorecorder ein. Eine Sekunde später erschien ein Paar auf dem Bildschirm.

»Na, das wundert mich nun gar nicht«, sagte Tony höhnisch.

Es handelte sich um ein privates Video, und wir erkannten bald, daß es genau da aufgenommen worden war, wo wir jetzt standen. Der Mann und die Frau auf dem Bildschirm hatten beide schöne Körper – Tänzerkörper. Und sie waren beide splitterfasernackt.

»Ist das der große Lenny ..., oder sollte ich Dobrynin sagen?« fragte Basillio, die Augen auf den Fernseher geheftet.

»Ja«, sagte ich.

Das Paar tanzte, fließend und wundervoll. Es war schön. Ich spürte, wie mich fröstelte.

»Weißt du, wer die Frau ist?«

Ich antwortete nicht.

Tony warf mir einen kurzen Blick zu und wandte sich dann wieder dem Fernseher zu, das Gesicht nah am Bildschirm. »Wer ist das, Alice? Und was machen sie da?«

Ich wußte, was sie da »machten«, dank einiger Proben, die ich vor vielen Jahren zusammen mit Lucia Maury besucht hatte. Sie tanzten eine der ersten Szenen aus *Giselle*. Giselle und Albrecht führten vier *Ballottés* aus, dann ein *Balloné* und ein *Grand jeté*. Ich konnte die alte Ballettmeisterin fast hören, wie sie die Positionen ansagte.

»Komm schon, Alice«, sagte Tony in drängendem Ton, als ob das Video ihn irgendwie beunruhigen würde. »Du weißt doch, wer die Frau ist, oder nicht?«

»Sie heißt Melissa Taniment«, sagte ich.

16

»Wie kann man hier nach draußen telefonieren?« fragte ich.

Wir hatte bei Lennys komischer »Villa« ein Taxi genommen und waren jetzt in Tonys Hotelzimmer. Ich fühlte mich immer noch ein bißchen benommen von dem, was wir gesehen hatten. Jetzt mußte ich Lucia anrufen, um mehr über Melissa Taniment zu erfahren. Als Insiderin würde Lucia alles über sie wissen, alle intimen Details, und hoffentlich auch die unanständigen.

»Du mußt erst eine Neun wählen«, sagte Tony.

Er saß in einem Sessel vor der alten, leise zischenden Heizung. Das eine Bein hatte er ausgestreckt und rieb es vorsichtig. Ganz offensichtlich war die Lauferei für sein verletztes Bein zuviel gewesen.

Während es am anderen Ende der Leitung klingelte, hörte ich Basillio hinter mir sagen: »Wissen Sie, Lady Nestleton, Ihr größtes Problem ist, daß Sie tief in Ihrem Innern eine richtige Akademikerin sind. Du solltest wirklich irgendwo unterrichten und einer Gruppe von eifrigen Nichtskönnern die Anfangsgründe der Schauspielkunst beibringen. Tatsache ist nämlich, daß du anständiger bist, als gut für dich ist. Denn du würdest niemals nackt mit mir tanzen. Im Leben nicht. Nicht einmal, wenn wir dabei auf Video aufgenommen würden.«

Ich fand diese Bemerkung amüsant. »Aber, Tony«, sagte ich, »du bist auch nicht Dobrynin. Wer weiß, wie ich mich entschieden hätte, wenn er mich zum Tanz aufgefordert hätte?«

Basillio antwortete nicht und am anderen Ende der Leitung ging auch niemand dran. Schließlich legte ich auf und rief Frank Brodsky an.

Der Anwalt berichtete mir, daß Lucia zu Hause sei, aber nicht ans Telefon ginge. Sie sei völlig mit den Nerven runter, stünde unter Beruhigungsmitteln und ärztlicher Aufsicht. Die ganze Aufregung sei einfach zu viel für sie gewesen.

Ich wich seinen Fragen hinsichtlich meiner Ermittlungserfolge aus, soweit es ging, und sagte, ich hätte jetzt gleich einen dringenden Termin in dieser Angelegenheit.

Dann rief ich Melissa Taniment an. Ich nannte meinen Namen, sagte, daß ich sie dringend noch einmal sprechen müsse und fragte, ob ich kurz vorbeikommen könne.

Sie antwortete, sie habe nicht die geringste Absicht, sich noch einmal mit mir zu treffen, weder heute abend noch sonstwann.

»Wären Sie bereit, diese Antwort vor einer Videokamera zu wiederholen?« fragte ich.

Ich wartete, bis sie das lange, bedrückende Schweigen endlich brach und eisig sagte: »Kommen Sie her.« Dann legte sie auf.

»Soll ich dich begleiten?« fragte Tony.

»Nein, bleib du hier und ruh dich aus. Es wird nicht lange dauern. Soll ich dir eine Suppe mitbringen?« bot ich an, während ich meinen Mantel anzog.

»Ja. Und sag ihm, er soll die Suppe kräftig machen, mit zwei Oliven drin.«

Ich verließ das Hotel und ging auf direktem Wege zu dem gläsernen Hochhaus. Melissa sagte kein Wort, als sie die Tür öffnete. Anscheinend kam sie gerade aus der Dusche. Sie hatte ein großes blaues Handtuch um den Kopf gewickelt und trug einen Bademantel in der gleichen Farbe.

Sie führte mich abermals in die Küche. Das war wohl ihre Art, mir zu zeigen, daß ich gesellschaftlich unter ihr stand und es nicht wert war, daß man mir einen Platz im Wohnzimmer anbot – wie irgendein Handwerker. Ich nahm eine Ausgabe von *Harper's Bazaar* von einem der Küchenstühle, legte sie auf den Tisch und setzte mich.

Melissa ging zu der Theke hinüber, auf der einer dieser hypermodernen Entsafter stand, die alles und jedes in flüssiges Nichts verwandeln können, sogar Blechdosen, wenn man die Brühe damit anreichern möchte. Neben diesem neumodischen Apparat lagen Orangen, Karotten und Früchte, die ich für Mangos hielt, säuberlich aufgereiht und warteten darauf, geschlachtet zu werden. Sie fing an, die Orangen in Viertel zu schneiden und ignorierte mich immer noch total. Ich wartete schweigend. Dann wandte sie sich den Karotten zu. Keine von uns sagte ein Wort. Schließlich legte sie das Messer angeekelt auf die Theke und setzte sich mir gegenüber an den Tisch.

»Sie waren also in seiner Wohnung«, sagte sie bitter und ein wenig furchtsam.

»Ja. Und ich habe das Video angeschaut.«

Sie saß aufrecht auf ihrem Stuhl. Ich konnte sehen, wie sie versuchte, sich zusammenzunehmen. Sie blickte auf ihre Hände, die auf der Tischplatte lagen, wie um ihnen das Zittern zu verbieten.

»Es stimmt also nicht, daß Sie Peter Dobrynin in den letzten drei Jahren seines Lebens nicht gesehen haben? Sie haben gelogen, als Sie das behauptet haben.«

Ihre Augen funkelten. »Natürlich habe ich Sie angelogen. Ich bin Ihnen schließlich keine Rechenschaft schuldig.«

Ich lächelte leise. »Bitte, sprechen Sie weiter«, sagte ich.

»Mein Gott, was soll ich Ihnen denn erzählen? Daß ich einmal die Woche da hingegangen bin? Ja, das habe ich getan. Manchmal auch öfter. Daß ich mit ihm ins Bett gegangen bin? Natürlich bin ich mit ihm ins Bett gegangen. So – reicht Ihnen das?«

»Sie haben noch etwas anderes getan«, sagte ich. »Sie haben getanzt.«

»Ja«, gab sie gereizt zu, »aber nur einmal ... jedenfalls so. Er hat mich dazu überredet.« Plötzlich verschränkte sie die Arme vor der Brust, als ob ihr kalt sei. Dann beugte sie sich vor, und ihr Gesicht hatte plötzlich den Ausdruck eines Kindes, das bei seiner Mutter um etwas quengelt.

»Bitte, geben Sie mir die Kassette. Ich zahle, was Sie wollen. Bitte!«

Es war mir unangenehm, daß sie mir Geld anbot. Aber sie hatte gute Gründe für ihren Versuch, mich zum Schweigen zu bringen. Die Polizei hätte sicherlich großes Interesse an der Kassette, wenn ich sie ihnen zeigte. Wenn ich damit zur Presse ging, würden die Zeitungen den Fall wieder aufnehmen und Melissas Gesicht – und wahrscheinlich nicht nur ihr Gesicht – würde die gesamte zweite Seite einnehmen. In jedem Fall würde sie des Mordes verdächtig werden. Und außerdem – und das war wahrscheinlich Melissas Hauptsorge – würde ihr Mann, dieser Salonlöwe, dann alles erfahren.

Ich betrachtete den Entsafter, während ich über ihren Vorschlag nachdachte. Dann sagte ich: »Ich will Ihr Geld nicht. Ich werde diese Kassette behalten, bis der Mörder Peter Dobrynins gefaßt ist.«

»Aber der ist doch gefaßt!« gab Melissa wütend zurück. »Lucia Maury hat Peter umgebracht.«

»Das ist nicht wahr. Und jetzt sind Sie sogar viel verdächtiger als Lucia.«

»Ich war in der Nacht, als Peter getötet wurde, mit meinem Mann auf einer Dinnerparty in Long Island. Mit fünf anderen Paaren. Wie soll ich ihn da umgebracht haben?«

»Das weiß ich im Moment noch nicht. Aber da gibt es Mittel und Wege.«

Sie explodierte vor Wut und brüllte: »Ich habe ihn geliebt! Ich habe ihn immer geliebt, Sie dumme Kuh! Verstehen Sie das? Ich hätte Peter niemals etwas antun können!«

Ich wartete ein bißchen, bis sie sich beruhigt hatte, und fragte dann beiläufig: »Haben Sie ihm Geld gegeben?«

»Nein. Niemals. Er hat mich nie darum gebeten.«

»Woher hatte er dann sein Geld?«

»Ich weiß es nicht.«

»Wußten Sie, daß er ziemlich viel Geld ausgegeben hat, um Futter für streunende Katzen zu kaufen?«

»Das hat er ein-, zweimal erwähnt.«

»Kam Ihnen das nicht komisch vor?«

»Nein, warum sollte es? Er war sehr tierlieb. Und außerdem kam er ständig spontan auf alle möglichen verrückten Ideen, die niemand verstehen konnte.«

»Warum hat er sich ›Lenny‹ genannt?«

»Woher soll ich das wissen?«

»Gibt es noch weitere, Sie kompromittierende Videokassetten?«

»Nein. Jedenfalls nicht mit mir. Ich habe das nie tun wollen. Es war so albern. Aber Peter wollte es unbedingt. Er war betrunken und ich wahrscheinlich auch. Es war so peinlich, nackt zu tanzen ... vor seinem Freund.«

»Freund? Wer war das?«

»Der Mann, der uns aufgenommen hat. Er hat diese bescheuerte Videokamera bedient.«

»Wissen Sie, wie er heißt?«

»Ich glaube, er hieß Basil.«

Ich lehnte mich zurück und versuchte, diese wenigen Informationen zu interpretieren. Keiner von den Obdachlosen hatte einen Mann namens Basil erwähnt.

»War er ein Penner?«

»Ich bin nicht sicher. Wahrscheinlich. Er kam und ging. Ich weiß nur, daß er im Gefängnis gewesen war. Das schien Peter irgendwie zu gefallen. Er fand es anscheinend amüsant, daß dieser Mann ein Krimineller war.«

»Weshalb hatte er im Gefängnis gesessen?«

»Ich habe keine Ahnung. Peter hat es mir nie erzählt, und ich habe nie danach gefragt.»

»Können Sie ihn beschreiben?«

Melissa seufzte ungehalten. Sie stand auf, richtete das blaue Handtuch um ihr feuchtes Haar und kehrte zur Theke zurück. Sie nahm das Messer wieder in die Hand, machte aber keine Anstalten, weitere Zutaten für ihren Saft zu zerschneiden. Einen Moment lang befürchtete ich, sie würde mit dem Messer auf mich losgehen.

Aber sie drehte es nur in der Hand hin und her. »Hören

Sie«, sagte sie knapp, »ich möchte nicht, daß mein Mann etwas davon erfährt. Auf gar keinen Fall, verstehen Sie mich? Er ist ein sehr lieber, netter Mensch, aber er würde nie ... Ich habe ihm erzählt, daß Peter und ich schon vor langer Zeit Schluß gemacht hätten. Er würde es einfach nicht verstehen können.«

Nein, ganz sicher nicht, stimmte ich ihr im Geiste zu.

»Sind Sie in Dobrynins Wohnung sonst noch jemandem begegnet?« war meine nächste Frage. »Irgend jemandem, Männer, Frauen, irgendwer?«

Sie verzog das Gesicht, und mir wurde klar, daß sie über Dobrynins krankhafte Vielweiberei bestens im Bilde war. Ich war neugierig auf ihre Antwort.

»Meinen sie jemand Bestimmtes?« fragte sie vorsichtig.

»Na ja, vielleicht Betty Ann Ellenville oder Louis Beasley ... oder Lucia.«

»Nein. Die habe ich dort nie getroffen. Er hatte sich völlig von diesen Leuten abgewandt. Ich habe Ihnen ja schon gesagt, ich habe nur diesen Basil gesehen. Ja, und ein- oder zweimal eine ältere Frau, eine von diesen Obdachlosen, nehme ich an, die ab und zu Botengänge ausführen. Sie sah fürchterlich aus.«

»Hieß sie Fay?«

»Ich kann mich nicht daran erinnern.«

»Aber diesen Basil haben Sie dort regelmäßig gesehen?«

»Ja.«

»Bitte erzählen Sie mir, wie er aussieht.« Diese Frage hatte ich schon einmal gestellt, aber sie hatte sie nicht beantwortet.

»Er ist ein Farbiger, aber seine Haut ist ziemlich hell. Groß. Sehr dünn. Er spricht mit Akzent – irgendein lateinamerikanischer Akzent, vielleicht kubanisch, aber er redet nicht viel. Und er hat einen dünnen Oberlippenbart.«

»Noch was?«

»Mein Gott. Ist dieses Verhör denn nie zu Ende?« Melissa warf sich wieder auf ihren Stuhl.

»Sofort«, sagte ich. »Sind Sie sicher, daß das alles ist, was Sie mir über Basil sagen können?«

»Normalerweise trägt er einen blauen Regenmantel«, stieß sie zwischen den Zähnen hervor. »Ohne Knöpfe. Er hält ihn mit einem Gürtel zusammen.«

Wenige Minuten später verließ ich Melissas Wohnung, aber ich ging nicht sofort zum Pickwick Arms Hotel zurück. Statt dessen betrat ich das erste Lokal, das ich entdecken konnte, zum Glück ein hübsches kleines französisches Café, gleich auf der anderen Straßenseite. Ich brauchte jetzt ein paar Minuten für mich, nicht nur, um meine Gedanken zu ordnen, sondern auch, weil Melissas schlechtes Benehmen mich doch mehr verletzt hatte, als mir lieb war. Der Cappuccino war stark, köstlich und tat mir gut.

Das plötzliche Auftauchen dieses Basil war beunruhigend. Vielleicht noch beunruhigender als die Entdekkung von Dobrynins Wohnung oder der *Giselle*-Kassette.

Bevor die Pistole in Lucias Büro gefunden worden war, hatten viele der Leute, die mit dem Fall zu tun hatten, angenommen, daß Dobrynin von einem anderen Obdachlosen umgebracht worden war. Wenn die Polizei die Mordwaffe und ihre Besitzerin nicht gefunden hätte, dann hätte sie jetzt bestimmt einen Großfahndung nach diesem Basil eingeleitet.

Ich dachte daran, was mein alter Freund Detective Rothwax einmal zu mir gesagt hatte: »Sie irritieren so viele Polizisten, weil Sie keinen Respekt vor den Mustern der Statistik haben.« Ich hatte ihn gefragt, was dieser Terminus bedeutete, und er hatte es in sehr einfachen Worten erklärt: »Wenn es in einem Mordfall zwei Verdächtige gibt und einer vor ihnen schon einmal straffällig geworden ist, dann ist die Wahrscheinlichkeit, daß der Kriminelle der Täter ist, größer als eins zu hundert. Und auf diesen Verdächtigen muß die Polizei sich konzentrieren.«

Das war eine einfache, grausame Regel, aber offensichtlich durch viele Ermittlungen bestätigt. Ich lächelte in meinen dampfenden Kaffee. Eins war sicher: Wenn ich Basil in absehbarer Zeit finden wollte, brauchte ich Rothwax' Hilfe – Statistik hin oder her.

17

Frank Brodsky hatte meinem Bericht aufmerksam zugehört. Er fand Dobrynins Katzenfütterei »amüsant«, die heimliche Wohnung bezeichnete er als »merkwürdig und faszinierend«. Das Video mit Dobrynin und Melissa Taniment war »bedauerlich, traurig«. Aber Basil hielt er für »den wichtigsten Durchbruch in diesen Fall« – die Entdeckung eines leibhaftigen Obdachlosen mit einer kriminellen Vergangenheit.

Tony benahm sich ausgezeichnet. Er saß da, ein kleines Notizbuch in der Hand, und bemühte sich redlich, sich nicht wieder von Brodskys hervorragender Sammlung von Werken der Hudson-River-Schule ablenken zu lassen.

Brodsky machte mir ein Kompliment: »Ich muß Sie wirklich loben, Miss Nestleton. Wie Sie das so schnell herausgefunden haben! Lucia kann sich glücklich schätzen, eine Freundin zu haben, die sich ihrer Interessen so intensiv annimmt.«

Brodskys geschraubte Sätze fielen mir auf die Nerven. Es war sonnenklar, daß er einige Aspekte überhaupt nicht verstanden hatte. Er schien der Ansicht zu sein, daß Lucia und ich die besten Freundinnen waren, seit Jahren die engsten Vertrauen und jede ein Teil des Lebens der anderen. Doch das stimmte nicht. Sicher, wie kannten uns seit Jahren, aber wir waren schon seit langem keine dicken Freundinnen mehr.

Und überhaupt war Lucia mir nie eine so enge Freundin gewesen wie Barbara Roman. Als Barbara starb und alle es für Selbstmord hielten, hatte ich mich aufgrund meiner tiefen Zuneigung zu ihr verpflichtet gefühlt, den Fall aufzuklären. In das Büro dieses Anwalts und an Lucia und ihre Schwierigkeiten hingegen war ich durch eine Verkettung von Zufällen geraten: Ich war zufällig Catsitterin bei einer Frau gewesen, die Karten für den *Nußknacker* wollte. Ich hatte mich wegen dieser Karten mit Lucia in Verbindung gesetzt. Peter Dobrynin war an dem Abend ermordet worden, als ich die Vorstellung besuchte. Eines hatte zum anderen geführt.

Und der Anwalt irrte sich auch hinsichtlich der lobenswerten Arbeit, die ich in diesem Fall geleistet hatte. Ja gut, in den letzten Tagen hatte ich erstaunlich viel herausgefunden. Aber das hatte weder mit Intelligenz noch mit besonderer Sorgfalt meinerseits zu tun. Ich hatte lediglich die Spur des verschwundenen Dobrynin-Lenny verfolgt, und da er so ein unberechenbarer, charismatischer, fürchterlicher und faszinierender Mensch gewesen war, hatte ich mich einfach nur bücken und die Informationen wie Gänseblümchen pflücken müssen.

»Glauben Sie, daß es Ihnen gelingen wird, diesen Basil zu finden? fragte Brodsky.

»Jemand wird mir dabei helfen«, sagte ich.

»Wer?«

»Ein Detective von der New Yorker Polizei, ein guter Bekannter. Er heißt Rothwax. Wir haben schon öfter zusammengearbeitet.«

»Meinen Sie bei der Polizei?«

»Ja und nein. Ich war kurzzeitig Beraterin bei einer Sondereinheit namens Retro. Dabei handelt es sich um eine unabhängige Polizeieinheit, die über einen überaus effizienten Computer verfügt. Sie beschäftigt sich mit den wichtigsten ungelösten Verbrechen. Detective Rothwax hat mich in der Vergangenheit schon mehrmals unterstützt.«

»Gut«, erklärte Brodsky. »Das scheint mir eine gute Idee zu sein. Halten Sie mich auf dem laufenden.«

Ich fragte mich, was um alles in der Welt Basillio wohl in sein Notizbuch schrieb.

Ich traf mich in einem chinesischen Imbiß südlich von der Canal Street mit Detective Rothwax, ungefähr vier Blocks vom Retro-Gebäude entfernt. Er sah aus wie immer, vielleicht ein wenig dünner, ein wenig kahler und ein wenig freundlicher.

»Schön, Sie zu sehen, Katzenlady. Schon ziemlich lange her. Ich denke gern an unsere Überwachung in diesem spinnerten Kräutergarten drüben im East Village zurück.«

»Das werden Sie ja wohl nicht gegen mich verwenden, Detective? Ich habe Ihnen schließlich die Verhaftung Ihres Lebens geliefert: einen seit Jahren gesuchten Bombenleger.«

Ich blickte auf die unleserliche Speisekarte auf dem Tisch vor mir.

»In der Tat, Katzenlady, in der Tat«, gab er zurück. »Geben Sie mal her«, sagte er und nahm mir die Karte aus der Hand. »Zahle ich oder zahlen Sie?«

»Oh, Sie natürlich, Detective.«

»Dann werde ich auch bestellen.«

Während er mit dem Kellner sprach, fiel mir eine Veränderung an Rothwax' Erscheinung auf. Es war seine Kleidung. Sie war nicht mehr so abgetragen. Ja, er hatte immer schon Hemd, Krawatte und Jackett getragen, aber sonst hatten die Sachen ausgesehen, als ob er sie einem verstorbenen Bankangestellten geklaut hätte.

Jetzt trug er einen weich fallenden Anzug in gedecktem Violett und einen schick gemusterten Schlips, und sein Mantel, der zusammengefaltet auf einem leeren Stuhl lag, war von italienischem Schnitt, mit dicken Schulterpolstern. Rothwax bemerkte, daß ich seine Kleidung begutachtete. Er zwinkerte mit den Augen.

»Sie inspizieren mein neues Image, was? Gefällt es Ihnen?«

»Ja, Detective, sehr sogar. Sind Sie befördert worden oder so? Was hat das zu bedeuten?«

»Gar nichts. Nur ein schlechter Witz. Ich bin jetzt bei einer Ermittlungseinheit für OK, und da mußte ich mich ein wenig anpassen. Wir Schauspieler kennen das ja, nicht wahr?«

Ich verstand ihn nicht. »Was ist OK?«

»Organisierte Kriminalität. Retro hat sich vergrößert.«

Die ersten Gerichte kamen. Alle möglichen kleinen Bällchen in Bastkörbchen, auf Tellern, in Eierbechern. Ich hatte keine Ahnung, wie man das aß. Womit sollte man anfangen? Was war was? Also machte ich Rothwax einfach alles nach und verzehrte systematisch ein Gericht nach dem anderen. Es war sehr lecker. Während des Essens unterhielten wir uns angeregt. Er wurde ausgesprochen mitteilsam und erzählte mir den neuesten Klatsch von Retro und seiner Chefin, Judy Mizener.

»Sie müssen wissen, Katzenlady, daß Sie bei Retro immer noch so etwas wie eine Legende sind. Immer, wenn jemand eine Maus sieht, sagen wir: ›Ruft Alice Nestleton!‹« Er fand diese Bemerkung furchtbar komisch.

Ich hatte schon vor geraumer Zeit beschlossen, alles ruhig über mich ergehen zu lassen, wie sehr er mich auch verspottete. Ich brauchte ihn oft. Und ich vertraute ihm. Und seltsamerweise mochte ich ihn.

Als wir schließlich pappsatt waren, blickte er mich verschlagen an, auf seine ganz eigene Art: mit gesenktem Kopf, die Augen nach oben gerichtet, als ob er über den Rand einer Brille schauen würde, und fragte: »Also, warum wollten Sie sich mit mir treffen?«

»Ich brauche ein wenig Hilfe.«

»Das ist mein Stichwort«, sagte er schwach und wedelte mit seinem Notizblock, der schon auf einer freien Seite aufgeschlagen war. Ich erzählte ihm von dem Fall. Er zog einen alten Füllhalter aus nachgemachtem Elfenbein aus seiner Jackentasche und schraubte die Kappe ab.

»Name?« fragte er mit dem Füller im Anschlag.

»Basil.«

»Ist das der Vorname oder der Nachname?«

»Das weiß ich nicht.«

Er schaute mich ungläubig an. »Okay. Weswegen war er im Gefängis?«

»Keine Ahnung.«

»Hm. Bundes- oder Staatsgefängnis?«

Ich schüttelte den Kopf.

»Hat er die Strafe in New York abgesessen?«

»Nun, ich weiß nicht ...«

»Mensch, Katzenlady«, stöhnte er. »Was *wissen* Sie eigentlich?«

»Daß er erst kürzlich aus dem Gefängnis entlassen worden ist, vielleicht so vor sechs oder acht Monaten. Ich weiß, daß er in der Szene Basil genannt wird. Und ich habe eine recht genaue Personenbeschreibung. Und ich weiß, in welcher Gegend er sich zuletzt herumgetrieben hat.«

»Das reicht nicht für eine Computer-Recherche«, sagte er. »Ich kann Ihnen nicht helfen.«

»Was soll ich dann Ihrer Meinung nach tun?«

»Wie wichtig ist es, ihn zu finden?«

»Sehr.«

Er schaute mich an, als ob er sich darüber klar werden müsse, wie dringend und wie ernst es mir war. Dann seufzte er und sah sich um. »Ich könnte schwören, daß es hier ein öffentliches Telefon gibt.«

Gleich neben dem Eingang hing eines. Ich deutete darauf.

Rothwax stand von seinem Stuhl auf. »Zwei Vierteldollarstücke bitte.«

Ich wühlte in meinem Portemonnaie und gab sie ihm.

»Wo hängt dieser Basil herum?«

»Upper West Side.«

Er ging weg.

Fünf Minuten später war er wieder da. Er riß ein Blatt von seinem Block ab, faltete es und reichte es mir. »Das sind die Adressen von drei Rehabilitationszentren für Strafentlassene. Wenn es eine bedingte Haftentlassung war, ist es ziemlich wahrscheinlich, daß ihr Freund in einem dieser Zentren ist. Auch wenn er jetzt nicht mehr dort ist, muß er sie zumindest durchlaufen haben. Gehen Sie ein bißchen spazieren.«

Rothwax sagte, daß es hier einen besonderen Nachtisch gäbe, den ich unbedingt probieren müsse: eine Eiercreme. Das war eine zu profane Bezeichnung für die wundervolle und außergewöhnlich wohlschmekkende heiße schaumige Masse, die ich kurz darauf verzehrte. Sie war köstlich.

Den Rest der Zeit verbrachten wir damit, uns gegenseitig mit unseren Karrieren aufzuziehen. Rothwax verehrte Schauspielerinnen.

Der nächste Tag begann so erfolgreich, daß es mir fast den Atem nahm. Aber wie hatte meine Großmutter immer gesagt: »Die süßeste Butter wird zuerst ranzig.« Zynische alte Milchfarmerin, die sie war.

Und halb elf am Vormittag stand ich wartend vor dem ersten der Rehabilitationszentren, die Rothwax mir genannt hatte. Tony war hineingegangen. Dieses Zentrum befand sich zwei Blocks vom Fluß entfernt, in der West Ninety-first Street, nahe des Broadway. Tony fand Basil sofort, er saß im Fernsehraum. Und bald darauf kamen die beiden Männer mir entgegen.

Melissa hatte Basil sehr gut beschrieben, detailgetreu, bis zu dem abgetragenen blauen Regenmantel. Aus der Nähe betrachtet war er älter, als er auf den ersten Blick erschienen war, mindestens spätes Mittelalter. Und sein Gesicht war so schmal, ausgezehrt und scharf geschnitten, wie es die Gesichter von Drogenabhängigen in der Regel sind.

Tony gab mir zu verstehen, daß er Mr. Basil bereits Geld gegeben habe. Ich stellte mich vor und sagte, daß ich Informationen über Lenny brauchte und deshalb seine Freunde aufsuchen würde.

»Alles, was Sie sagen, ist gelogen«, antwortete Basil.

Seine Worte und die Art, wie er sie aussprach, befremdeten sowohl Basillio als auch mich. Melissa hatte gesagt, daß er wahrscheinlich Kubaner sei und nicht viel reden würde. Nun, dieser komische Typ war kein Kubaner, hatte, soweit ich das beurteilen konnte, auch keinen lateinamerikanischen Akzent, und sein ganzes Auftreten war fast theatralisch.

»Zuerst mal«, sagte Basil, »wissen wir doch beide, daß Lenny tot ist, also können Sie eigentlich gar nichts mehr über Lenny erfahren. Er existiert nicht. Die Einheit, die ›Selbst‹ genannt wird, ist verschwunden … außer, Sie glauben, daß das Selbst den körperlichen Tod überlebt. Sie sind eine schöne Frau. Sagen Sie, glauben Sie daran?«

Ich wußte nicht, was ich darauf antworten sollte. Ich hatte überhaupt keine Ahnung, was zu tun war. Während ich stumm herumstand, schlug Tony vor, daß wir zusammen eine heiße Schokolade trinken gehen könnten. Warum nicht?

Der Coffee-Shop war überheizt. Basillio und ich schälten uns aus unseren Pullovern und Schals. Basil schien sich sehr wohl zu fühlen. Er sah sich zufrieden um und richtete seinen Blick schließlich auf mich. Es war ein irritierender Blick. Er begann einen weiteren komischen Monolog: »Abgesehen davon, daß Ihre erste Aussage falsch war, kommt noch hinzu, daß ich kein Freund von Lenny bin.«

»Ach, wirklich?« unterbrach Tony ihn. »Ich habe gehört, daß sie sein *einziger* Freund waren.«

»Er war, Gott sei seiner Seele gnädig, mein Arbeitgeber.«

Bei seinen letzten Worten hatte ich den Eindruck, daß ich vielleicht – nur vielleicht – doch einen kleinen Akzent wahrgenommen hatte. Aber ganz bestimmt nicht kubanisch. Eher Cockney.

Unsere Getränke kamen. Auf jeder Tasse schwamm ein großer Klecks künstlicher Schlagsahne.

Endlich hatte ich die Sprache wiedergefunden. »Könnten Sie uns bitte erklären, was Sie mit Arbeitgeber meinen?« fragte ich Basil.

»Könnten Sie mir bitte noch eine dieser kleinen Aufmerksamkeiten geben?« erwiderte er, wobei er meinen Tonfall sehr treffend imitierte.

Tony holte einen weiteren Geldschein hervor und reichte ihn hinüber. Basil steckte ihn in die Hosentasche.

»Was gibt es da zu erklären?« fragte er arrogant zurück. »Der Staat und die Arbeiterklasse. Herr und Sklave. Die Schöne und das Biest. Weiß und Schwarz. Was gibt es da zu erklären, Euer Ehren? Ich gehörte zu Lennys Belegschaft. Besser gesagt, ich *war* seine Belegschaft.«

»In welcher Funktion waren Sie angestellt?« fragte ich.

»Eintreiber«, sagte er sofort.

»Eintreiber? Wovon?«

»Geld, Euer Ehren. Moneten. Kröten. Kohle. Kapital. Devisen.«

Ich merkte, daß Tony gerade diesen letzten dummen Ausdruck, »Devisen«, wiederholen wollte, aber meine Hand auf seinem Arm hielt ihn davon ab.

»Bitte erzählen Sie davon«, bat ich Basil. Ich bedeutete Tony, daß er ihm weitere zehn Dollar geben sollte. »Ausführlich.«

»Mein Herr verlangte von mir, eine Nachricht auf die Wand eines Hauses zu schreiben.«

»Auf irgendein Haus?«

»Nein, zum Teufel. Nur auf ein Haus. 1407 Broadway.«

»Und warum sollten Sie diese Nachricht da draufschreiben? Für wen war sie?«

»Ich habe die Nachricht geschrieben. Vierundzwanzig Stunden später – manchmal waren es auch achtundvierzig Stunden – fuhr ein großes schwarzes Auto um das Gebäude und suchte nach mir. Eine weiße Dame mit langem Haar reichte einen Umschlag aus dem Fenster. Ich befreite sie davon und brachte ihn zu meinem Arbeitgeber, schnell wie der Blitz.«

»Wer war diese Dame?«

»Sie hat mir nie die Ehre erwiesen, ihr Gesicht zu sehen.«

»Woher wissen Sie, daß in dem Umschlag Geld war?«

»Ich weiß auch, daß ein Bär in den Wald scheißt.«

Tony reichte von sich aus einen weiteren Schein rüber. Auch ich fand allmählich Geschmack an Basils Scherzen.

»Ich möchte Sie jetzt gern fragen«, sagte ich, »wie die Nachricht lautete, die Sie geschrieben haben. Und war es immer dieselbe?«

»Immer. Ich habe ›Anna Pawlowa Smith‹ geschrieben.«

Mein Gott! Der Name klingelte in meinem Kopf wie die Glocken einer ganzen Herde Kühe.

Anna Pawlowa Smith?

Das war die Aufschrift auf der Seitenwand des Leichenwagens nach Peter Dobrynins Aussegnungsgottesdienst gewesen.

Plötzlich fand ich Basil gar nicht mehr so amüsant.

»Haben Sie das gemacht?« fragte ich Basil verärgert.

Er wandte sich an Tony. »Was hat Miss Dingsbums gerade wissen wollen?

»Haben Sie diesen Namen auf den Leichenwagen geschrieben – bei Lennys Beerdigung?« fragte ich.

»Ich nicht. Ich habe immer nur auf ein Gebäude geschrieben. Immer wieder. Immer auf die Seite Richtung Innenstadt. Aber ein Leichenwagen? Nein. Mein Gewissen ist rein.«

Eine Weile sagte ich nichts, weil ich mir darüber klar werden mußte, ob ich ihm glauben sollte oder nicht.

»Warum immer auf dieses Gebäude?« fragte ich schließlich.

»Fragen Sie meinen Auftraggeber.«

Ich funkelte Basil an. Nach kurzer Zeit hatte ich mich vor ihm gefürchtet, ihn dann amüsant gefunden, und jetzt haßte ich ihn. Und was noch schlimmer war, ich glaubte ihm. Es war alles völlig verrückt, aber ich glaubte, was er uns erzählt hatte.

Basil machte auf mich den Eindruck, ohne weiteres zu einem Mord fähig zu sein. Aber Dobrynin hatte sich offensichtlich um seinen Eintreiber gekümmert. Warum sollte er also seinen Arbeitgeber umbringen? Um die Erpressung in Eigenregie weiterzuführen? Ich glaubte nicht, daß Basil besonders ehrgeizig war. Ich mußte herausfinden, wer das Opfer dieser Erpressung war und warum Lenny ausgerechnet diese Person erpreßt hatte. Und was diesen Namen betraf, Anna Pawlowa Smith, mußte ich herausfinden, was er bedeutete und warum er jetzt schon wieder auftauchte, wie ein Leitmotiv in einem schlechten Musical.

Ich schob die klebrige heiße Schokolade von mir weg, ohne sie angerührt zu haben.

»Sie sind eine schöne Frau«, hörte ich Basil sagen. »Haben Sie früher mal Ginover geheißen?«

Unsere Blicke trafen sich, aber ich gab ihm keine Antwort.

»Vielleicht hatten Sie ja mal mit den Rittern der Tafelrunde zu tun« sagte er, stand auf und ging.

War er wirklich so gerissen? Oder war er verrückt?

Durch die Scheibe des Cafés sah ich, wie er seinen Regenmantel mit dem Gürtel zusammenraffte und in den Wind lief.

Es befremdete mich überhaupt nicht, daß Dobrynin mit ihm befreundet gewesen war.

18

»Glaubst du wirklich, daß Basil es war?«

Tony beantwortete sich seine Frage selbst. »Der Typ erscheint mir eher tragisch als gefährlich. Eher wie ein Opfer denn Mörder.« Plötzlich setzte er sich gerade und schnippte mit den Fingern. »Weißt du, er wirkt wie ein Mann, der gerne Bühnenbilder für Aufführungen im Gefängnis entwerfen würde.«

Ich saß im Schneidersitz auf dem Teppich in meinem Wohnzimmer, nahe bei Bushy. Wir spielten eines unserer Lieblingsspiele: Anstarren. Das Spiel hatte keinen besonderen Zweck. Niemand gewann oder verlor. Es war nur ein netter Zeitvertreib. Wir blickten einander an, schauten dann plötzlich weg, schauten uns wieder an und dann wieder weg. Ziel des Spieles war, den anderen dabei zu ertappen, daß er außer der Reihe guckte. Ein völlig sinnloses Spiel. Aber ich weiß, daß Bushy versteht, wenn ich mit ihm spiele, und darum geht es mir.

Tony fing an, hin und her zu laufen. Ich zog meine Schuhe aus und bemerkte, daß die untere Kante meiner Jeans ausgefranst war. *Meine Damen und Herren, in der Rolle der Lumpenpuppe präsentieren wir ihnen jetzt Miss Alice Nestleton, die einundvierzigjährige, verkrachte Vagabundin. Die heutige Folge trägt die Titel: »Obdachlose auf der Flucht.«*

»Worüber lächelst du, Schwedenmädel?« Tony hatte mich beobachtet, während ich meinen Gedanken nachhing.

»Nichts.«

»Denk lieber über den Fall nach«, stichelte er. »Ich denke die ganze Zeit an diese alberne Botschaft, die Basil auf diese Haus schreiben mußte. Was hat das zu bedeuten? Und warum ausgerechnet immer auf *dieses* Haus? Glaubst du, daß die Frau im Auto vielleicht irgendwo in der Gegend da wohnt?«

»Ich habe keine Ahnung. Aber immerhin wissen wir jetzt, wie Dobrynin seinen Lebensstandard sicherstellte. Er hat jemanden erpreßt.«

Tony widersprach: »Davon kannst du nicht ausgehen. Eigentlich sieht es doch eher aus wie ein Drogengeschäft oder wie die Bezahlung einer gestohlenen Ware. Die Aufschrift könnte das Zeichen dafür sein, daß er das Zeug hatte, und die geheimnisvolle Frau bezahlte die Ware.«

»Ja, aber wann und wo wurde die Ware – die Drogen oder was auch immer – übergeben? Warum ließ Lenny das Zeug nicht durch Basil liefern? Basil hat gesagt, er war ein *Eintreiber*. Er hat nicht erwähnt, daß er jemals etwas *geliefert* hätte.«

»Ja, da hast du recht«, pflichtete Tony mir bei.

Bushy hatte keine Lust mehr zum Anstarren und schlenderte davon.

»Soll ich dir von einem sehr komischen Zufall erzählen, Tony?«

»Solche Geschichten höre ich am liebsten.«

»Ich bin ziemlich sicher, daß 1407 Broadway auf der Fortieth Street ist.«

Er dachte eine Minute nach. »Ja, stimmt. Ich weiß das, weil ich damals, als ich noch gespielt habe, vor meiner Wiedergeburt als Bühnenbildner, ein- oder zweimal dagewesen bin, als ich eine größere Summe beim Pferderennen gewonnen hatte. Das New Yorker Wettbüro ist in diesem Gebäude.«

»Schön zu wissen«, sagte ich spöttisch. Es war nicht sehr wahrscheinlich, daß ich irgendwann einmal in eines dieser heruntergekommenen Wettbüros gehen würde. »Aber der Zufall, den ich meine, ist, daß ich glaube, daß 1407 Broadway auf dem Grundstück steht, wo die alte Metropolitan Opera war, bevor das Lincoln Center erbaut wurde.

»Ja, und?«

»Na ja, die alte Met gilt als eine der größten Bühnen der Welt, und jedes berühmte ausländische Ballettensemble, das in die Staaten kam, ist dort aufgetreten.«

»Ja, aber Dobrynin war nicht alt genug, um jemals dort getanzt zu haben.«

»Das ist mir klar. Aber er war ein so komischer Kauz,

er könnte dieses Haus wegen seines Erinnerungswertes ausgesucht haben.«

Tony blieb vor dem Fenster stehen. Er drehte sich um und machte eine ausladende Handbewegung, als ob er einem Gemälde den letzten Schliff verleihen würde. Denn fing er an zu lachen. »Stell dir mal vor, daß sich in ein paar Jahren jemand veranlaßt sieht, aus welchen Gründen auch immer, ein saudämliches, sauteures Musical auf die Bühne zu bringen. Es wird *Lenny* heißen – ach nein, das geht ja nicht, das gibt es ja schon – also *Dobie*! Und ich werde die Bühnenbilder entwerfen. Ich sehe es schon vor mir. Stell dir vor, Alice, der Vorhang öffnet sich vor einer dunklen Bühne. Ein einzelner Spot beleuchtet den hinteren Teil. Auf der linken Seite ist Segeltuch gespannt, meterweise hellgelbes Segeltuch. Und darauf ist ein überdimensionaler erigierter Phallus gemalt, der sich aus einem Bett von Ballettschuhen erhebt.«

Tony schüttelte sich vor Lachen.

»Was ist?« fragte er, als er sich etwas beruhigt hatte. »Gefällt es dir nicht?«

Ich hatte nicht mitlachen können, weil Tonys symbolträchtiges Bühnenbild für *Dobie* zu nah an das herankam, was ich die ganze Zeit hinsichtlich des Lebens und des Todes des großen Tänzers und Satyrs empfunden hatte.

»Die Vorstellung gefällt mir gut, Tony«, sagte ich. »Ja, sie ist geradezu brillant. Und es ist genau das, was ich denke: Dobrynin wurde wegen Sex ermordet, oder, noch wahrscheinlicher, aus Liebe. Unerwiderte Liebe, perverse Liebe oder unzureichende Liebe. Und ich glaube, daß Melissa Taniment fähig gewesen wäre, ihn umzubringen.«

»Warte mal. Du hast doch gesagt, du glaubst, daß sie ihn geliebt hat.«

»Ja, davon bin ich überzeugt. Aber ich glaube auch, daß er sie erpreßt und gedroht hat, er würde ihrem Mann von ihrer Affäre erzählen.«

»Aber wenn er sie die ganze Zeit erpreßt hat, warum hat sie dann nicht mit ihm Schluß gemacht. Wie kann man denn Woche für Woche mit jemandem ins Bett gehen, der Geld von einem erpreßt, und das jahrelang? Das ist doch unlogisch.«

»Vielleicht hat Logik nichts mir der Art von Leidenschaft zu tun, die sie für Dobrynin empfand«, konterte ich.

»Nun ja, es stimmt schon, dieser ganze Fall ist nicht besonders logisch. Aber nach dem, was du mir über Melissa erzählt hast, ist sie zu verzweifelt und zu zerbrechlich, um so etwas zu tun. Es hört sich an, als ob sie all ihre Zeit damit verbringt, Blumen in Büchern zu pressen. Enden nicht viele Ballerinen so? Zuviel Verzicht, zuviel Disziplin, zu viele Stunden Training – das macht das Gehirn kaputt.«

Er machte eine Pause, dann fügte er hinzu: »Abgesehen davon haben wir keine Beweise.«

»Doch. Wir haben die Videokassette«, sagte ich entschlossen.

»Das ist kein Beweis. Das ist ein Softporno.«

»Vielleicht nicht. Vielleicht ist da mehr dran, als wir bemerkt haben. Vielleicht haben wir das Band nicht aufmerksam genug angeschaut.«

Er legte den Kopf schief und schaute mich argwöhnisch an. »Einen Moment mal, Alice. Willst du etwa damit sagen, daß du das Video noch einmal anschauen willst, jetzt gleich?«

»Genau.«

»Da gibt es aber einige Probleme. Erstens: Die Kassette ist im Hotel. Zweitens: Wir brauchen einen Videorecorder, um sie abzuspielen. Drittens: Du hast nicht mal einen Fernseher.«

Ich stand auf, ging zu ihm hinüber und kraulte ihn sanft hinter dem einen Ohr, so wie ich das mit Bushy immer mache. »Alles kein Problem, liebster Basillio«, sagte ich zärtlich. »Erstens: Mit dem Taxi ist man im Handumdrehen in deinem Hotel. Zweitens: Wir können einen Videorecorder in diesem Laden auf der Third Avenue mieten. Ich habe mir schon einmal einen ausgeliehen und weiß, wie man ihn anschließen muß. Drittens: Ich habe sehr wohl einen Fernseher, und zwar in der Küche, auf dem kleinen Servierwagen. Es liegt ein Handtuch drüber.«

Er grummelte einen Moment, verzog gequält das Gesicht, fluchte leise und schaute sich hilfesuchend um ... Und bis er seinen Mantel angezogen hatte und halb aus der Tür war, sprach er kein Wort.

»Hier«, sagte er. »Das ist für dich. Ich habe es vor Wochen gefunden und vergesse immer, es dir zu geben.«

Er gab mir ein altes, farbiges Polariodfoto und schloß die Tür hinter sich.

Ich betrachtete den Schnappschuß. Er war fast zwanzig Jahre alt. Das Foto war auf einer Party gemacht worden. Es waren drei Leute drauf: Tony, ich und Saul Colin, der Regisseur des Dramatic Workshop, den Tony und ich besucht hatten. Colin stand zwischen uns und hatte die Arme um uns gelegt.

Auf dem Foto trug ich ein knöchellanges schwarzes Samtkleid, das sehr tief ausgeschnitten war und Puffärmel hatte. Um den Hals trug ich ein Straßkette. Meine

Haare waren lang, golden und sehr glänzend. Ich schaute direkt in die Kamera und spielte die Rolle, die ich damals immer gespielt hatte: geheimnisvoll, tiefgründig, sehnsüchtig, zu allem bereit, distanziert. Damals waren viele Männer in mich verliebt gewesen. Ich versuchte, mich zu erinnern, in wen ich verliebt gewesen war. Mir fiel niemand ein.

Dieses armselige Foto deprimierte mich zutiefst. Ich hatte keine Ahnung, warum. Ich ging zu dem Schrank im Flur und vergrub es tief in einer der Plastiktüten, in denen ich die Erinnerungsstücke an die Familie aufbewahre, die meine Großmutter mir hinterlassen hat.

Tony kam mit dem geliehenen Videorecorder und der Kassette zurück, als es gerade dunkel wurde. Wir schauten die Aufnahme in der Küche an.

Die ganze Tanzsequenz dauerte nur acht Minuten. Weil ich mir vorgenommen hatte, mir nichts entgehen zu lassen, fielen mir jetzt viele Dinge auf, die ich beim ersten Mal nicht wahrgenommen hatte. Warum, zum Beispiel, tanzten sie eigentlich ohne Musik? Das schien Absicht zu sein, als ob sie die Tanzschritte von der Musik trennen wollten.

Die Aufnahme war immer noch sehr erotisch, und ich fühlte, wie ein merkwürdiger Schauder durch meinen Körper rann, prickelnd, voller Versuchung und Erwartung. Na ja, die beiden nackten Menschen dort waren schließlich einmal zwei der besten Tänzer der Welt gewesen, und obwohl das Alter Melissas tänzerische Fähigkeiten beeinträchtigt hatte und sein ausschweifendes Leben Dobrynins Stil auch nicht gerade zuträglich gewesen war, war ihr Tanz doch immer noch bemerkenswert. Und sie boten einen der schönsten Pas de deux überhaupt dar, Rollen, die sie berühmt gemacht hatten.

Ja, und je länger man ihnen zuschaute, desto mehr bekam man den Eindruck, daß sie sich neckten und sich selbst parodierten. Manchmal wurden sie langsamer, dann wieder schneller, manchmal berührten sie sich flüchtig, wie in einer obszönen Burleske.

Wir schauten uns die Kassette dreimal an. Tony sprach die ganze Zeit kein Wort. Er war offensichtlich stark fasziniert. Dies hier war Perversion von hoher künstlerischer Qualität, wenn es so etwas überhaupt gibt.

»Und?« fragte Tony nach der dritten Wiederholung.

»Je öfter ich mir das anschaue, desto mehr fällt mir auf«, sagte ich. »Aber das heißt nichts. Ich kann nicht analysieren, was ich sehe. Ich kann keinen Bezug zur Realität finden.«

»Weißt du«, sagte Tony in Gedanken, »ich habe ihn niemals tanzen gesehen, nur auf dieser Kassette.«

»Wie findest du ihn?«

»Er tanzt nicht so, wie ich erwartet hatte. Ich hatte ihn mir energiegeladener vorgestellt. Aber vielleicht hat diese Verletzung ihn behindert.«

Ich schaute ihn irritiert an. »Was meinst du mit ›Verletzung‹? Mir scheint er gut in Form.«

»Ich meine den Finger, den ausgerenkten Finger.«

»Wovon redest du eigentlich?« fragte ich in drängendem Ton.

Tony zuckte die Schultern, spulte das Band zurück und drückte die Play-Taste. »Da! Schau auf die letzten beiden Finger seiner rechten Hand.«

Ich folgte Tonys Zeigefinger. Alles, was ich erkennen konnte, war ein unauffälliger Verband um den kleinen Finger und den Ringfinger.

»Wenn zwei Finger so zusammengebunden werden«, erklärte Tony, »dann bedeutet das, daß einer davon ausgerenkt ist und auf diese Weise in seiner richtigen Position gehalten werden soll. Die beiden Finger werden zusammengebunden, damit der ausgerenkte gestützt wird. Wenn der Finger gebrochen wäre, dann wäre er geschient.«

»Das ist keine typische Verletzung für Tänzer, oder?« fragte ich ihn.

»Das bezweifle ich. Bei Basketball- oder Baseballspielern kommt das häufig vor. Und bei Säufern, die sich in der Kneipe mit den falschen Typen anlegen.

»Es könnte doch sein«, dachte ich laut, »daß der Mann, der Dobrynin ermordet hat, irgend so ein Raufbold aus einer Kneipe war.«

»Es hat schon seltsamere Zufälle gegeben.«

Ich mußte darüber nachdenken. Ich ging ins Wohnzimmer und rief Melissa Taniment an, die jetzt sehr entgegenkommend war, nachdem sie Zeit gehabt hatte, sich mit dem Gedanken anzufreunden, daß ich die Kassette hatte. Ich fragte sie, ob sie etwas über den verletzten Finger wisse. Sie meinte, daß Dobrynin sich wirklich einen Finger ausgerenkt hatte. Er hatte ihr erzählt, er habe sich bei einer Schlägerei in Winnipeg verletzt, während eines Gastspiels als Solotänzer beim Winnipeg Regional Ballet. Der Finger war nie wieder richtig geheilt, sagte Melissa, aber er habe es abgelehnt, sich deswegen in ärztliche Behandlung zu begeben.

Ich legte auf und berichtete Tony, was Melissa erzählt hatte. Es war schon komisch, daß dieser ausgerenkte kleine Finger plötzlich Gewicht bekam. Ich hatte keinen Verband bemerkt, als ich seine Leiche auf dem Balkon gesehen hatte. Der Verband war mir auch nicht aufgefallen, als ich das Video zum ersten Mal ansah. Warum? Ich vermutete, daß ich zu fixiert auf meine Theorie von der unerwiderten Liebe gewesen war. Was war mir wohl noch alles entgangen?

»Du siehst traurig aus«, bemerkte Tony.

»Das bin ich auch.«

»Warum?«

»Tony«, sagte ich und versuchte, dem Gespräch eine andere Wendung zu geben, »weißt du irgendwas über das Winnipeg Regional Ballet?«

»Ich nehme an, das ist in Kanada.«

»Ja, in den Great Plains, im Weizengürtel. Diese Truppe ist einmalig in der Welt. Niemand kann sich erklären, wie dieses winzige Provinzensemble aus einer kulturell nicht gerade hoch entwickelten Gegend Jahr um Jahr so talentierte Tänzer und Choreographen hervorbringen kann. Die Inszenierungen sind Weltklasse. Aber ich wußte gar nicht, daß Dobrynin mit dieser Truppe getanzt hat.«

»Er hat wahrscheinlich mit vielen Ensembles getanzt.«

»Ja, aber er hat sich den Finger bei einer Schlägerei in Winnipeg verletzt.«

»Ja und?«

»Tony, die besten Tänzer der Welt geraten normaler weise nicht in Schlägereien. Dobrynin hat jede Menge verrückte Sachen gemacht. Aber Tänzer vermeiden in der Regel handgreifliche Auseinandersetzungen, gerade wegen der Verletzungsgefahr. Genau wie Chirurgen.«

»Aber er ist ja offensichtlich doch in eine Schlägerei geraten.«

»Ja, darauf würde ich wetten. Also muß es um etwas sehr Wichtiges gegangen sein. Aber Dobrynin war doch alles egal, mal abgesehen von seinem eigenen Vergnügen, oder?«

»Na ja, immerhin hat er die Katzen gefüttert.«

Ich nahm eines der Katzenspielzeuge aus Filz in die Hand und drehte es hin und her.

»Tony«, sagte ich, »du wirst eine kleine Reise machen.«

»Bitte, Schwedenmädel, bitte laß Gnade walten.«

»Also wirklich, Tony. Kanada ist nicht so weit weg. Nur ein paar Stunden.«

»Und wie? Mit dem Hundeschlitten?«

Ich holte das dicke Branchentelefonbuch hervor und blätterte darin, bis ich die Nummer des Buchungsservice der Air Canada gefunden hatte. Ich reichte Basillio das schwere Buch.

»Muß das sein? Ist das wirklich nicht zu vermeiden?«

Ich küßte ihn auf die Nase. »Ich muß wissen, was da oben passiert ist«, flüsterte ich. »Du hast versprochen, mir zu helfen. Erinnerst du dich?«

Tony griff nach meinen Handgelenken und legte meine Arme um seinen Hals. Dabei flüsterte er etwas.

»Oh«, sagte ich. »Na gut.«

19

Während Tony in Kanada war, verbrachte ich eine unruhige Zeit. Aus einem unerklärlichen Grund schaute ich mir immer wieder dieses Video an, auf dem Melissa und Dobrynin tanzten. Und wenn ich nicht gerade damit beschäftigt war, kramte in in den vollgestopften Plastiktüten aus dem Schrank im Flur, holte das alte Foto hervor und starrte es an: die Sirene Alice Nestleton, so mondän und doch so unschuldig mit ihrem flachsfarbenen Haar. Ich sah aus wie ein Sexsymbol aus dem 18. Jahrhundert. Ich fragte mich, wie ich wohl damals auf Dobrynin reagiert hätte. Wäre ich ihm verfallen wie die zahllosen anderen? Gott sei Dank hatte ich nicht in der Ballettszene verkehrt, und unsere Wege hatten sich nie gekreuzt. Und in der Zwischenzeit hatte ich erkannt, wie großartig männliche Ballettänzer sein können.

Es war schon komisch: Ich hatte zwar den Eindruck, an diesen Fall auf sehr professionelle Art herangegangen zu sein, aber erst seit ich den Verband um die beiden Finger an Dobrynins rechter Hand gesehen hatte, war ich voll bei der Sache. In meinem Unterbewußtsein platzten langsam ein paar Blasen.

Blasen wie in Comics. In einer Blase war Betty Ann Ellenville, in einer anderen Louis Beasley. Für jeden dieser Ballettmenschen gab es eine Blase. Ich konnte sie sehen und dann platzen lassen. Blasen für die Guten und die Bösen. Und eine für die arme Lucia, die darauf wartete, daß ihr Schicksal sie ereilte. Und natürlich eine Blase für Mr. Brodsky, den Anwalt, halb Gentleman, halb Piranha, der inmitten seiner wertvollen Gemäldesammlung hockte.

Vierundzwanzig Stunden waren vergangen, und ich hatte noch nichts von Tony gehört. Inzwischen hatte ich sämtliche Kekse verdrückt, die ich vorrätig hatte – ein sehr schlechtes Zeichen. Und mehrmals hatte ich mich dabei ertappt, wie ich vor mich hinmurmelte: »Bleib dran, Alice, bleib dran.« Das war ein Satz, den mein Exmann häufig gesagt hatte, wenn ich die Hausfrau spielte. Es war ein Zitat aus seinem Lieblingsfilm, John Fords *Der schwarze Falke*. In dem Film sagt John Wayne diese

Worte zu seinem jüngeren Bruder und meint damit die Comanchen. Ich hatte nie verstanden, was mein Mann eigentlich damit meinte.

Aber ich blieb dran. Ich blieb zu Hause. Ich verließ die Wohnung überhaupt nicht. Ich weiß nicht, wie lang diese freiwillige Einsiedlerei noch gedauert hätte, wenn ich nicht in einer Schreibtischschublade einen dieser albernen, überlangen Schuhlöffel gefunden hätte, den mir vor vielen Jahren mal jemand geschenkt hatte. Ich betrachtete das Ding, und mir fiel Louis Beasleys Vergleich wieder ein: Dobrynin benutzte Frauen wie Schuhlöffel. Ich mußte lachen. Nicht alle Schuhlöffel sind gleich. Ich verließ die Wohnung, um ein paar dringende Besorgungen zu machen.

Als ich zurückkam, mit mehreren Einkaufstüten bepackt, klingelte das Telefon. Es war Tony. Er war auf dem La-Gardia-Flughafen. Und er hatte kein Geld. Ob ich wohl runterkommen und das Taxi bezahlen könnte, das er jetzt gleich nehmen will? Ja, natürlich.

Das Taxi brauchte vierzig Minuten. Ich rannte hinunter, als ich die Hupe hörte, bezahlte und wollte gerade wieder ins Haus gehen, als Tony meinen Arm packte und auf die Straße deutete. »Einen Brandy, Alice. Den bist du mir jetzt wirklich schuldig.«

Er war ausgesprochen gut drauf, er triumphierte fast. Wir gingen in eine Bar auf der Second Avenue, und ich bestellte ihm einen Brandy.

»Zuerst will ich dir mal folgendes sagen, Alice«, sagte er mit wachsender Erregung. »Das ist kein kleines Kaff! Das ist eine Stadt! Und überhaupt nicht provinziell. Da oben in Winnipeg gibt es alle möglichen Leute: Italiener, Juden, Indianer, Inder, Armenier und Gott weiß was noch alles.

Aber meine Güte, da ist es vielleicht kalt. Und dieser Wind ... So muß es in deiner Heimat sein.«

Das war wieder eine Anspielung auf seine dumme Angewohnheit, mich »Schwedenmädel« zu nennen. Mit meiner Heimat meinte er natürlich Schweden. Ich nahm mir vor, demnächst mal mit Tony ein ernstes Wörtchen über seinen Alkoholkonsum zu reden.

Dann wurde er ernster. Er beugte sich zu mir hinüber und bot eine recht dürftige Darstellung eines Doppelagenten. Er sagte: »Da oben geschehen unglaublich merkwürdige Dinge, Alice. Als erstes bin ich in die Bibliothek gegangen und habe alle Ausgaben der beiden größten lokalen Zeitungen durchgeschaut, die drei oder vier Jahre alt waren. Und die Zeitungen waren voll von dem, wonach wir gesucht haben.« Er nahm einen großen Schluck aus seinem Brandyglas und schaute sich stolz in der Bar um, als ob jetzt alle Anwesenden seine großartigen Ermittlungserfolge bewundern müßten. Glücklicherweise war nur noch ein weiterer Gast da, und der schien alles andere als interessiert.

Tony lächelte mich an. »Nun, nicht *ganz* das, wonach wir gesucht haben. Also: Vor ungefähr drei Jahren wurde der Chef des Winnipeg Ballet, Alexander Luccan, tätlich angegriffen. Er wurde dermaßen zusammengeschlagen, daß er für mehrere Tage ins Krankenhaus mußte. In den Zeitungen stand, daß ein junger Tänzer aus dem Ensemble betrunken gewesen sei und seinen Chef angegriffen habe, weil er wütend auf ihn gewesen sei – wegen irgendeiner Rolle, die er nicht bekommen hatte. Wie der Tänzer hieß, wurde nicht erwähnt, und es wurde auch keine Anzeige erstattet.

Die Leute beim Ballett waren ausgesprochen unfreundlich, als ich sie befragte. Und was Alex Luccan selbst betrifft, so sagt seine Sekretärin, daß er für mehrere Wochen auf Geschäftsreise wäre.

Ich habe einen Journalisten von einer der Zeitungen zum Essen eingeladen. Er erzählte, er sei damals ziemlich sicher gewesen, daß der Mann, der Luccan angegriffen hat, unser Freund Dobie war. Aber das wollte ihm niemand bestätigen.«

»Also hat er auch nichts über seinen Verdacht geschrieben«, mutmaßte ich.

»Genau. Und Alexander Luccan hatte beschlossen, keine Anzeige zu erstatten. Ende der Geschichte.«

»Wurde Dobrynins Name irgendwo erwähnt?«

»Nein«, sagte Tony bestimmt. »Nicht im Zusammenhang mit dieser Schlägerei. Nur das Übliche über seine Auftritte mit der Truppe. Aber das weißt du ja schon von Melissa.« Er trank seinen Brandy aus, sah mich bittend an und schob das Glas dann über die Theke, damit der Barkeeper es wieder füllen konnte.

»Ja, Alice, das ist alles. Die Sache ist vertuscht worden. Der Tänzer, der Luccan zusammengeschlagen hat, war wahrscheinlich Dobrynin, und dabei hat er sich den Finger ausgerenkt. Aber was ich nicht verstehe, ist, warum sie das geheimgehalten haben. Warum konnten sie nicht sagen: Ja, es war Dobrynin? Ich habe immer geglaubt, daß ein Skandal gut für die Kartenverkäufe ist, von der Auflage der Zeitungen ganz zu schweigen.«

Ich antwortete nicht. Die Informationen, die Tony aus Winnipeg mitgebracht hatte, waren wirklich sehr wichtig, und das überwältigte mich. Was er herausgefunden hatte, eröffnete mehrere völlig neue Perspektiven für den Mord und sein Motiv. Jetzt war es vorstellbar, daß Dobrynin nicht unbedingt wegen seines Charakters, seiner erotischen Abenteuer oder weil er ständig die Menschen betrog, die ihn liebten, umgebracht worden war. Das Motiv konnte ebensogut seine Position in der internationalen Ballettszene sein – eine Welt voller Glanz, Konkurrenz, viel Geld und dauernder Täuschung auf allen Gebieten. Eine Welt, die die Definition des Startums hervorgebracht hatte. Eine Welt, die schon immer von finanziellen Drahtseilakten geprägt war – denn keine Ballettruppe der Welt hat jemals Profit gemacht.

»Hast du mir zugehört, Alice? Warum sollten sie es vertuschen?«

Diesmal antwortete ich ihm. »Alexander Luccan mußte die Sache vertuschen, wenn es bei der Schlägerei um etwas anderes gegangen war als Alkohol, Eifersucht oder Karriereprobleme.«

»Okay. Und worum ging es dann?«

»Wie wäre es denn mit Erpressung? Oder Rache? Oder Folter?«

»Folter!«

»Na ja, Dobrynin könnte Luccan doch zusammengeschlagen haben, um ihn zu zwingen, irgendwelche Informationen herauszurücken.«

»Informationen worüber? Das hört sich langsam an wie aus einem Spionagefilm.«

»O nein, Tony. Ich glaube nicht, daß es so einfach war.«

Er ließ seinen Kopf schwer in seine Hände sinken. »Und wohin gehen wir jetzt?« grummelte er. »Wirst du mich jetzt nach Timbuktu schicken, wo der Pfeffer wächst?«

»Folg dem Honig in den Bienenstock«, sagte ich. Eine ziemlich sprichwörtliche Redensart, aber sie war mir eben so rausgerutscht.

»Ich hoffe, das ist wieder so ein Spruch von deiner

Großmutter und nicht von dir«, sagte Tony lachend. »Sag mal, wo ist denn der Honig? Und wer ist der Bienenstock?« Diese Fragen fand er noch erheiternder. »Mein Gott, jetzt fange ich auch schon damit an!« kicherte er. »Die alte Dame ist dir wirklich ziemlich ähnlich, was?«

Ich drohte ihm mit der Faust.

»Das war nur ein Witz, Alice, nur ein Witz.«

»Ich habe damit gemeint, Tony, daß die einzig logische Vorgehensweise, die einzige Art, all diese Knoten zu entwirren, darin besteht, die junge Frau zu finden, die Lenny dafür bezahlte, daß er den Mund hielt.«

Tony knallte seine Handfläche auf die Theke. »Okay. Wir folgen der Spur des Geldes. Wir finden das Erpressungsopfer, und wir finden den Mörder. Aber wie?«

»Eine Falle«, antwortete ich. »Eine Falle mit ganz viel klebrigem Honig.« Ich stand auf und bezahlte.

»Wohin jetzt, Madam?«

»Keine Sorge, Basillio. Ich schicke dich nicht nach Timbuktu. Nur in das Postamt auf der Twenty-third Street.«

»Das schaffe ich gerade noch«, sagte er und nahm galant meinen Arm.

In dem überfüllten Postamt kaufte ich drei freigemachte Postkarten und ging damit zu einem Pult, auf dem mehrere billige Kugelschreiber angekettet waren. Einer davon funktionierte sogar.

Ich schrieb in Druckbuchstaben LOUIS BEASLEY auf die eine Karte, dann seine Adresse und schlug dann in einem riesigen, recht zerfledderten Buch seine Postleitzahl nach.

Die nächste Karte adressierte ich an Betty Ann Ellenville.

Die letzte war an Melissa Taniment.

»Okay, Tony«, sagte ich und reichte ihm den Kugelschreiber und die Karten, »jetzt bist du dran.«

»Womit?«

»Schreib, was ich dir sage, auf die Rückseite jeder Karte. Du hast so eine schöne Handschrift.« Das stimmte. Tony hat sich mit Kalligraphie beschäftigt. Ich mag seine kräftige Schreibschrift sehr.

Er wartete, den Stift in der Hand.

»Anna Pawlowa Smith«, sagte ich.

»Bitte? Das soll ich schreiben?«

»Genau. Auf alle drei Karten.«

»Und das ist alles?«

»Das ist alles. Soll ich buchstabieren?«

»Nein, ich komme schon klar«, sagte er, aber er fing nicht an zu schreiben. Er schaute mich nur an und wartete wohl auf weitere Erklärungen.

»Hör zu, Basillio. Wenn du früher von Dobrynin erpreßt worden wärest, und du bekämst eine Postkarte, auf der nur ›Anna Pawlowa Smith‹ steht, wie würdest du reagieren?«

»Ich wäre verwundert, denn ich wüßte ja, daß er tot ist. Und ich würde wahrscheinlich auch Angst kriegen.«

»Hmhm«, nickte ich. »Und warum das?«

»Weil ich gedacht hätte, daß die Gefahr vorbei sei. Damals, als er mich erpreßt hat, war dieser Name das Codewort. Jetzt ist er tot. Woher kommt das Wort also? Jemand anderes könnte versuchen wollen, da weiterzumachen, wo Dobrynin aufgehört hat.«

»Sehr gut«, sagte ich. »Du kriegst diese Karte. Du hast ganz schön Schiß. Was würdest du als nächstes tun?«

»Ich würde wahrscheinlich Hals über Kopf zu diesem Haus fahren, 1407 Broadway, und nachsehen, ob der Name dort an der Wand steht. Denn wenn das so ist, dann bin ich in Schwierigkeiten.«

»Brillant, Mr. Basillio.«

»Nein, Sie sind brillant, Miss Nestleton.«

»Nein, Sie, Mr. Basillio.«

»Nein, ich bestehe darauf: Sie, Miss Nestleton.« Tony verbeugte sich vor mir. »Nein, wirklich«, sagte er bewundernd, »du bist manchmal wie ein Stückchen von dieser Torte, die Genialität heißt.

20

Tony und ich saßen vor dem großen Fenster in einem rund um die Uhr geöffneten Café auf der Seventh Avenue. Von hier konnten wir ungehindert auf die der Innenstadt zugewandten Seite des Gebäudes 1407 Broadway sehen. Gegen einundzwanzig Uhr wurde die Straße langsam leerer. Im Laufe des Abends wird die Gegend zwischen der Einkaufsstraße Thirty-fourth Street und der belebten Unterhaltungsmeile auf der Forty-second Street zum windigen Tal, das von den wenigen Passanten schnell durchquert wird. Je kälter es ist, desto schneller laufen sie. Und heute war ein sehr kalter Abend.

»Glaubst du, daß sie kommen wird, Alice?« fragte Tony, zog sich die Wollmütze tiefer in die Stirn und schüttete die übliche Riesenmenge gräßlichen weißen Zuckers in seinen Kaffee.

»Wenn der Briefträger mich nicht im Stich gelassen hat«, sagte ich. »Ich bin überzeugt davon, daß sie kommen wird. Wenn sie alle diese Postkarten gekriegt haben, muß sie einfach kommen.«

Tony schaute sich um. »Ich frage mich, wie lange sie

uns wohl noch hier sitzen lassen werden, bevor sie zu der Überzeugung gelangen, daß wir Drogenhändler sind.«

»Solange wir Kaffee bestellen, ist denen bestimmt egal, wer wir sind.«

»Aber wieviel Liter werden wir wohl noch schaffen?«

Anstelle einer Antwort deutete ich auf die große Plastikmülltonne, die nur ein paar Schritte von uns entfernt an der Tür stand. Tony nickte. Er hatte verstanden. Hol dir einen Plastikbecher voll Kaffee, nimm ein paar Schlucke und schmeiß den Rest weg.

Der kalte Wind zog durch das Fenster herein, aber wir hatten uns auf einen längeren Aufenthalt in der Kälte eingestellt und warm angezogen. Es war merkwürdig entspannend, hier zu sitzen, schlechten Kaffee zu trinken und auf diesen riesigen Steinklotz zu starren, der den ganzen Block einnahm.

Wie immer war Tony nostalgisch gestimmt und schwelgte in Erinnerungen: An uns, damals, in den alten Zeiten, wie er sich ausdrückte. Als wir so ehrgeizig waren, so arrogant, als wir wußten, worum es ging: um die Wahrheit und die Schönheit und Tennessee Williams. Ich sagte nicht viel, hörte ihm zu und nickte. Nostalgie ist harmlos, solange sie keine Auswirkungen auf zukünftige Taten hat. Wie Simone Signoret gesagt hat, Nostalgie ist auch nicht mehr, was sie einmal war.

Es war sechzehn Minuten nach zehn – jedenfalls auf der schrecklichen alten Uhr voller Fliegendreck mit dem Budweiser-Logo –, als wir die elegante schwarze Limousine sahen, die vom Broadway in die Seventh Avenue einbog und an dem Gebäude entlangfuhr. Tony und ich waren nicht nur mit Kaffee abgefüllt, sondern hatten auch mindestens zwei Päckchen eines sonderbaren Krauts, das »Yankee Doodles« hieß, niedergemacht.

Wir wechselten einen schnellen Blick, halb ängstlich, halb erwartungsvoll, und waren bereit zum Aufbruch. Aber der Wagen fuhr weiter und war bald nicht mehr zu sehen.

Aber fünf Minuten später tauchte er wieder auf.

Dieses Mal parkte er auf der Straßenseite gegenüber der Mauer, auf die Basil die Worte geschrieben hatte. Es stand einfach da, im Leerlauf, wie eine riesige, summende Wanze, die Parkleuchte eingeschaltet. Die Scheiben waren getönt. Der Wagen mit dem Geld war genau, wie Basil ihn beschrieben hatte. Die weiße Dame, wie er sie genannt hatte, saß wohl wartend im Fond.

Basillio und ich sprangen von unseren Stühlen auf. »Einen Moment noch«, hielt er mich zurück. »Was machen wir jetzt eigentlich genau?«

»Wir locken sie aus diesem Auto und lassen sie sich enttarnen«, sagte ich, schüttelte seine Hand ab und holte gleichzeitig eine Dose Sprühfarbe aus der Tasche meines Anoraks.

»Was zum Teufel ist das? Was hast du vor?«

»Hör gut zu, Tony. Ich gehe jetzt auf die andere Straßenseite und fange an zu schreiben. Du bleibst hier. Du mußt improvisieren.«

Er war verwirrt. »Improvisieren ... Alice, ich frage mich, ob du dir das gut überlegt hast.«

»Gut überlegt? Ich bin brillant, hast du doch selbst gesagt. Und außerdem, hast du vielleicht eine bessere Idee?«

Er blies die Backen auf und ließ die Luft langsam entweichen. Dabei beobachtete er die ganze Zeit das lange schwarze Auto.

Ja, ich hatte Angst, aber gleichzeitig war ich völlig aufgedreht.

Dann standen wir auf der Straße. Ich drückte seinen Arm und ging los. »Bleib dran«, ermahnte ich ihn.

Ich überquerte rasch die Fahrbahn und ging an dem Gebäude entlang. Die Straße war wie ausgestorben. Der Wind trieb Zeitungen, leere Getränkedosen und allen möglichen anderen Müll vor sich her und ließ das Zeug um meine Knöchel wehen. Ein paar Meter vor dem Wagen blieb ich plötzlich stehen und drehte mich sehr bedächtig zu der Mauer um. Dann fing ich mit einer ausladenden, theatralischen Bewegung an zu schreiben, in so großen, hohen Buchstaben, wie es meine Größe erlaubte.

Ich hatte gerade mit dem zweiten N von ANNA angefangen, als mir jemand die Dose aus der Hand schlug, und zwar so heftig, daß ich gegen die Mauer taumelte. Jemand brüllte in mein Ohr: »Sie blöde Kuh! Was machen Sie da?« Ich drehte mich um und sah eine junge Frau in einem Skianorak, die sich über mich beugte.

Sie hatte einen Arm erhoben, um mich zu schlagen. Aber dann sah ich, wie ein anderer Arm – Tonys – sie von hinten packte. Die beiden rauften miteinander, und als mein Herzschlag etwas langsamer geworden war, versuchte ich, Tony dabei zu helfen, sie festzuhalten.

»Halten Sie still!« hörte ich Tony rufen. »Halten Sie still, dann wird Ihnen nichts passieren.«

Endlich hörte sie auf zu zappeln. Aber der Kampf hatte einen sonderbaren Tribut gefordert. Etwas Komisches hing an der linken Seite ihres Kopfes herunter. Eine Perücke.

Ich schaute in das Gesicht von Vol Teak.

Ich zitterte so stark, daß ich kaum die Kraft aufbrachte, Tony zu sagen, wer die »weiße Dame« war, nämlich gar keine Dame, sondern Louis Beasleys Lebensgefährte.

Ich hörte, wie Basillio sagte: »Wir drei gehen jetzt ganz langsam zu Ihrem Auto, wie die drei Musketiere, und setzen uns hinten rein. Und dann machen wir zusammen eine kurze Spazierfahrt.«

Vol überraschte uns beide mit einer Kannonade der farbigsten Kraftausdrücke.

»Mann«, sagte Tony, »und ich dachte, Sie wären nicht besonders helle.«

»Ich fahre nirgendwo mit euch hin«, gab Teak zurück.

Ich hatte mich erholt. »Vielleicht ist es Ihnen lieber, wenn ich Louis Beasley anrufe.«

Bei der Erwähnung Beasleys glomm Furcht in seinen Augen auf.

»Vielleicht«, fuhr ich fort, »würde es ihn ja interessieren, woher Sie all das Geld haben, das Sie Dobrynin geben mußten. Und es würde ihn bestimmt auch interessieren, warum Sie sich von Dobrynin erpressen ließen.«

Wir stiegen in den Wagen. Ich wies den Fahrer an, in die Innenstadt zu fahren.

Frank Brodsky öffnete die Tür, geschmackvoll gekleidet wie immer. Ich hatte ihm meinen Plan mit der Falle bereits am Vormittag erläutert, deshalb hatte er ungeduldig darauf gewartet, daß wir uns meldeten. Als er uns in sein Büro führte, meinte ich, eine leichte Whiskyfahne wahrzunehmen.

Und in der Tat stand auf dem Tischchen neben dem Sessel, in den wir Vol verfrachteten, eine Kristallkaraffe mit einer Flüssigkeit, bei der es sich ohne weiteres um Scotch handeln konnte. Daneben standen eine Kaffeekanne, mehrere weitere Flaschen und verschiedene Gläser und Tassen. Tony setzte sich im Mantel auf das Sofa und begann wie süchtig zu rauchen. Den angebotenen

Brandy nahm er sehr gern an. Ich bat um ein Tonicwasser. Brodsky stand aufrecht neben dem Kamin. Vol saß da, den Kopf auf die Hände gestützt.

Wir boten ein interessantes Bild. Eine Probe für ein lebensnahes Melodram? Nun, diese Probe lief nicht besonders gut. Ziemlich lange sagte niemand ein Wort.

Schließlich brach Mr. Brodsky das Schweigen. Er sprach in seinem allerfreundlichsten Tonfall.

»Mr. ... Teak, nicht wahr? Mr. Teak, Sie scheinen den Schlüssel zu sehr vielen Fragen zu besitzen, die meine Kollegen und ich uns schon seit geraumer Zeit stellen. Ich möchte Sie bitten, zu den Ereignissen des heutigen Abends Stellung zu nehmen. Wir wären Ihnen sehr verbunden.«

Vol brach in ein kurzes, abgehacktes Lachen aus. Dann starrte er bedrückt an die Decke. Wieder herrschte Schweigen.

Brodsky seufzte tief, ging zu seinem auf Hochglanz polierten Schreibtisch und nahm den Hörer des Haustelefons auf, das dort stand. »Ah ja«, hörten wir ihn sagen, »könnten Sie mich bitte verbinden, und zwar mit ...« Er blickte zu Vol hinüber. »Wer soll denn der erste sein, Mr. Teak? Ihr Freund Mr. Beasley oder einer der Detecives, die im Mordfall Dobrynin ermitteln?«

Vol stand auf und ging entschlossen zu dem Schreibtisch hinüber. Er riß Brodsky den Hörer aus der Hand und knallte ihn auf die Gabel. Ich hörte nur die letzte Silbe des Schimpfworts, das er dem alten Anwalt an den Kopf warf, der lediglich eine Augenbraue hochzog.

Dann trat Vol einen Schritt zurück und brüllte uns alle drei an: »Ich weiß genau, wer ihr seid! Und ich weiß auch, was dieses Spielchen hier soll! Ihr wollt mich in diese Mordgeschichte hineinziehen. Ihr würdet alles tun, um zu verhindern, daß Lucia der Prozeß gemacht wird. Für wie blöd haltet ihr mich eigentlich?«

Frank Brodsky antwortete nicht sofort. Er schlendert hinüber zu einem Sessel und setzte sich. »Möchten Sie nicht auch Platz nehmen, Mr. Teak? Bitte!«

Vol warf dem Anwalt einen bösen Blick zu, ging aber zu seinem Sessel zurück.

»Nun«, fuhr Brodsky fort, »wie Sie soeben sehr treffend bemerkt haben, sind wir in der Tat sehr daran interessiert, zu vermeiden, daß Anklage gegen Miss Maury erhoben wird. Ich habe keinerlei Absicht, Sie einer Tat zu beschuldigen, die Sie nicht begangen haben, aber Sie müssen Verständnis dafür aufbringen, daß ich alles über dieses ... dieses Arrangement wissen möchte, das Sie mit Dobrynin hatten.«

Vol zuckte zusammen, als ob ein Geist ihn berührt hätte, und dann begann sein hübscher Mund Worte auszuspucken.

»Er hat mich erpreßt.«

Als er nicht weitersprach, schüttelte Frank Brodsky langsam den Kopf und sagte recht ungeduldig: »Ja, ja, Mr. Teak. Das haben wir bereits angenommen. Aber ich fürchte, das ist nicht alles. Sie müssen uns dreien vertrauen und uns Ihr Geheimnis preisgeben. Bitte erklären Sie sich etwas genauer.«

»Dobrynin hat mich geschröpft«, fuhr Teak schließlich fort. »Er hatte herausgefunden, daß ich Honorare von Ballettdirektoren bekam, die ich mit Louis bekannt gemacht hatte. Sie brauchten Louis alle. Er ist der einzige, an den sie sich wenden können, wenn sie in Finanznöten sind. Er hat Dutzenden von Ensembles Geld beschafft. Ich habe niemals größere Summen bekommen. Ein paar tausend Dollar von jedem, dem Louis helfen konnte. Louis hat nie davon erfahren. Niemand wußte davon, so dachte ich wenigstens. Aber irgendwie ist dieses Arschloch Dobrynin dahintergekommen. Das war klar, nachdem er diesen kanadischen Ballettdirektor halbtot geschlagen hat.«

»Alex Luccan«, soufflierte Basillio.

»Genau den«, sagte Teak bitter. »Er war einer meiner sogenannten Kunden.«

Er vergrub für einen Moment seinen Kopf in den Händen, dann haute er mit der Faust auf den Tisch und brüllte: »Dobrynin war ein Blutsauger, ein Ungeheuer! Er wollte immer mehr und noch mehr. Er hat immer gesagt, das wäre jetzt die letzte Zahlung, und dann wollte er doch wieder mehr. Und seine saublöden Spielchen. Dieser Unsinn mit Anna Pawlowas Namen auf diesem Haus. Ich mußte dauernd in dieser miesen Gegend patrouillieren, wie ein Taschendieb.

Und dann habe ich angefangen, Geld von Louis zu borgen, das heißt zu stehlen. Das war das Schlimmste. Und als ich Peter gefragt habe, wofür er das ganze Geld eigentlich brauchte – schließlich lebte er ja wie ein Penner – da hat er nur gelacht und gesagt, daß er sich um all die verlorenen Seelen kümmern müsse, um all die vergessenen, kranken Wesen, wie er sich ausdrückte, um all die armen hungrigen Dinger.

Dann habe ich ihm damit gedroht, Louis alles zu beichten, und Peter hat gesagt, ich solle ihm nur alles erzählen, auch das von uns. Dabei ist das schon viele Jahre her. Aber er sagte, er würde schon dafür sorgen, daß Louis mich rausschmeißen und wegen Veruntreuung anzeigen würde. Und das hätte er bestimmt auch getan. Dobrynin war böse. Der grausamste Mensch, dem ich je begegnet bin.

Ich bin froh, daß er tot ist, und ich habe kein schlechtes Gewissen, weil ich so empfinde«, sagte Vol ungerührt und stand auf. »Ich bin froh darüber! Aber das heißt noch lange nicht, daß ich ihn umgebracht habe! Das habe ich nämlich nicht.«

Sein Ausbruch war so schmerzvoll, so glaubhaft gewesen, daß wir alle jetzt ziemlich mitgenommen waren.

Dann ergriff Frank Brodsky das Wort. »Mr. Teak, wofür brauchten Sie denn das Geld, das Sie von den Ballettdirektoren bekamen? Diese ›Honorare‹, wie Sie sie zu nennen belieben? Ihr Lebensgefährte ist doch ein reicher Mann.«

Vol schien kurz vor dem endgültigen Zusammenbruch zu stehen. Seine Augen füllten sich mit Tränen. »Louis hat mir immer alles gegeben, was ich brauchte. Er ist zwar nicht unbedingt der großzügigste Mensch der Welt, aber er hat sich um mich gekümmert. Aber ich wollte ihn nicht ständig ausnutzen. Und ich wollte ihn schon gar nicht hintergehen. Ich wollte nur etwas Eigenes haben. Ich wollte mich ... unabhängig fühlen. Ich war auch mal Tänzer, wissen Sie. Ich war zwei Spielzeiten lang beim Royal Ballet.«

Er schaute den Anwalt an, als ob die Tatsache, daß auch er ein großer Tänzer gewesen war, alle Fragen dieser Welt beantworten würde.

»Mr. Teak, ich gehe davon aus, daß Sie uns sagen können, wo Sie in der Nacht waren, als Peter Dobrynin starb«, sagte Brodsky milde.

»Ich war bei einem Freund«, antwortete Vol schnell.

»Zu Besuch?«

»Ich werde den Namen nennen, wenn die Polizei darauf besteht«, sagte Teak mißtrauisch. »Aber vorher nicht!«

»Ich verstehe«, entgegnete Brodsky freundlich und lächelte leise. »Nun, Mr. Teak, das ist eine lange Nacht für Sie gewesen. Warum gehen Sie jetzt nicht nach Hause und ruhen sich ein wenig aus? Ich bin sicher, Mr. Basillio begleitet Sie gerne zu Ihrem Wagen.«

Vol schien erstaunt darüber, daß das Verhör so plötzlich beendet war. »Was werden Sie jetzt unternehmen?« fragte er ängstlich.

»Im Augenblick gar nichts, jedenfalls nichts, was Sie betreffen würde.« Brodsky stand auf und winkte Tony. Wir hörten die beiden die Treppe hinuntergehen.

Als Tony zurück war, fragte der Anwalt: »Und, wie sehen Sie die Sache, Miss Nestleton?«

»Vol Teak wollte Dobrynin nicht länger Schweigegeld bezahlen«, sagte ich. »Er hat Dobrynins Hintermann, Basil, damit beauftragt, ihn umzubringen. So sehe ich die Sache.«

»Und Sie, Mr. Basillio?«

»Ich bin ganz Miss Nestletons Meinung.«

Brodsky lehnte sich in seinem Sessel zurück, die Arme hinter dem Kopf verschränkt. Er sah müde aus. »Ich stimme Ihnen zu«, sagte er. »Ich glaube aber, daß es schwierig sein wird, es zu beweisen. Wie Sie schon bemerkt haben, Mr. Basil ist ein gewiefter Typ. Er wird sicher nicht so ohne weiteres gestehen.«

Brodsky stand unvermittelt auf und ging zu einem kleinen Tischchen an der gegenüberliegenden Wand. Er öffnete eine Schublade, holte einen kleinen Gegenstand heraus und kam zu uns zurück.

Ich betrachtete das kleine weiße Päckchen, das er vor mich auf den Tisch gelegt hatte. Es war ein kleines Stück Papier und so gefaltet, daß die Ecken nach innen eingeschlagen waren.

»Wissen Sie, was das ist, Miss Nestleton?«

»Nein.«

Er lächelte. »In solchen Briefchen transportieren Diamantenhändler ihre Ware. Man würde annehmen, daß sie ihre Pretiosen in kleinen, verschlossenen Schachteln aufbewahren und alle möglichen Sicherheitsvorkehrungen treffen. Aber sie benutzen ganz gewöhnliche kleine Papierumschläge, wie diesen hier.«

Er beugte sich vor und faltete die Ecken des Päckchens auf. Darin befanden sich drei kleine, geschliffene Diamanten.

»Hübsch, nicht?«

Tony und ich schauten auf die glitzernden Steinchen und sahen uns dann erstaunt an.

Brodsky faltete zufrieden den Umschlag wieder zusammen.

»Und jetzt, Miss Nestleton, sagen Sie mir, was ist eigentlich mit diesem Detective, diesem Bekannten von Ihnen, dem, der Ihnen dabei geholfen hat, Basil zu finden?«

»Was soll mit ihm sein?«

»Meinen Sie, Sie könnten ihn anrufen und ihn um einen weiteren Gefallen bitten?«

»Wenn es kein allzu großer Gefallen ist, schon.«

»Oh, es ist nur eine winzige Kleinigkeit. Mr. Basillio, dürfte ich auch Sie um Ihre Hilfe bitten?«

»Wobei?« fragte Tony.

»Ich werde ein Foto von Vol Teak brauchen. Und ein kleines, unauffälliges Aufnahmegerät.«

»Kein Problem«, sagte Tony erleichtert.

Brodsky nickte. Dann griff er mit einer galanten Geste nach meiner Hand. »Ich bin mehr als zufrieden mit Ihnen. Wie Sie Mr. Teak diese Falle gestellt und sie dann haben zuschnappen lassen, ist wirklich überaus bewundernswert«, sagte er.

Ich bedankte mich mit einem Nicken.

»Aber«, fuhr er fort, »ich frage mich, ob ich nicht auch eine kleine Falle präparieren könnte, mit Ihrer fachkundigen Hilfe und freundlichen Erlaubnis, Mr. Basillio, Miss Nestleton.«

21

Es war nur ein Einakter. Das Stück mit der kürzesten Spieldauer, in dem ich jemals aufgetreten war – nur eine Vorstellung. Die Hauptfigur war ein distinguierter Anwalt, gerissen, aber freundlich, betagt, aber scharfsinnig, dargestellt von Frank Brodsky.

Und in der Rolle der gertenschlanken, geheimnisvollen Privatdetektivin: Miss Alice Nestleton.

Ihr bodenständiger, witziger Mann für alle Fälle: Anthony Basillio. Und der Schurke beziehungsweise der Held – das hängt von Ihrer Einschätzung des Lebemanns Peter Dobrynin ab – war dieser merkwürdig belesene, sonderbar abgerissene ehemalige Sträfling, den man nur unter dem Namen Basil kannte.

Ein weiterer geschätzter Darsteller würde eine kleine Nebenrolle spielen: Detective Rothwax, angesehenes Mitglied der New Yorker Polizei in der Rolle des Detective Rothwax, angesehenes Mitglied der New Yorker Polizei.

Im Grunde genommen gab es gar kein Skript, auch wenn im Programmheft vermutlich gestanden hätte: »Nach einer Idee von Frank Brodsky.« Und obwohl die Darsteller ohne Regisseur würden agieren müssen, schien jeder genau zu wissen, was er zu tun hatte.

Es war eine Art Improvisationsübung für Fortgeschrittene, denn alle kannten bereits das Ende. Aber sämtliche Rollen boten viel persönlichen Freiraum, den wir allerdings schnell würden nutzen müssen, denn wir wußten alle, daß das Stück nur ganz kurz sein würde.

Tony und ich eröffneten die erste Szene, indem wir um zwanzig vor zwölf in Basils Rehabilitationszentrum vorbeischauten. Er saß wieder im Fernsehraum, bekleidet mit seinem blauen Regenmantel. Er wirkte anders als neulich, entspannter, als ob er sich endlich von seiner Abhängigkeit – von welchem Suchtmittel auch immer – hätte befreien können. Er sprach heute auch anders, nicht so gestelzt und rätselhaft. Er stand mit beiden Beinen im Leben. Als Tony und ich sagten, daß wir ihn gern zum Mittagessen einladen würden, mit einem guten Whisky dazu, lächelte Basil und sagte: »Das können Sie gern öfters machen. Heute, morgen, wann immer Sie wollen.« Dann zwinkerte er mir zu und fragte: »Stimmt's, schöne Frau?«

Also gingen wir zu dritt los, um den Hauptdarsteller zu treffen, der in einer der hinteren Nischen in einem sehr vornehmen Restaurant auf dem Broadway saß. Ich machte Basil und Mr. Brodsky miteinander bekannt und wir setzten uns.

»Wie soll ich Sie ansprechen?« fragte der Anwalt. »Mr. Basil oder Mr. Basil irgendwie?«

»Sie können mich ansprechen, wie Sie wollen«, gab er zurück. Er lächelte. Er ließ seinen Blick durch das Restaurant schweifen. Eine Kellnerin kam. Tony und ich bestellten Bloody Marys, Mr. Brodsky Tee und Mr. Basil Whisky.

Ich sah, wie Tony auf seine Uhr schaute, nachdem die

Getränke gebracht worden waren. Es war Zeit für den Auftritt des Nebendarstellers.

Und Rothwax war pünktlich, wie er versprochen hatte.

»Was für eine nette Überraschung!« rief er aus und kam an unseren Tisch. »Man weiß ja wirklich nie, wen man in so einem Restaurant alles trifft!«

Ich stellte den anderen Detective Rothwax vor, und bemerkte, daß er einer der besten Männer der New Yorker Polizei sei. Tony spielte mit und tat so, als hätte er den Detective noch nie gesehen. Brodsky sagte: »Ein Freund von Alice Nestleton ist selbstverständlich auch mein Freund.«

Nur Basil sagte nichts. Ganz offensichtlich fühlte er sich in Rothwax' Anwesenheit unbehaglich – *sehr* unbehaglich. Er nippte langsam an seinen Whisky und schaute nachdenklich über den Rand des Glases, sah Rothwax dabei aber nicht an.

»Möchten Sie sich nicht zu uns setzen, Detective?« fragte Brodsky und schickte sich an, einen Stuhl weiterzurücken, um Platz für Rothwax zu machen.

»Nein, vielen Dank«, lehnte Rothwax ab. »Ich setze mich an die Bar. Ich muß gleich wieder los.«

Er verabschiedete sich und sagte, wie sehr er sich gefreut hätte, uns zu treffen. Dann ging er an die Bar und setzte sich so hin, daß wir seinen Rücken gut sehen konnten. Die Bedrohung war da, wie geplant.

Die Kellnerin tauchte wieder auf. Frank Brodsky bestellte ein Omelette, Tony einen kleinen Cäsar-Salat und Basil ein Truthahnsandwich. Ich hatte keinen Hunger.

Als die Kellnerin gegangen war, holte Mr. Brodsky ein Foto heraus und legte es offen mitten auf den Tisch. Basil, der neben dem Anwalt und mir gegenüber saß, warf nicht einmal einen Blick auf das Bild. Er nippte immer noch automatisch an seinem Whisky.

»Kennen Sie diesen Mann, Mr. Basil?«

Basils Augen blieben eine Sekunde auf dem Foto haften. »Kenn ich nicht. Will ich auch nicht kennen.«

Frank Brodsky tippte mit dem Finger auf das Foto. »Das hier, Mr. Basil, ist ein gewisser Vol Teak. Wir glauben, daß er Ihren Freund Lenny umgebracht hat, weil er von Lenny erpreßt wurde. Und wir sind der Ansicht, daß Teak Sie engagiert hat, um ihm bei dem Mord behilflich zu sein. Das wäre recht wahrscheinlich, wenn man bedenkt, wie oft Sie und Mr. Teak sich getroffen haben. Schließlich haben Sie ja die Umschläge mit dem Geld von ihm bekommen, vor dem Gebäude 1407 Broadway.«

Brodsky drehte das Foto auf dem Tisch. »Und schließlich waren Sie derjenige, der ins Lincoln Center eingedrungen ist und dort in einem Büro eine Waffe unter den Tisch geklebt hat. Und jetzt, Mr. Basil, möchten wir Ihnen eine Chance geben, Ihre Haut zu retten. Ich kann Ihnen versichern, daß Sie wesentlich weniger Scherereien mit der Polizei bekommen werden, wenn Sie uns jetzt alles sagen, was Sie wissen. Die wollen den Mörder, nicht den Helfershelfer. Wenn Sie natürlich selbst abgedrückt haben ..., nun, das wäre eine andere Geschichte. Aber wir glauben nicht, daß Sie geschossen haben. Wir nehmen an, daß Sie das unschuldige Opfer eines bösartigen Mannes sind.«

Der alte Anwalt tätschelte freundlich Basils Arm, bevor er hinzufügte: »Und ich denke, daß es Ihnen sehr leid tut, daß Sie diese Rolle bei Lennys Tod spielen mußten. Ich bin wirklich davon überzeugt, daß Sie keine Ahnung hatten, was Vol Teak vorhatte. Denn, Mr. Basil, nach Ihrer Erscheinung zu urteilen, sind Sie doch ein rechtschaffener Mann.«

Wir warteten. Basil nippte immer noch an seinem Whisky. Schließlich schaute er mich an und verdammte mich wortlos dafür, daß ich ihn in die Falle gelockt hatte. Seine Augen wanderten langsam zur Bar und dann zurück zu mir.

»Ich kenne den Mann nicht«, sagte Basil eisig. »Und Sie kenne ich auch nicht. Ich kenne den schönen Judas nicht.«

Mr. Brodsky nahm mit einem Seufzer das Foto und steckte es wieder in die Tasche.

Das Essen kam. Die anderen verzehrten es langsam und schweigend. Basil machte keine Anstalten zu gehen, sondern aß manierlich sein Sandwich, wenn auch sehr schnell. Er schaute immer wieder nach der Bar, wo Rothwax gut sichtbar saß – eine stille, stumme Bedrohung.

Dann ließ Brodsky wie zufällig seine Gabel fallen. Nachdem er eine neue bekommen hatte, wandte er sich wieder an Basil und sagte: »Ich habe in letzter Zeit manchmal Probleme mit meinem Gedächtnis, Mr. Basil. Da war noch etwas, was ich Sie fragen wollte. Etwas sehr Wichtiges.«

Basil kaute am letzten Bissen seines Sandwichs und sah Brodsky nicht an.

»Ich wollte Sie fragen«, fuhr Brodsky fort, »ob Sie jemals von einem Mann namens Kurt van Holsema gehört haben.«

Basil schaute Brodsky immer noch nicht an und schüttelte nur den Kopf. Er war wütend, nahm sich aber zusammen.

»Nun, Sir«, sagte Brodsky, und sein Tonfall wurde

langsam härter, »ich denke schon, daß Sie ihn kennen. Vielleicht nicht unter diesem Namen. Mr. van Holsema ist ein holländischer Geschäftsmann, der momentan im Lenox Hill Hospital liegt. Er handelt mit Diamanten. Vor ein paar Tagen wurde er ausgeraubt und niedergestochen, als er gerade aus einem Konzert im Lincoln Center kam. Natürlich hat der Täter seine Uhr, seine Brieftasche, die Kreditkarten und all dieses Zeug gestohlen. Und noch etwas viel Wertvolleres. Ein Päckchen mit Diamanten, das Mr. van Holsema bei sich trug. Der Mann, der ihn angegriffen und niedergestochen hat, Mr. Basil, hat eine unheimliche Ähnlichkeit mit Ihnen.

Basil schaute auf.

»Ja, ist das nicht ein merkwürdiger Zufall?« fragte Brodsky. »Er trug sogar den gleichen Mantel wie Sie, und er hat ebenfalls einen schmalen Oberlippenbart.«

Tony und ich sahen einander an. Basil starrte auf seinen leeren Teller.

Brodsky holte zum letzten Schlag aus. »Würden Sie mir einen Gefallen tun, Basil? Wären Sie so gut, in ihre linke Manteltasche zu fassen und herauszuholen, was darin ist?«

Basil steckte die Hand schnell in die Tasche. Er griff nach etwas und zog es heraus.

Mr. Brodsky sagte: »Legen Sie den Gegenstand jetzt bitte auf den Tisch. Gut. Wenn Sie jetzt so freundlich wären, es aufzumachen? Ja ... wunderbar.«

Einige Sekunden lang starrten wir alle auf die glitzernden Steinchen.

»Sehen Sie, Mr. Basil, das Päckchen mit den Diamanten, das Sie bei sich hatten, ist identisch mit dem, das dem bedauernswerten holländischen Gentleman gestohlen wurde. Wir haben alle mit eigenen Augen gesehen, wie Sie es aus Ihrer Tasche geholt haben. Und ich wage zu behaupten, daß niemand von uns allzu überrascht wäre, mehrere andere Gegenstände aus dem Besitz von Mr. van Holsema zu finden, zum Beispiel dort, wo Sie wohnen.«

»Ich hab keinem Holländer was getan!« sagte Basil schäumend vor Wut. »Und das wissen Sie ganz genau, Sie Rechtsverdreher.«

»Ah«, sagte Brodsky verständnisvoll, »aber es gibt da einen Holländer, der bezeugen wird, daß Sie es waren. Und ich werde dasselbe tun. Das kommt doch wohl auf's gleiche heraus, oder?«

Basil drehte den Kopf ruckartig zur Bar. Rothwax saß da, fest wie immer, aber diesmal schaute er Basil fest in die Augen.

»Ich möchte Ihnen gern etwas erklären, Basil«, sagte der Anwalt. »Ich werde es sehr ausführlich erklären, denn ich möchte nicht, daß hinterher noch irgendwelche Unklarheiten bestehen. Wenn Sie uns die Umstände erläutern, die dazu geführt haben, daß Sie für Vol Teak tätig wurden, dann werden Sie eine Gefängnisstrafe von höchstens einem Jahr bekommen. Ich werde mich persönlich Ihres Falles annehmen, vorausgesetzt, daß Sie nicht selbst abgedrückt haben. Sie werden mir zustimmen müssen, daß Sie, wenn Sie jetzt wegen Diamantendiebstahls und dem Angriff auf den Händler verhaftet werden – und Sie können mir glauben, das werden Sie –, vielleicht niemals wieder das Tageslicht sehen werden. Sie werden tief im Labyrinth der staatlichen Gefängnisse verschwinden.«

Basil blickte wieder hinunter auf seinen Teller. Sein Gesicht schien zu zerfallen. Das war die wirkungsvollste Intrige, von der ich je gehört oder an der ich je mitgewirkt hatte – und die hinterhältigste. Es war unglaublich grausam. Ich wußte, daß es keinen Diamantenhändler gab, keine gestohlene Uhr oder so etwas. Ich wußte, daß Brodsky Basil die Diamanten in die Tasche gesteckt hatte. Ich wußte, daß er auf brillante Weise mit der ewigen Paranoia des Straßenräubers spielte. Glaubte Basil wirklich, daß er den Händler niedergestochen hatte? Das war egal, darum ging es nicht. Ihm war klar, was die Polizei glauben würde. Ich schämte mich plötzlich ganz schrecklich dafür, in dieser ganzen Inszenierung mitgespielt zu haben, auch wenn ich nur eine kleine Rolle gehabt hatte.

Aber was, wenn es funktionierte? Was, wenn Basil wirklich einiges wußte und jetzt den Mund aufmachte? Hätte der Zweck dann die Mittel geheiligt? Ich war nicht mehr in der Lage, Mr. Brodsky anzusehen. Er wußte, daß ich mich nicht einmischen würde. Er wußte, daß ich, wenn es hart auf hart kam, Basil für Lucia opfern würde. Er wußte, daß ich Basil ausliefern würde, wenn ich dadurch Lucia würde retten können. Er wußte es. Ich wußte es. Alle wußten es.

Basil sagte: »Er hat mich bezahlt.«

»Wer hat Sie bezahlt?« fragte Brodsky in fast gelangweilt klingendem Ton.

»Dieser Mann.«

»Meinen Sie damit Vol Teak? Der Mann auf dem Foto, das ich Ihnen gezeigt haben?«

»Ja, der.«

»Wofür hat er Sie bezahlt?«

»Ich sollte Lenny am Heiligen Abend ins Lincoln Center bringen.«

»Und haben Sie das getan?«

»Ja. Am Heiligabend. Ich habe ihn hingebracht und ihn dann allein gelassen. Er war betrunken. Wir waren beide betrunken. Ich hatte ein paar Zeitungen geklaut und behauptet, wir würden versuchen, die Morgenausgabe zu verkaufen. Wir gingen durch die Tiefgarage. Ich habe dem Mann da zwanzig Dollar gegeben. Und dann habe ich Lenny dort gelassen.«

»Wieviel hat Teak Ihnen bezahlt?«

»Hundert.«

»Wußten Sie, daß er Lenny umbringen wollte?«

»Das ist mir nie in den Sinn gekommen. Wirklich nicht. Daran hab ich nie gedacht.«

»Haben Sie Teak die Fünfundzwanziger besorgt, mit der Lenny erschossen worden ist?«

»Nein. Ich hab ihm vor einiger Zeit mal erzählt, wo man Waffen kriegen kann. Da gibt es diesen Typ in dieser Eisenwarenhandlung auf der Columbus Avenue. Das hab ich ihm gesagt.«

»Sind Sie in ein Büro gegangen und haben die Waffe dort versteckt – unter dem Schreibtisch?«

»Ich habe nie eine Waffe gesehen, das hab ich doch gesagt. Ich habe Lenny nur hingebracht. Und ihn dort gelassen. Lebend.«

»Vielen herzlichen Dank, Mr. Basil«, sagte Brodsky. Dann holte er wie in Zeitlupe ein kleines Aufnahmegerät unter dem Tisch hervor. Das war der große Moment des alten Mannes. Er hatte seine Klientin entlastet.

Dann nahm er die Diamanten, die immer noch auf dem gefalteten Papier lagen, und ließ sie einen nach dem anderen in den Rest meiner Bloody Mary fallen. Er lächelte breit. »Straß«, bemerkte er.

22

Die Anklage gegen Lucia Maury wurde fallengelassen. Die Staatsanwaltschaft begann, gegen Vol Teak und Basil zu ermitteln, der eigentlich Charles Small hieß und ein langes Vorstrafenregister hatte. Basils Geständnis und Teaks finanzielle Beziehung zu Dobrynin waren kein allzu komplizierter Tatbestand.

Es gab nur noch einen ungeklärten Punkt, und das war die Waffe. Basil hatte bei der Polizei wiederholt, was er Brodsky gesagt hatte, nämlich daß alles, was er über die Waffe wisse, war, daß Teak sie wahrscheinlich bei einem illegalen Waffenhändler erworben hatte, den er, Basil, ihm empfohlen hatte. Dieser Mann arbeitete nicht mehr in der Eisenwarenhandlung, die Basil genannt hatte, und konnte daher nicht ausfindig gemacht werden, und Basil konnte ihn nicht detailliert beschreiben.

Aber die Staatsanwaltschaft war zuversichtlich. Ich hatte einen Bericht geschrieben, in dem ich von meiner Anna-Pawlowa-Smith-Falle berichtete und, soweit ich konnte, Teaks Geständnis schilderte, daß er »Honorare« von verschiedenen Leitern von Ballettensembles bekommen hatte, im Gegenzug dazu, daß Louis Beasley ihnen Geld besorgt hatte. Und natürlich erläuterte ich auch Dobrynins Erpressermethoden.

Angesichts dieser Entwicklungen war es nicht verwunderlich, daß Lucia und ihr Anwalt zu einer Art Siegesfeier in ihre Wohnung eingeladen hatten, an einem bitter kalten Sonntagnachmittag. Tony hatte beschlossen, mich nicht zu begleiten, weil er erstens jetzt genug von diesen Ballettleuten hatte und zweitens Frank Brodsky nicht mehr ausstehen konnte. Also ging ich allein.

Die Wohnung war schon voller Menschen, als ich eintraf. Sie hatten in aller Eile große Mengen an Essen und Getränken besorgt. Ich hatte den Eindruck, daß Dutzende von kleinen Geschäften in der Nachbarschaft in letzter Minute Bestellungen entgegengenommen hatten, denn es klingelte ununterbrochen und Botenjungen brachten neue Schachteln und Tabletts mit Eßbarem. Es gab italienische Spezialitäten, jüdische Delikatessen, indische und mexikanische Gerichte.

Lucia wirkte müde, aber glücklich, und sie umarmte mich so heftig und fest, daß sie mich fast erdrosselte. Ihre betagten Eltern waren aus Delaware gekommen und dankten mir überschwenglich für all meine Bemühungen in Lucias Fall. Überall gab es Umarmungen und Freudentränen.

Dann ging ich zu einem der vollbeladenen Tische hinüber. Ich strich einen verlockenden Dip auf einen kleinen Kracker. Gerade als ich in das Schnittchen beißen wollte, entdeckte ich Frank Brodsky. Er saß allein auf einem Sofa, einen Martini in der Hand, und sah mich an. Ich ließ den Kracker sinken und lächelte ihn erfreut an. Er lächelte zurück und deutete eine galante kleine Verbeugung an. Ich wandte mich von dem Büfett ab und schlenderte durch den Raum zu einer Gruppe von Tänzerinnen, Freundinnen von Lucia, die ich seit Jahren nicht gesehen hatte.

»Alice Nestleton! Hallo, Alice!« Ich hörte, wie laut mein Name gerufen wurde. Ich sah, wie eine Frau mir ziemlich aufgeregt zuwinkte. Es war die Ballettkritikerin Betty Ann Ellenville. Sie winkte mich zu sich heran. Ich ging auf sie zu. Als ich neben ihr stand, nahm sie meinen Arm und fragte: »Können wir uns irgendwo unterhalten? Vielleicht im Schlafzimmer.«

»Natürlich«, sagte ich und ließ mich von ihr in Lucias Schlafzimmer ziehen, wo überall Mäntel, Schals und Pullover herumlagen.

»Draußen ist es viel zu laut zum Reden«, entschuldigte sich Betty Ann.

»Sind Sie schon lange hier?«

»Es kommt mir vor wie mehrere Wochen. Aber ich will mich nicht beklagen. Es ist nett, so viele alte Bekannte wiederzusehen. Und ich freue mich natürlich, daß Lucia wieder frei ist. Das Ganze erinnert mich an die Partyszene in *Laura*. Ich habe diesen Film immer sehr gemocht. Aber hören Sie, Alice, ich möchte Sie um einen großen Gefallen bitten. Um einen sehr großen.«

»Ich werde tun, was ich kann.«

Sie drückte meinen Arm. »Ich hatte neulich ein sehr langes Gespräch mit Melissa Taniment.«

»Ach, wirklich?«

»Ja. Wir hatten miteinander zu tun, weil ich mich endlich dazu entschlossen habe, mit dem Buch anzufangen, das ich schon immer schreiben wollte: über das Leben und die Karriere von Peter Dobrynin. Melissa hat sich nicht nur bereit erklärt, daran mitzuarbeiten und mir alles über ihre Rolle in seinem Leben zu erzählen, sondern sie kann mir auch sehr viele wichtige Informationen über Peters frühe Jahre geben, über seine ersten Rollen, in wen er sich verliebt hat und so weiter.« Sie hielt inne, schaute ziemlich betreten und sagte dann: »Melissa hat mir von Peters heimlicher Wohnung erzählt. Und von der Videokassette, die Sie gefunden haben.«

»Sie können ihr ausrichten, daß sie sich keine Sorgen zu machen braucht. Ich habe die Kassette neulich vernichtet.«

»Melissa hat mir vorgeschlagen, in diese Wohnung zu gehen. Sie sagt, daß ich dort vielleicht Notizen oder Hinweise finden kann, die mir für mein Buch nützlich sein können.«

»Sind Sie sicher, daß das alles ist, wonach Sie Melissa zufolge suchen sollen?« fragte ich zynisch.

Betty Ann lachte. »Nein, natürlich nicht. Sie war sehr offen zu mir. Sie hat mir von der langen, komplizierten Affäre erzählt, die sie in den letzten Jahren mit Dobrynin hatte. Sie sagt, sie hat Angst, daß in dieser Wohnung noch andere Dinge sind, die sie kompromittieren könnten. Sie hat mich gebeten, diese zu vernichten, wenn ich da hingehe, damit ihr Mann nie etwas davon erfährt. Ich habe natürlich zugestimmt. Und sie hat vorgeschlagen, daß ich Sie bitten soll, mich zu begleiten.«

Eine peinliche Stille trat ein. Mit dieser Bitte hatte ich nicht gerechnet. Der Fall war abgeschlossen. Die Kassette war vernichtet. Das ist alles, Leute. Aber ich mochte Betty Ann, und sie war damals sehr hilfsbereit gewesen, als ich Informationen brauchte.

»Okay. Ich begleite Sie«, sagte ich. »Rufen Sie mich einfach zu Hause an, wenn Sie ...«

Sie fiel mir ins Wort. »Diese Party ist ja eigentlich ziemlich laut, und das Essen ist auch nicht gut, und deshalb dachte ich, wir könnten vielleicht jetzt sofort hinfahren.«

»Jetzt?«

»Ja! Wir nehmen ein Taxi und fahren hin!« antwortete sie begeistert, als ob sie zur Plünderung einer historischen Schatzkammer aufbrechen wollte.

Ihre Begeisterung war ansteckend. »Warum nicht?« konnte ich nur noch sagen. Wir begannen nach unseren Mänteln zu suchen.

Sobald wir vor dem Haus auf der westlichen One Hundred and Twenty-sixth Street aus dem Taxi gestiegen waren, wußte ich, daß hier etwas nicht stimmte. Vor dem Gebäude stand ein riesiger Container, randvoll mit dem Zeug, das beim Bau oder beim Abriß eines Hauses anfällt: Rohre, schmutzige Fiberglasstücke, alte Teppichböden, Holzteile. Wir gingen in die Lobby. Sie war voll mit alten Paneelen, die man von den Wänden gerissen hatte. Der Boden war übersät mit Pfützen und Glassplittern.

»Ich glaube, wir sind gerade noch rechtzeitig gekommen«, sagte Betty Ann und schaute sich verwundert um. »Morgen steht das Haus vielleicht gar nicht mehr.«

Ich rief: »Hallo, hallo?«, aber nichts rührte sich. Anscheinend war niemand in dem Haus, weder Bewohner noch Arbeiter noch der Hausmeister, der Tony und mich damals in Dobrynins Wohnung geführt hatte und an dessen Namen ich mich nicht mehr erinnern konnte. Aber alle Türen waren offen. Es würde nicht schwer sein, in Peters Apartment zu gelangen.

Wir tasteten uns die Wände entlang und gingen die Treppen hinauf. Wir mußten aufpassen, denn der Boden war sehr glatt. Alle Heizungen waren abgeschaltet worden, und kalte Zugluft wehte durch das Haus. Einmal blieb ich kurz stehen und fragte Betty Ann: »Sind Sie sicher, daß Sie das wirklich tun wollen?«

»Ja, ja. Gehen wir weiter!«

Wir kamen in Peter Dobrynins Versteck. Die Stahltür war nicht nur offen, sondern gar nicht mehr da. Und was für ein Durcheinander da drinnen herrschte! Die Decke war heruntergerissen worden und die meisten der Rohrleitungen aus den Wänden. Der Spiegel war immer noch da, aber die Ballettstange nicht mehr.

Mitten in dem großen Raum lag eine Plane, auf die die Arbeiter Dobrynins sämtliche Besitztümer geworfen hatten: Schallplatten, Kleidung, Poster, alles.

Wir näherten uns dem Haufen. Alles war völlig durchnäßt, weil es durch die offene Decke hereinregnete. Wenn in diesem Haufen irgend etwas von Wert gewesen war, so war es jetzt wertlos. Alles war zu einem großen Kloß geworden, vornehmlich die Sachen aus Papier.

Betty Ann betrachtete das Chaos verdrießlich. Ihre Begeisterung war schnell der Enttäuschung gewichen. Sie nahm meinen Arm, und wir liefen durch den verwüsteten Raum und suchten nach etwas, das noch erhalten war. Wir schauten in das kleine Badezimmer. Das Waschbecken war noch da, aber alle Bodendielen waren entfernt worden.

Wir kamen in die kleine Kochnische. »Na«, sagte Betty Ann sarkastisch, »wenigstens braucht Melissa sich jetzt keine Sorgen mehr zu machen, daß hier irgend etwas Kompromittierendes gefunden wird.«

Der Herd war nicht mehr angeschlossen und das Gas anscheinend abgestellt. Die Wand hinter der Küche war durchgebrochen worden. Offensichtlich war in dem Renovierungskonzept die Entfernung sämtlicher Wände in den unteren Stockwerken vorgesehen.

Nur der kleine Kühlschrank war noch in Betrieb. Als ich ihn öffnete, wußte ich auch, warum: Hier kühlten die Arbeiter ihr Bier.

»Was ist das?« fragte Betty Ann und zeigte auf ein kleines Regal ungefähr einen Meter über dem Kühlschrank. Ich war gerade groß genug, um an die drei altmodischen Keksdosen heranzukommen, die auf wunderbare Weise verschont geblieben waren.

Die eine Dose war leer. In der zweiten waren Gummis und ein paar Bleistiftstummel. Die dritte Dose enthielt ein paar alte Dragees.

Ich schüttete ein paar davon in meine Hand. »Ich glaube, Dobrynin mochte Smarties«, sagte ich und hielt Betty Ann meine Hand hin.

Sie betrachtete die kleinen Dragees aus der Nähe. »Alice«, sagte sie, »das sind keine Smarties.«

Sie nahm eine aus meiner Hand und hielt sie nahe an die Glühbirne an der Wand.

»Was ist es dann?«

»Medizin«, sagte sie. »Haldol. Ein Mittel zur Stabilisierung von psychisch Kranken. Und zwar ein ziemlich starkes. Es wird viel in psychiatrischen Kliniken verwendet. Meine Mutter hat viele Jahre lang Haldol genommen.«

Ich nahm eine Pille und drehte sie zwischen den Fingern. Betty Ann kannte sich mit diesem Medikament offenbar aus, und ich glaubte ihr. Als ich die kleine Aufschrift auf der Tablette genauer betrachtete, erkannte ich das Logo einer Pharmafirma.

»War Peter in einer psychiatrischen Klinik, Alice?«

»Nicht daß ich wüßte.«

»Woher soll er sonst diese Tabletten haben?«

»Vielleicht gehören sie Basil?«

»Wem?«

»Der Farbigen, der Vol Teak beim Mord an Peter geholfen hat. Soviel ich weiß, hat er manchmal hier gewohnt.«

Sie schien mir überhaupt nicht zuzuhören. Sie lief aufgeregt hin und her und spielte mit der Handvoll Tabletten.

»Warum nimmt Sie das so mit?« fragte ich. »Was ist denn schon dabei, wenn Dobrynin in einer Klapsmühle war? Wir wissen doch jetzt, wer ihn ermordet hat und warum. Und das hatte nichts mir irgend jemandes geistiger Gesundheit zu tun.«

Sie machte eine verächtliche Handbewegung, als ob ich überhaupt nichts begriffen hätte. »Verstehen Sie denn nicht, Alice? Wie soll ich glaubhaft über Peter Dobrynins Leben schreiben, wenn wir nicht mal wissen, ob er geistig gestört war? Wie soll man seine Genialität verstehen, wenn man den Ursprung dieser Genialität nicht kennt?«

Es war viel zu kalt und zu feucht, um sich hier lang und breit über Betty Anns intellektuelle Probleme zu unterhalten. Ich war allerdings auch der Ansicht, daß dies ein wichtiger Askpekt war, und ich versprach ihr, ihr bei weiteren Nachforschungen zu helfen. Aber zuallererst wollte ich dieses unheimliche Haus verlassen.

Am nächsten Morgen, Montag, rief ich Rothwax an und bat ihn um einen weiteren Gefallen. Ich ging ihm bestimmt mittlerweile ziemlich auf die Nerven, aber komischerweise protestierte er diesmal überhaupt nicht, und er machte auch keinen seiner üblichen Witze auf meine Kosten. Vielleicht hatte die Tatsache, daß er sich jetzt mit organisierter Kriminalität befaßte, seine Persönlichkeit verändert. Er versprach mir, daß er mich bald zurückrufen würde.

Und wirklich rief er an, noch bevor zwei Stunden vergangen waren. Er sagte, daß der Computer nichts hergäbe, was einen Krankenhausaufenthalt von Peter Dobrynin oder Charles Small (Basils richtiger Name) in den letzten drei Jahren belegen würde.

Ich erzählte Betty Ann diese Neuigkeit am Telefon. Sie hörte das gar nicht gern. »Sie haben das nicht richtig verstanden, Alice. Man *verschreibt* Haldol nicht einfach nur. Dieses Medikament ist eine starke, anti-psychotische Droge. Es wird nur in geschlossenen psychiatrischen Anstalten angewandt, unter strengster ärztlicher Aufsicht.«

Ich brauchte ein paar Minuten, um mich mit den Konsequenzen anzufreunden, die diese Tatsache für die Biographie haben würde, aber mehr konnte ich nicht tun.

Dienstag war ein milder Tag. Tony und ich beschlossen, eine kleine private Siegesparty zu feiern. Eigentlich war es ja Brodsky gewesen, der den letzten Nagel in Teaks Sarg geschlagen hatte, indem er Basil so gerissen sein Geständnis entlockt hatte, aber Tony und ich hatten die Erpressung entdeckt, die dem ganzen Fall zugrunde lag, was ja letztendlich dazu geführt hatte, daß die Anklage gegen Lucia fallengelassen werden mußte. Ja, eine kleine Feier hatten wir wirklich verdient, und wir finanzierten sie mit dem restlichen Geld von dem Spesenkonto, das Brodsky für uns eingerichtet hatte.

Wir zogen unsere besten Winterklamotten an und speisten im Plaza zu Mittag. Dann gingen wir ins Kino und dann weiter zu Bloomingdale, wo jeder etwas Unnötiges kaufte: Tony ein sehr teures Sweatshirt und ich einen sehr langen, indischen Schal. In einer vornehmen Bar tranken wir Kaffee und Brandy und danach kehrten wir in Tonys Zimmer im Pickwick Arms Hotel zurück und schliefen miteinander.

Als ich schließlich einen verstohlenen Blick auf die Uhr warf, war es sieben Uhr abends, es war jetzt Zeit, nach Hause zu gehen. Ich hatte dort noch alles mögliche zu erledigen. Aber es war ein wunderschöner Tag gewesen, und mir war einfach noch nicht danach aufzubrechen. Tony lag immer noch nackt auf den Bett. Ich saß in einem Sessel und erzählte ihm zum ersten Mal von dem Haldol, das wir gefunden hatten, und daß Betty Ann glaubte, Dobrynin sei in einer Irrenanstalt gewesen. Und ich berichtete, daß Rothwax das in seinem Computer überprüft hatte, aber keinen Krankenhausaufenthalt hatte nachweisen können.

»Betty Ann schreibt ein Buch über Dobrynin, deshalb ist sie so wild darauf, herauszufinden, wie gestört er wirklich war.«

»Sie wird wahrscheinlich lange brauchen, bis sie einen findet, der auch nur annähernd so verrückt ist«, meinte Tony.

»Na ja, sie meint eher Geistesgestörtheit.«

»Soll das heißen, sie will es schwarz auf weiß, eine Bestätigung von einer Klinik, daß er paranoid und schizophren war oder was?«

»Ja, ich glaube, sowas in der Richtung. Wenn sie ein Buch über den Nachfolger von Nijinsky schreibt, wird sie wohl etwas Geistesgestörtheit für den Plot brauchen.«

»Ich hoffe, es gibt auch ein bißchen Humor in diesem Plot.«

»War denn an Dobrynin irgend etwas Lustiges?«

»Machst du Witze? Im Grunde genommen ist dieses Obdachlosen-Komikerduo – Lenny und Basil – doch zum Totlachen. Sie füttern streunende Katzen mit ›Hühnchen Kiew‹. Sie tanzen nackt *Giselle*. Also wirklich, Alice, du mußt die Dinge sehen, wie sie sind. Wenn jemand einen Film über die beiden drehen würde, wäre es eine Komödie, und Robin Williams ware Lenny und Richard Pryor Basil.«

Ich fand diese Bemerkung seltsam irritierend. Nein,

ich hatte niemals den Eindruck gehabt, daß Dobrynin und sein Kumpel amüsant waren. Überhaupt nicht. Ich fand es schon eher witzig, daß Tony sie als Komikerduo sah – Lenny und Basil.

»Habe ich etwas Falsches gesagt?« fragte Basillio, der sich plötzlich Sorgen machte, daß er mich beunruhigt oder die harmonische Stimmung zunichte gemacht haben könnte, die immer noch zwischen uns herrschte.

»Nein, überhaupt nicht, Tony. Ich denke nur nach. Es ist so merkwürdig, die beiden als Komikerduo zu betrachten.«

»Wieso, sie haben doch auch Künstlernamen benutzt. Wir wissen, daß ›Lenny‹ nicht Dobrynins richtiger Name ist. Und Basil heißt in Wirklichkeit Charly Small. Richtig?«

Es war absurd, aber wahr. Immerhin war Dobrynin in der Welt des Theaters zu Hause gewesen – warum sollte er also keinen Künstlernamen wählen? Aber Künstlernamen haben oft eine persönliche oder berufliche Bedeutung. Lenny und Basil ... Basil und Lenny. Es bestand irgendein Zusammenhang zwischen diesen beiden Namen ... oder nicht?«

»Tony, glaubst du nicht auch, daß diese Namen irgendeine Bedeutung haben müssen, wenn Dobrynin sie ausgesucht hat, irgendeine Verbindung zum Ballett?«

»Das könnte ich mir vorstellen.«

Lenny und Basil. Basil und Lenny. Ich wiederholte diese Namen immer wieder im stillen. Zuerst ging ich im Geiste alle Ballette durch, die mir einfielen. Nein, das war es nicht. Lenny und Basil waren keine Rollen aus einem Ballett.

Plötzlich war ich mir ganz sicher, woher diese Namen stammten, und ich fing an zu lachen.

»Was zum Teufel ist los mit dir, Alice?«

»Ich weiß jetzt, was diese Namen bedeuten, Tony! Ich weiß, wofür sie stehen! Es ist so simpel, es ist kaum zu glauben!«

»Los, sag schon!«

»Hast du schon mal vom Ballet Russe aus Monte Carlo gehört?«

»Ich glaube schon. Es kommt in *Die roten Schuhe* vor.

»Ungefähr ein halbes Jahrhundert lang war das das berühmteste Ballettensemble der Welt. Der letzte große Direktor der Truppe war ein Mann namens De Basil. Und der letzte große Tänzer und Choreograph des Ballet Russe war Leonid Massine – kurz Lenny.«

»Basil und Lenny«, sagte Tony. »Ja, das paßt.«

»Wie blöd von mir, daß ich nicht eher darüber nachgedacht habe. Es kann gar nicht anders sein.«

»Ich glaube, ich weiß, wie wir das nachprüfen können«, sagte Tony.

»Wie?«

»Wenn der alte Dobie wirklich in einem Irrenhaus war, dann wette ich darauf, daß er seinen vollen Künstlernamen als Pseudonym benutzt hat: Leonid Massine. Laß in den Krankenhausakten unter diesem Namen suchen.«

»Manchmal bis du wirklich ein kluges Köpfchen, Tony.« Ich küßte ihn auf den Kopf und nahm ein Taxi nach Hause.

23

Ich weiß selbst nicht genau, warum ich Rothwax gleich am nächsten Morgen bat, eine weitere Computerrecherche über Dobrynin zu machen, diesmal unter dem Namen Leonid Massine. Eigentlich bestand ja kein Grund zur Eile. Was bedeutete es schon, ob er diesen Namen wirklich benutzt hatte? Vielleicht war ich lediglich neugierig, ob meine Theorie über den Ursprung dieser Künstlernamen richtig war und Tonys Mutmaßungen über die Aufnahme ins Krankenhaus stimmten. Oder vielleicht fühlte ich mich verpflichtet, Betty Ann zu unterstützen. Vielleicht konnte ich Dobrynin einfach nicht in Frieden ruhen lassen? Wer weiß? Auf alle Fälle rief ich Rothwax an, und was er herausfand, war beunruhigend.

Ein gewisser Leonid Massine war in den letzten drei Jahren in der Tat in einer psychiatrischen Klinik gewesen, im St. John's Hospital in Smithtown, Long Island, und zwar siebenmal!

Sekunden, nachdem ich das erfahren hatte, nahm ich den Hörer ab, um Betty Ann Ellenville anzurufen und ihr das mitzuteilen. Aber ich legte den Hörer so schnell wieder auf, wie ich ihn hochgenommen hatte. Warum sollte ich ihr jetzt irgend etwas erzählen? Lieber wollte ich zuerst sehen, ob ich noch mehr herausfinden konnte.

Eines war sicher: Ich würde in diese Klinik fahren. Ich wollte es *wissen.* Ich wollte dieses Spiel bis zu Ende spielen. Also rief ich Tony an, erzählte ihm die Neuigkeit und bat ihn, einen Wagen zu mieten und mit mir nach Smithtown hinauszufahren.

Zuerst wollte er nicht. Er konnte nicht verstehen, warum ich da unbedingt hinwollte. Was machte es schon aus, ob Dobrynin geistesgestört gewesen war oder nicht? Er war tot. Sein Mörder war gefaßt. Was wollte ich also dort?

»Laß mir doch meinen Willen, Tony«, war alles, was

ich sagen kommte. Er druckste herum, er flehte mich an, er fluchte. Dann mietete er das Auto.

Verglichen mit anderen psychiatrischen Kliniken war das St. John's Hospital wie eine frische Brise. Das Gebäude war groß, frisch gestrichen, weitläufig und voller Leben. Patienten, Angehörige und Pflegepersonal drängten sich in der Eingangshalle. Es gab einen kleinen Laden, einen Zeitungsstand und eine Cafeteria. Dutzende von schwarzen Brettern hingen überall herum, auf denen kleine Kärtchen alle möglichen Gruppentreffen, Beschäftigungstherapien, Partys und Gebetskreise ankündigten.

Aber als wir versuchten, den Arzt zu finden, der Dobrynin behandelt hatten, prallten wir gegen eine Steinmauer aus Krankenschwestern und Verwaltungsangestellten. Sie schickten uns von Pontius nach Pilatus, waren mißtrauisch und wiederholten immer wieder, daß die Rechte der Patienten geachtet werden müßten und daß das Krankenhaus keine Informationen weitergeben könne, solange kein gültiger Befehl der Staatsanwaltschaft vorliege.

»Was haben wir hier eigentlich zu suchen? Warum tun wir das? Wen interessiert das denn?« grummelte Tony immer wieder.

Irgendwann brüllte ich ihn wütend an: »Weil wir im Grunde, auch wenn Vol Teak des Mordes überführt und der Fall abgeschlossen ist, immer noch so gut wie gar nichts über Peter Dobrynin wissen. Laß uns wenigstens *eine* Tatsache herausfinden, bevor wir den Fall ad acta legen. Okay, Tony?«

Mein Ausbruch besänftigte ihn. Wir bemühten uns weiter, bettelten, gingen von Büro zu Büro, bis schließlich ein Verwaltungsangestellter nachgab und uns zu Dr. Arnold Newmark schickte, dessen Büro am Ende der geschlossenen Abteilung lag.

Er war ein kleiner, freundlicher Mann mit grauem Haar. Er trug einen weißen Arztkittel über Hemd und Krawatte, und in seiner Tasche waren Dutzende Kugelschreiber und ein großer Spiralblock.

»Bitte nehmen Sie Platz«, sagte er. »Ich habe gehört, Sie sind auf der Suche nach Informationen über einen meiner Patienten. Und ich bin sicher, Sie wissen, daß ich Ihnen nicht sehr viel sagen darf. Das verbietet das Gesetz.«

Wir setzten uns dankbar. Dann erzählte ich ihm eine unerhörte Lügengeschichte. Ich sagte, daß Tony und ich Privatdetektive seien und daß Leonid Massines Familie uns engagiert hätte. Massine sei vor drei Monaten als vermißt gemeldet worden, und die Polizei habe keine Spur finden können. Alles, was wir wollten, seien ein paar Informationen – irgendwelche Informationen –, die uns dabei helfen könnten, besagten Mann zu finden.

Dr. Newmark war offensichtlich nicht in der Lage, diesem Appell an seine Freundlichkeit zu widerstehen. »Ich werde Ihnen erzählen, was ich darf«, sagte er.

»Nun«, sagte ich, »zuerst einmal hätten wir gern gewußt, warum Mr. Massine in der Psychiatrie gelandet ist.«

Dr. Newmark faltete seine Hände auf der Tischplatte. »Mr. Massine ist manisch-depressiv. Seine Zyklen sind sehr schnell, das heißt, daß der Wechsel von Manie zu Depressivität sehr rasch und sehr häufig erfolgt. Diese Störung kann mit Lithium und Antidepressiva behandelt werden. Das Lithium hält den Patienten davon ab, an die Decke zu gehen, während die Antidepressiva verhindern, daß er am Boden zerstört ist. Aber in Mr. Massines Fall war diese Therapie nicht erfolgreich. Das ist bei ungefähr zwanzig Prozent der Patienten, die manisch-depressiv sind, der Fall.«

Tony unterbrach ihn. »Aber ich dachte immer, manische Depression sei eine recht häufige Krankheit. Die meisten Menschen, die daran leiden, sind doch gar nicht in Krankenhäusern.«

Dr. Newmark nickte. »Mr. Massine kommt immer dann freiwillig zu uns, wenn er eine besonders schwere manische Phase durchmacht, während derer er eine Gefahr für sich selbst und andere darstellt. Dazu kommt noch, daß er unter starken Wahnvorstellungen leidet. Mr. Massine ist ein sehr schwieriger Patient. Er verbringt viel Zeit im Beruhigungsraum.« Als Dr. Newmark bei der Erwähnung eines »Beruhigungraums« den erschreckten Ausdruck auf meinen Gesicht wahrnahm, erklärte er: »Dabei handelt es sich nicht um eine Gummizelle. Es ist eine humanere Art, gewalttätige Patienten ruhigzustellen. Es ist nur ein leerer Raum mit gepolsterten Wänden.«

»Seine Familie hat uns gesagt, er habe Haldol genommen«, bemerkte ich.

»Ja. Wahnvorstellungen nehmen in der Regel ab, wenn der manische Höhepunkt vorüber ist. Aber in seinem Fall hielten die Wahnvorstellungen an. Dann gibt man Haldol.«

»Was waren das für Wahnvorstellungen?«

»Sehr merkwürdige – und sehr lang anhaltende.« Er machte eine Pause, dann hob er die Hand, als ob ihm etwas Wichtiges eingefallen sei. »Wissen Sie, ich glaube, ich habe da etwas sehr Interessantes aufgehoben ...

eine Zeichnung, die Mr. Massine für mich angefertigt hat.« Dr. Newmark stand von seinem Schreibtisch auf und ging zu einem Aktenschrank hinüber. Er öffnete und schloß Schubladen, blätterte Papiere durch und kam schließlich mit einem großen weißen Skizzenblatt zurück.

»Sehen Sie«, sagte er und reichte mir das Blatt.

Ich hielt die Zeichnung hoch und betrachtete sie.

Das Blut erstarrte in meinen Adern. Mein Körper war plötzlich ganz schwach. Meine Finger konnten das Papier kaum noch halten.

Diese Zeichnung war ganz offensichtlich von einem geistesgestörten Menschen angefertigt worden. Aber trotz der merkwürdigen Strichführung konnte ich erkennen, daß es sich um die Darstellung eines großen und bösen Katers handelte.

Ich winkte Tony heran, der die Zeichnung über meine Schulter betrachtete. Ich hörte, wie er zu Dr. Newmark sagte: »Ein Kater? War das sein Wahn? Ein Kater?«

»Nun«, antwortete der Doktor, »das ist ein Teil seiner Wahnvorstellungen, ein sehr wichtiger Teil. Mr. Massine denkt, daß er von einem riesenhaften Kater verfolgt wird, der ihn jagt, um sich an ihm zu rächen. Warum, hat er nie gesagt. Aber die Rache soll anscheinend in Form von Kastration erfolgen.«

»Au«, murmelte Tony. Er nahm mir die Zeichung aus der Hand und gab sie Dr. Newmark zurück, der bemerkte: »Dieser vermeintliche Verfolger von Mr. Massine hat auch einen Namen, eine sehr komischen Namen, aber er fällt mir nicht mehr ein.«

Ich hatte Angst, den Namen auszusprechen, aber ich kannte ihn. Ja, ich kannte den Namen. Ich schloß die Augen und sah ihn vor mir, in roten Buchstaben auf dem Leichenwagen vor der Kirche. »Anna Pawlowa Smith«, sagte ich leise.

»Ja. Woher wissen Sie das?« fragte Dr. Newmark. »Ich fand den Namen immer ziemlich merkwürdig für eine Katze, noch dazu für einen Kater.«

Als wir gingen, sagte Dr. Newmark: »Wissen Sie, der Name Leonid Massine ist mir immer irgendwie bekannt vorgekommen. Warum, weiß ich nicht.«

Ich gab keine Antwort.

Tony nahm meinen Arm, als wir am Schwesternzimmer vorbeigingen.

»Was ist los mir dir, Alice? Du siehst aus, als hättest du einen Geist gesehen.«

Ich konnte kaum sprechen, kaum gehen, kaum denken. Das Puzzle war auseinandergefallen – meine ganze Arbeit.

»Wir haben einen furchtbaren Fehler gemacht, Tony. Vol Teak hat Peter Dobrynin nicht umgebracht.« Mehr brachte ich nicht heraus.

In dieser Nacht blieb Tony bei mir in meiner Wohnung. Aber es war eine schlaflose, unruhige Nacht ohne Liebe für mich. Gegen halb fünf Uhr morgens stand ich auf und machte Kaffee. Ich ging mit der Tasse ins Wohnzimmer und legte mich zu dem verbannten Bushy auf den Boden.

Tony kam zu uns ins Wohnzimmer, als es gerade hell wurde. Er setzte sich neben mich und sagte: »Du machst dich wegen nichts und wieder nichts verrückt, Alice. Glaub mir, nichts von dem, was wir im Krankenhaus erfahren haben, hat irgendwas mit der Realität zu tun.«

Ich brachte es fertig ihn anzulächeln. »Dobrynins Wahnvorstellungen waren seine Realität, Tony.«

»Was soll das heißen?«

»Das werden wir beide hoffentlich bald herausfinden. Ich will dir erklären, wo ich mich geirrt habe – wo wir alle uns geirrt haben. Die ganze Logik unserer Ermittlungen war falsch. Wir haben uns auf die Symptome konzentriert, nicht auf die Ursachen. Wir haben uns auf Dobrynins Obdachlosenjahre konzentriert, auf die letzten drei Jahre seines Lebens, während wir uns auf die Zeit, bevor er Lenny, der Penner, wurde, hätten konzentrieren müssen. Verstehst du, was ich sagen will, Tony? Wir haben ein gutes Drehbuch verschandelt. Wir haben den falschen Darstellern die falschen Kostüme angezogen.«

»Ich hab ja schon gesagt, daß du eine akademische Ader hast, Alice. Ich verstehe kein Wort von dem, was du da faselst. Vergiß diesen ganzen Mist von wegen ›Logik der Ermittlungen‹. Sag mir lieber, was mit dir los ist. Wir haben also alle einen Fehler gemacht. Na gut, nehmen wir das mal an. Aber wer hat Dobrynin getötet?«

Ich beschloß, meine Vermutungen erst mal für mich zu behalten, denn was mir im Moment durch den Kopf ging war wirklich sehr merkwürdig ..., nachgerade unglaublich. Es würde das Beste sein, einfach weiterzumachen, nichts zu sagen und zu tun, was getan werden mußte. Ich wußte, daß ich vorsichtig würde sein müssen. Ich konnte niemandem mehr trauen, komischerweise auch nicht mir selbst.

»Tony, ich brauche deine Hilfe. Denk noch mal an alles, was du von Dobrynin weißt und was wir im Krankenhaus erfahren haben. Ich rede von der Zeit, als er noch getanzt hat, bevor er ausgestiegen ist und sich in seine verrückte Welt zurückgezogen hat. Was hat deiner Meinung nach sein Leben ausgemacht?«

»Frauen, Sex.«

»Und was noch?«

»Alkohol.«

»Würdest du ihn als Alkoholiker bezeichnen?«

»Wenn er keiner war, dann weiß ich nicht, wer einer sein soll. Er hat doch anscheinend die ganze Zeit in Bars, Cafés oder auf Partys rumgehangen. Wahrscheinlich hat er sich in seine Psychose hineingetrunken. Aber du weißt ja, was man über Russen und Alkohol sagt.«

»Er war nur zur Hälfte Russe. Aber was seinen Alkoholkonsum betrifft, bin ich deiner Meinung. Und jetzt sag mal, haben Alkoholiker nicht in der Regel eine oder mehrere Stammkneipen?«

»Ja.«

»Und was waren Dobrynins Stammkneipen? Welche Barkeeper kennen ihn? Wer hat ihm zu trinken gegeben, auch wenn er gerade kein Geld hatte? Wer hat ihm zugehört? Wer kannte seine Gedanken in der Zeit, bevor er die Psychose bekam?«

»Mit anderen Worten, du willst einen Kneipenbummel machen.«

»Aber in welche Kneipen, Tony? Wie soll ich die finden?«

»In diesen Klatschspalten, nehme ich an. Geh zurück und lies sie noch mal durch. Du weißt doch, wie das ist: Sowieso wurde mit Sowieso in der und der neuen Bar gesehen.«

Ja, so würde es gehen. Aber die Gedanken wirbelten immer noch wild durch meinen Kopf. *Anna Pawlowa. Anna Pawlowa Smith. Kater. Nackttanz*. Alte Klatschspalten in den Tageszeitungen durchzugehen würde das ideale, mondäne Mittel gegen meinen verwirrten Gemütszustand sein.

»Du mußt mir dabei helfen, Tony!« sagte ich verzweifelt.

»Wobei? Wobei soll ich dir helfen?« fragte Tony laut. »Ich weiß gar nicht, was du willst. Ich habe den Eindruck, daß du bald in diese Klapsmühle kommst.« Er stand von seinem Sessel auf. »Okay, okay. Ja, gut. Ich werde dies bis zum bitteren Ende mit dir durchstehen. Aber wenn du mit einer deiner verrückten Katzenlaunen anfängst, dann wird nichts ...« Er blieb stehen, sah mich an und mußte lachen. »Anna Pawlowa Smith hat Dobrynin umgebracht. Stimmt's?«

»Auf gewisse Weise schon, Tony«, sagte ich ruhig.

Er drehte feierlich die Augen zur Decke und legte die Hände zusammen wie zum Gebet.

Wir verbrachten drei Tage in der Bibliothek bei den Mikrofilmen und gingen Hunderte von Klatschspalten und »In unserer Stadt«-Kolumnen in Zeitungen und Zeitschriften durch.

Tony arbeitete genauso angestrengt wie ich, aber er murrte und beklagte sich immer noch, und machmal zog er mich auf. Er sagte immer wieder: »Los, sag schon, Alice, erzähl mir, was du hast. Ich will wissen, was dieses blöde Katzenbild zu bedeuten hat. Was ist mit der mysteriösen Anna Pawlowa Smith? Wenn du etwas weißt, dann teil es mit deinem Partner.«

Ich sagte ihm gar nichts. Es war alles noch zu sehr im Anfangsstadium. Ein Bündel kleiner Details nahm langsam in meinen Kopf Gestalt an. Dobrynin fütterte streunende Katzen ... Dobrynin glaubte, daß eine Katze ihn verfolgte, in der Absicht, ihn zu entmannen ... Dobrynins Besessenheit von diesem Namen, Anna Pawlowa Smith. Oh, da waren so viele Kleinigkeiten, die Tony niemals verstehen würde. Er würde denken, daß meine lebenslange Vernarrtheit in Katzen und Dobrynins psychotische Wahnvorstellung eines inexistenten Katzenmonsters sich jetzt trefflich zusammenfügten. Nein, es war das Beste, den Mund zu halten.

Am Ende der drei Tage verglichen wir unsere Notizen, und uns fiel auf, daß man die Meldungen, in denen der Tänzer erwähnt wurde, in zwei Rubriken einteilen konnte. Es gab zwei Sorten Klatsch. Die erste bezog sich auf den bösen Jungen Dobrynin, auf seine Rolle als Enfant terrible in der Welt des Balletts. In diesen Notizen wurden immer bekannte Bars und Nightclubs in Manhattan erwähnt, zum Beispiel *P. J. Clark* oder das *Algonquin*, oder eine Menge Kneipen in Soho und Tribeca mit drolligen Namen.

In dem anderen Typ von Meldung wurde lediglich erwähnt, daß der Tänzer in der und der Kneipe in Begleitung von dem und dem gesehen worden war. Das war alles.

Interessant an diesen beiden Arten von Meldungen war, daß Dobrynin bei der zweiten Rubrik immer in völlig anderen Lokalen gewesen war als bei der ersten. Zum Beispiel in der Piano-Bar des Carlyle Hotels, der Polo-Bar des Westbury oder in mehreren kleinen eleganten Cafés auf der Madison Avenue in Höhe der sechziger und siebziger Straßen, den Jagdgründen der gut betuchten Bewohner der East Side, älterer europäischer Touristen und des New Yorker Geldadels.

Es schien, als hätte er sein Trinkerleben in zwei streng voneinander getrennten Teilen geführt, einem wilden und einem sehr ruhigen.

»Und was jetzt?« fragte Tony, nachdem wir dieses Schema entdeckt hatten.«

»Jetzt, Tony, werden du und ich ein kleines Kostümdrama aufführen. Wir werden uns fein machen und ein wenig Zeit in diesen vornehmen Läden verbringen, wo die Reichen sich ihren Schwips antrinken.«

»Warum?«

»Das ist ganz einfach. Wir müssen einen Vertrauten von Dobrynin finden. Vielleicht einen alten europäischen Barkeeper, der ihm Drinks eingeschenkt, ihn mit Tapas gefüttert und ihm zugehört hat.«

»Schön. Und was soll Dobrynin diesem Vertrauten erzählt haben? Daß er insgeheim eine Karriere als Katzenmaler anstrebte?«

»Nein, Schatz. Er hat ihm das mörderische Geheimnis von Anna Pawlowa Smith verraten.«

Um in die Welt der Reichen und der Schönen von Manhattan einzutauchen, wenn auch nur für kurze Zeit, würden Tony und ich uns Rollen ausdenken müssen. Ich erfand zwei so köstliche Parts, daß selbst Tony, so entsetzt er darüber war, daß ich weiter in dem Fall ermittelte, sie amüsant fand.

Wir würden uns als Ehepaar aus Spokane, Washington ausgeben, das auf seinem alljährlichen Besuch in New York war. Wir – und besonders ich – waren Ballettfans, und der Hauptgrund für unseren Besuch war, die verschiedensten Tanzensembles auf der Bühne zu sehen und die faszinierende Luft der Ballettszene zu schnuppern. Daher suchten wir verschiedene Lokale auf, in denen auch der große Peter Dobrynin verkehrt haben sollte. Ich war auf einer Art geheimnisvollen Pilgerreise auf den Spuren des großen Meisters.

Was die Kleidung betraf, so würden wir wohlhabend und blasiert wirken müssen, damit deutlich zu erkennen war, daß wir Geld wie Heu hatten. Allerdings durften wir auch nicht zu dick auftragen. Also kleidete ich mich in den Farben und dem Stil, mit der Saumlänge und den Accessoires, die *Womens Wear Daily*, *Elle* und *Vogue* für angebracht halten.

Die meisten der Cafés, die wir ins Auge gefaßt hatten, machten gegen vier Uhr nachmittags auf, aber manche hatten auch zum Mittagessen geöffnet. *Banquo* zum Beispiel. Trotzdem waren keine weiteren Gäste da, als wir eintaten.

Drinnen war es recht dunkel, aber die Dämmerung wurde vom auf Hochglanz polierten dunklen Holz, dem Silber und den Kristallgläsern durchbrochen. Nirgendwo Plastik. Die eigentliche Bar war winzig. Dann gab es noch einen Bereich mit kleinen Tischchen und im Hintergrund größere Eßtische.

Hinter der Theke stand ein Filipino und polierte Gläser. Er trug einen Frack, wie er in England vor hundert Jahren vielleicht in Mode gewesen sein mochte. Er war ein jüngerer Mann mit kräftigen Händen, und er polierte seine Gläser ausgesprochen andächtig.

Als er uns sah, verfiel er in hektische Betriebsamkeit und legte vor jeden von uns zwei Servietten. Die erste war eine quadratische Papierserviette mit dem Aufdruck *Banquo* auf beiden Seiten. Die zweite war eine große, gefaltete Leinenserviette.

Tony nahm die Stoffserviette, grinste und flüsterte mir zu: »Die Reichen scheinen viel zu kleckern.«

Wir bestellten Drinks und zuckten zusammen, als auf der Kasse ein Betrag von sechzehn Dollar erschien.

Der Barmann fing wieder an zu polieren. Jetzt mußte ich meine Vorstellung beginnen. »Entschuldigen Sie!« rief ich mit rauher Stimme. Er blickte auf und kam näher, stets zu Diensten. »Es wird Ihnen vielleicht albern vorkommen«, sagte ich mit Selbstverachtung, »aber ich habe gehört, daß dies eine der Bars ist, in denen der Tänzer Peter Dobrynin zu verkehren pflegte. Wir waren große Fans von ihm, mein Gatte und ich, wir sind aus Spokane, wissen Sie, oben in Washington? – und, wie ich schon sagte, wir sind begeisterte Fans ... Ja, ich weiß, ich benehme mich wie ein verliebtes Schulmädchen, aber ... nun ... kam er wirklich öfters her? Wie immer in der Zeitung stand?«

Der Barmann hob schmerzlich die Augenbrauen. Da wurde mir klar, daß sein Englisch vielleicht nicht das beste war. Nachdem er einen Moment nachgedacht hatte, sagte er: »Was für ein Peter?«

Soviel zu unserer ersten Etappe.

Aber ich konnte die Rolle ja nicht schon nach der Generalprobe wieder aufgeben. Daher gingen wir in zwei weitere todschicke Läden. In beiden Fällen kannten die Barkeeper den Namen des großen Tänzers, und einer sagte, er habe gehört, daß Dobrynin manchmal hergekommen sei, aber das sei vor seiner Zeit gewesen.

Die nächten Stunden entspannten Tony und ich uns im Frick Museum. Um halb fünf gingen wir in ein weiteres Café, das in vielen der Zeitungsarikel erwähnt worden war: *Camilla's*.

Das Café gab es immer noch, aber es hieß nicht mehr *Camilla's*. Auf der Markise stand der Name *Vine*. Wie die anderen war auch dieses Restaurant intim, dämmerig und sehr aufgeräumt. Die Theke war ein bißchen größer und ziemlich hoch. Dahinter stand ein älterer Mann in einem korrekten Jackett, der T.S. Eliot sehr ähnlich sah.

Er wirkte dünkelhaft und unnahbar. Vielleicht war er

doch nicht Eliot, sondern Clifton Webb. Tony war der Ansicht, Franklin Pangborn sei das Vorbild, aber dem konnte ich mich nicht anschließen.

Es war unglaublich, der Mann verbeugte sich, als Tony und ich auf den unbequem hohen Barhockern Platz nahmen. Wir hatten bereits genug Alkohol intus, deshalb bestellten wir Mineralwasser mit Zitrone. Er lächelte über die Bestellung, wie um uns zu sagen, daß wir eine ausgezeichnete Wahl getroffen hatten, richtete dann mit einem Riesenaufwand die Drinks und stellte sie vor uns hin. Er schloß seine Vorstellung mit einer weiteren Verbeugung.

Als er uns eine silberne Schüssel mit Nüßchen reichte, begann ich sofort wieder mit meiner Interpretation des fanatischen Ballettfans.

Als ich fertig war, langte er über die Theke und tätschelte mir väterlich den Arm. Auf seinem Gesicht zeigte sich ein völlig unerwartetes Lächeln. »Ja«, sagte er, »Mr. Dobrynin kam oft hierher. Und er saß immer da ... genau da, wo Ihr Gatte jetzt sitzt.«

Als mein Begeisterungssturm über diesen wundervollen Zufall verebbt war, lächelte er nicht mehr.

»Ach, dieser bedauernswerte junge Mann«, sagte er traurig. »Was für ein schrecklicher, tragischer Tod für einen wie ihn.«

Dann drehte er sich um, ging zu einem Regal und fing an, die Flaschen neu zu arrangieren, als ob er einer Erinnerung entfliehen müsse, die zu schmerzlich war.

Ich trat Tony gegen das Schienbein, um ihm zu bedeuten, daß wir Glück hatten. Ich sah, wie er zustimmend nickte.

Der alte Barmann warf uns einen schnellen Blick über die Schulter zu. Er schien unentschlossen zu sein: Einerseits wollte er weiter über Peter Dobrynin sprechen, andererseits könnte das aber indiskret wirken.

Ich machte also weiter. Ich redete über all die skandalösen Meldungen, die ich den New Yorker Zeitungen in meinem gemütlichen Heim in Spokane entnommen hatte.

Endlich hatte ich ihn geknackt. »Sie sollten wissen, daß er nicht so war, wie es in den Zeitungen stand. Mr. Dobrynin war ein Gentleman – freundlich, großzügig und sehr höflich. Ja, schön, es gab schon den einen oder anderen Abend, an dem er mehr getrunken hatte, als gut für ihn war, aber hier bei uns hat er sich nie danebenbenommen. Das Gerücht, daß wir ihn haben rausschmeißen müssen, stimmt überhaupt nicht. Das war nicht hier. Niemals.«

Er wartete auf meine Antwort, wohl weil er meinte, ich müßte diese Verteidigung Dobrynins unglaubhaft finden. Ich sagte nichts.

Jetzt war die Erinnerungsflut des Barkeepers nicht mehr aufzuhalten. Der Deich war durchbrochen, und der Strom floß unbarmherzig weiter. Und während er sich erinnerte, polierte er die ohnehin schon glänzende Theke und räumte auf.

»Sicher, auch hier hat er sich manchmal merkwürdig aufgeführt. Aber er hat niemals jemandem ein Haar gekrümmt. Mr. Dobrynin war Künstler, und er war exzentrisch. Und was für ein Künstler er war, brauche ich Ihnen ja nicht zu sagen. Einmal hat er mir Karten für eine Vorstellung geschenkt. Ich habe meine kleine Nichte mitgenommen. Das war so aufregend. Er war einfach großartig.«

»Was meinen Sie damit, wenn Sie sagen, daß er exzentrisch war?«

Er lächelte nachsichtig. »Nun ja, er hatte öfters Haustiere dabei. Und in diesem Lande ist es verboten, Tiere mit in Speiselokale zu nehmen. Einmal kam er in Begleitung eines anderen Tänzers, eines Herrn aus den Niederlanden, glaube ich, und auf Mr. Dobrynins Schulter saß ein Papagei. Und dieser Papagei trug die gleichen Kleider wie Mr. Dobrynin: den gleichen Hut, das gleiche Jackett. Der Vogel sprach nur Holländisch, aber das auch nicht korrekt, wie Mr. Dobrynin mir versicherte, und deshalb konnte niemand verstehen, was er sagte.

Ach ja, und einmal brachte er einen wundervollen Labrador mit. Er sagte, er habe ihn auf der Straße gefunden. Er hatte dem Hund einen Schal gekauft und dann fütterte er ihn mit Tartar. Oh, ja wirklich, er war sehr tierlieb – und er hat ihnen immer irgend etwas angezogen.«

Der Mann drehte sich plötzlich um, öffnete eine Vitrine und holte eine hübsche Flasche hervor. »Delamain«, sagte er liebevoll. »Mr. Dobrynins bevorzugte Brandymarke. Wie oft hat er darauf bestanden, daß ich einen mit ihm trank – einen Brandy wie diesen.« Er langte nach einem Cognacglas, stellte es auf die Bar, schenkte ein wenig von der blaßbraunen Flüssigkeit ein und stürzte sie in einem Zug hinunter. Dann füllte er das Glas mit Wasser, nahm einen Schluck, gurgelte gründlich und spuckte das Wasser aus. Es war eine ebenso vornehme wie vulgäre Geste. Dieser pedantische Barkeeper war wirklich ein bemerkenswerter Typ.

Er schaute mich scheu an, als ob ihm ein sehr persönlicher Witz eingefallen wäre. Dann kam er näher, beugte sich zu uns und begann in verschwörerischem Tonfall zu sprechen: »Um die Wahrheit zu sagen«, meinte er,

»einmal mußte ich Mr. Dobrynin bitten zu gehen. Aber nur einmal.« Er schüttelte traurig den Kopf. »An diesem Abend kam er ziemlich spät und setzte sich auf seinen Stammplatz. Er hatte einen Freund dabei. Einen Kater. Einen großen, flauschigen Kater mit einem hübschen Fleck auf der Brust. Er hatte schon recht tief ins Glas geschaut. Und dem Tier hatte er eines dieser Ballettkostüme angezogen, das die Damen beim Tanzen tragen.«

»Ein Tutu?« fragte ich neugierig.

»Ja. Ein Ballettröckchen. Es war sehr lustig. Der Katze schien das gar nichts auszumachen. Sie saß ganz friedlich auf der Theke, während er trank. Aber, wie ich schon sagte, Mr. Dobrynin hatte an diesem Abend schon zuviel getrunken. Er trug die Katze zu allen Tischen und stellte sie allen Gästen vor, und mehrere unserer Kunden beschwerten sich. Als der Geschäftsführer ihn bat zu gehen, wurde er sehr wütend. Er war von Natur aus etwas aufbrausend, müssen Sie wissen. Er behauptete, wir hätten die Katze beleidigt. Er machte ein Riesentheater, bevor er endlich ging. Ja, er sagte, wir hätten eine große Tänzerin beleidigt, Anna Pawlowa.«

Tony schaute mich an und mir war bewußt, daß ich aussah wie ein Gespenst. Mein Herz klopfte wie verrückt. Ich hatte gefunden, wonach ich gesucht hatte. Eine einzelne, überwältigende Tatsache: Eine Katze in einem Tutu, auf der Bar. Das war es, was diesen ganzen, undurchschaubaren Fall verständlich machte. Aber es war eine abstoßende Entdeckung. Ich wußte jetzt, wer Peter Dobrynin ermordet hatte. Und warum. Und diese Gewißheit verursachte mir Übelkeit.

»Ich glaube, Sie meinen Anna Pawlowa *Smith*«, korrigierte Tony den alten Mann.

»O ja. Ja, natürlich. Das war der Name. Meine Güte, Sie sind aber wirklich treue Fans, wenn Sie solche kleinen Details kennen. Er wäre sicher sehr erfreut gewesen – Gott sei seiner Seele gnädig –, Sie beide kennenzulernen.«

Ich wußte, wenn ich jetzt anfing zu lachen, würde ich losheulen müssen. Und wenn ich erst einmal anfing zu weinen, würde ich nicht wieder aufhören können. Tony führte mich hinaus in die erfrischende Luft des Winterabends.

24

Ich mußte besonders sorgfältig sein bei dieser, meiner letzen Falle. Kein Mensch auf der Welt würde meine Geschichte glauben, solange ich keinen eindeutigen Beweis hatte.

Ich verriet Basillio keine Einzelheiten, aber er erklärte sich trotzdem bereit, mir zu helfen. Ich glaube nicht, daß er überhaupt wissen wollte, was ich vorhatte. Inzwischen war die bloße Erwähnung des Namens »Peter Dobrynin« schon zuviel für ihn.

Die Anzeige, die ich in die Sonntagsausgabe der *New York Times* setzte, war kurz und prägnant:

Katze gefunden. Anna Pawlowa Smith abholbereit. Finderlohn erwünscht. Tel. 212-653-6228 nach 18.00 Uhr.

Am Sonntagnachmittag zog ich zu Tony ins Hotel. Die Telefonnummer in der Anzeige war die Durchwahl seines Zimmers. Und wenn mein Verdacht zutraf, dann würde die Person, für die die Anzeige gedacht war, sie bereits Samstagnacht gelesen haben, wenn die *Times* herauskam.

Tony freute sich über meinen Besuch, aber er war überrascht, daß ich Bushy in seinem Katzenreisekorb mitgebracht hatte.

»Wir werden jede Hilfe brauchen, die wir bekommen können«, sagte ich geheimnisvoll, ließ Bushy aus dem Korb und beobachtete ihn dabei, wie er zögernd den Raum inspizierte. Er war nicht sehr angetan.

»Brauche ich diesmal eine Waffe, Alice?« fragte Tony. Er machte sich zweifelsohne über mein geheimnisvolles Benehmen lustig.

»Nein. Du brauchst nur zuzuhören und meine Anweisungen auszuführen.«

Er ließ sich geziert auf dem Bett nieder. »Ich bin ganz Ohr.«

»Heute abend wird jemand anrufen. Wenn nicht heute abend, dann nie. Dieser Jemand wird fragen, wie hoch der Finderlohn für Anna Pawlowa Smith ist. Du wirst dem Anrufer sagen, daß der Preis fünftausend Dollar beträgt. Sag, du würdest auch einen Scheck nehmen. Wenn es ein Scheck ist, muß es ein Barscheck sein, der auf Montag datiert und auf der Rückseite unterschrieben ist. Der Anrufer soll sofort in dein Hotelzimmer kommen. Hast du alles verstanden?«

»Ja. Schön. Und was passiert, wenn er herkommt?«

»Dann nimmst du das Geld und übergibst Anna Pawlowa Smith.«

Das fand er lustig. »Und wo finde ich Miss Smith?«

Ich zeigte auf Bushy.«

»Soll das heißen, du willst deine Katze weggeben?«

»Tu, was ich sage, Tony, und alles wird gutgehen.«

»Wie wäre es denn, wenn wir den alten Brodsky anrufen würden? Es wird ihn sicher freuen, zu hören, daß seine Meisterdetektivin das restliche Geld vom Spesenkonto zum Fenster rausgewofen hat. Ich meine, der arme Kerl hat wirklich nicht viel zu lachen.«

Ich setzte mich in einen Sessel und begann zu warten. Ich hatte mir ein Buch mitgebracht, eine alte Taschenbuchausgabe von *Madame Bovary*, ein Buch, das ich alle drei, vier Jahre wieder lese. Das Lesezeichen war auf Seite zweiundsechzig. Emma und Charles fuhren gerade in der Kutsche.

»Was ist los mit dir?« fragte Tony plötzlich.

»Nichts«, gab ich zurück.

»Du benimmst dich ganz schön komisch. Du bist zu kühl. Du tust, als würdest du auf eine Lieferung Katzenfutter warten und nicht auf einen Mörder.«

»Was soll ich denn deiner Meinung nach tun, Tony. Rumhüpfen? Zittern?«

»Tu irgendwas, aber sitz nicht einfach nur da und lies!«

Er hatte recht. Ich *war* unnatürlich ruhig. Nein, nicht ruhig, traurig. Und wenn das, was ich erwartete, wirklich eintrat, dann würde ich erst recht traurig sein.

»Außerdem, woher weißt du eigentlich, daß diese Person die Anzeige entdecken wird? Die Chance scheint mir eins zu einer Million zu sein«, bemerkte Tony.

»Glaub mir, der Mörder wird die Anzeige lesen. Er wartet auf diese Anzeige, er wartet schon lange darauf. Verstehst du das denn nicht?«

»Ich frage mich, wie oft ich dieses Satz schon aus deinem süßen Mund gehört habe.« Tony grinste und versuchte, sich zu beschäftigen, indem er mit Bushy spielte. Die Stunden vergingen. Um zehn sagte Tony: »Glaubst du nicht auch, daß wir ein Problem haben?«

»Geduld, Tony. Es dauert nicht mehr lange. Es wird gleich losgehen.«

»Ich habe den Verdacht, daß du gar nicht weißt, was du hier tust. Jeder macht mal Fehler, Alice.«

Ich brüllte ihn wütend an: »Was erwartest du denn, daß der Geist von Peter Dobrynin einmal quer durch den Raum tanzt? Oder soll ich vielleicht zitternd in der Ecke kauern und auf den Mörder warten, in dem Bewußtsein, daß unser beider Leben in Gefahr ist? Oder möchtest du, daß die Polizei kommt, um mich zu schützen?«

»Beruhige dich, bitte. Ich wollte dich nur ein bißchen ärgern.«

Das Telefon klingelte. Ich hielt Tony bis zum dritten Läuten zurück. Ich schloß *Madame Bovary* und sagte: »Jetzt kannst du abnehmen, Tony. Und sag genau das, was wir besprochen haben.«

Tony nahm den Hörer ab und folgte meinen Anweisungen Wort für Wort. Als er auflegte, war er blaß.

»Verdammt«, sagte er heiser, »du hattest recht. Sie ist jetzt auf dem Weg hierher. Mit dem Geld. Ich hätte das nie für möglich gehalten. Fünf Riesen – und wofür? Für eine Katze, die es gar nicht gibt? Was ist das für eine Katze?«

»Hast du die Stimme erkannt, Tony?«

»Nein. Sie sprach mit Akzent. Ich hätte in einer Million Jahre nicht damit gerechnet, daß jemand anrufen würde. Niemals.«

»Du solltest eben deiner Tante Alice vertrauen«, sagte ich ohne jeden boshaften Unterton.

»Und was jetzt?« fragte er. Jetzt erschien er zum erstenmal etwas ängstlich. Und bei dieser Beobachtung wurde mir bewußt, daß auch ich jetzt zum erstenmal etwas ängstlich war.

Ich nahm den unglücklichen Bushy hoch und steckte ihn wieder in seinen Reisekorb. Dann stellte ich den Korb auf das Bett.

»Okay, Tony. Jetzt kommt Stufe zwei des Plans. Wenn deine Besucherin hereinkommt, dann zeig ihr den Korb. Sag, daß Anna Pawlowa Smith da drin ist. Mach auf keinen Fall den Korb auf, bevor du das Geld hast. Wenn es Bargeld ist, zähl es nach. Wenn es ein Scheck ist, dann prüfe, ob alles so ist, wie ich dir gesagt habe. Ich werde im Badezimmer warten. Hast du alles verstanden?«

»Ja. Und was mache ich dann?«

»Darüber mach dir keine Sorgen. Ich habe mir alles genau überlegt.«

Ich ging ins Badezimmer und knipste das Licht aus. Die Tür ließ ich einen kleinen Spalt breit offen. Es war kühl hier drin.

Langsam gewöhnten sich meine Augen an die Dunkelheit. Ich konnte den glänzenden weißen Duschvorhang erkennen. Er war vor die Badewanne gezogen, als ob gerade jemand duschen würde. Ich hatte das Bedürfnis nachzusehen, obwohl ich natürlich wußte, daß da niemand war.

Ich empfand die Dunkelheit und das Warten als bedrückend. Ich hatte das gleiche Gefühl wie vor einem Auftritt auf der Bühne. Das ist der alte Alptraum eines jeden Schauspielers: Er betritt die Bühne total unvorbereitet, weiß nicht, welches Stück gespielt wird, welche Rolle er darin hat, wer die anderen Darsteller sind, er kann sich einfach nicht erinnern, er ist völlig sprachlos.

»Herein.«

Das war Tonys Stimme. Ich geriet fast in Panik. Warum hatte ich das Klopfen an der Tür nicht gehört?

Aber das war Tonys Stimme gewesen. Ich preßte mein Ohr gegen den Spalt zwischen Tür und Rahmen. Ich hörte Bewegungen im Nebenzimmer. Ich hörte eine Stimme, die nicht Tonys war, und ich hörte die Worte: »Anna Pawlowa Smith.«

Dann hörte ich Basillio deutlich sagen: »Bevor wir weitermachen, möchte ich das Geld sehen.«

Kein Geräusch. Und dann hektische Bewegungen. Gemurmelte Worte. Füßescharren. Ich hörte Papier rascheln. Wurde jetzt das Geld übergeben? Gezählt? Ich hörte, wie Tony zu der Stehlampe hinüberging. Vielleicht wollte er den Scheck prüfen.

Jetzt war es Zeit für meinen Auftritt. Ich hatte so lange gewartet, weil es sehr wichtig war, daß das Geld den Besitzer gewechselt hatte.

Ich trat aus dem Badezimmer und schloß, nein, knallte die Tür hinter mir zu.

Eine kleine, hübsche farbige Frau stand neben dem Bett. Sie schaute mich mit angstgeweiteten Augen an. »Was machen *Sie* denn hier?« fragte sie, aber anstatt auf eine Antwort zu warten, rannte sie zur Tür.

»Tony«, schrie ich.

Er hechtete zur Tür, warf sich dagegen und brachte dabei unsere Besucherin fast zu Fall.

»Bitte«, sagte ich, »bleiben Sie, wo Sie sind. Ihnen wird nichts geschehen.«

Die Frau atmete heftig, aber sie sagte nichts.

Ich drehte mich zu Tony um, der mit dem Scheck wedelte. »Ich glaube nicht, daß wir einander letztes Mal vorgestellt wurden«, sagte ich und schaute zuerst ihn an und dann die Frau. »Tony, kannst du dich an Lucia Maurys Krankenschwester erinnern?«

Ich ging hinüber zum Bett und ließ die sprichwörtliche Katze aus dem Sack. »Das ist nicht die Katze, die Sie abholen sollten«, sagte ich zu der Frau. Dann ließ ich mich auf das Bett sinken. Ich war plötzlich völlig erschöpft.

Tony setzte sich neben mich, den Scheck immer noch in der Hand. »Willst du mir jetzt endlich erzählen, was hier vor sich geht?«

»Es ist doch alles schon vorbei«, sagte ich schwach. »Wir machen hier jetzt nur noch die Aufräumarbeiten und sehen zu, daß jeder seine Rechnung zahlt.

Weißt du, vor ein paar Jahren verliebte sich Lucia Maury in einen großen Tänzer. Ihr war klar, daß sie nur eine von seinen vielen Geliebten war, aber das machte ihr nichts aus. Sie liebte ihn sehr. Das einzige, was sie ebensosehr liebte, war ihre Katze, ein Main-Coon-Kater namens Splat.

Der Tänzer hatte ein größeres Alkoholproblem. Und eine seiner exzentrischen Vorlieben war es, Tiere originell zu verkleiden und dann mit auf seine Sauftouren zu nehmen. Er fand das putzig. Während seiner Affäre mit Lucia wurde ihr Kater einer seiner Begleiter. Und aus irgendeinem verrückten Grund, den nur er kannte, nannte er die Katze ›Anna Pawlowa Smith‹, obwohl Splat ein Kater war. Lucia flehte ihn an, den Kater in Ruhe zu lassen, aber er tat es trotzdem nicht. Er nahm ihn immer wieder mit. Und dann passierte die Katastrophe. Auf einer seiner Kneipentouren verlor er Anna Pawlowa Smith. Die Katze entwischte ihm und betrat die Welt der Einsamen und Verlassenen. Lucia suchte die Straßen ab, hängte Zettel aus und bot Finderlohn für die Katze. Dobrynin suchte in den Tierheimen. Aber Splat war und blieb verschwunden. Und Lucia gab dem Tänzer die Schuld daran.

Sie beendete die Affäre. Und sie erzählte allen, daß Splat an einer Krankheit gestorben sei. Aber sie hat nie daran geglaubt, daß er tot war. Sie hat immer weiter nach ihm gesucht. Die Jahre vergingen. Ihr Haß auf Dobrynin wuchs. Und nachdem er ein Penner geworden war und wahrscheinlich nach einer Reihe von Zusammenbrüchen, nahm er wieder Verbindung zu ihr auf. Das verstärkte ihren Haß auf ihn noch weiter, bis dieser Haß ihr ganzes Leben beherrschte.

Was Dobrynin betrifft, der sich in der Zwischenzeit ›Lenny‹ nannte, so war er sich seiner Schuld bewußt, trotz seiner Psychose. Und dann wurden seine Schuldgefühle Teil dieser Psychose. Auch er suchte weiter nach der Katze. Er fing an, Futter für herrenlose Katzen in der ganzen Stadt zu kaufen, in der Hoffnung, Anna Pawlowa Smith sei unter ihnen. Die verschwundene Katze wurde für ihn zur fixen Idee. Und je weiter seine Geistesstörung fortschritt, desto konkreter wurde seine Wahnvorstellung von dem Kater, der sich eines Tages für sein Vergehen rächen würde.

Aber dann war es Lucia, die sich rächte ..., die ihn ins Licoln Center lockte und ihn auf dem Balkon erschoß. Und dann hat sie ihm die Schuhe ausgezogen, als Zeichen höchster Verachtung für seine Kunst, für seine Tänzerfüße, und ihn barfuß sterben lassen, schutzlos, genau wie er Splat der kalten Großstadt ausgeliefert hatte.

Und es gab noch einen weiteren, endgültigen Racheakt. Sie hat irgend jemanden – höchstwahrscheinlich einen der Obdachlosen aus der Gegend um das Lincoln Center – dafür bezahlt, den Namen auf den Leichenwagen zu schreiben, der Peter Dobrynin zu seinem Grab bringen sollte. Als ob sie Dobrynin noch einmal den Grund für seine Beerdigung klarmachen wolle.

Ich habe keinen Zweifel daran, daß Lucia mindestens ebenso verrückt ist wie ihr ehemaliger Liebhaber.«

»Aber was ist mit Basil?« warf Tony ein. »Er hat doch gestanden, daß Vol Teak den Mord geplant hatte.«

»Nein, Tony. Es war nicht ganz so. Er hat gesagt, er wisse nichts über den Mord an sich, nur, daß Vol Teak ihn dafür bezahlt hatte, Lenny ins Theater zu bringen. Aber Basil hätte angesichts der Dinge, mit denen Frank Brodsky ihn bedroht hat, alles mögliche gestanden. Er hat nur gesagt, was wir von ihm hören wollten.«

In der Zwischenzeit hatte die Krankenschwester sich gesetzt und hörte meiner Zusammenfassung genauso interessiert zu wie Tony. Er stand auf und schenkte uns allen Wasser ein.

»Wie hast du das alles herausgefunden? Wie lange hast du darüber nachgedacht?«

»Nicht besonders lange. Die Sache hat ihre eigene Dramaturgie entwickelt. Aber es war Dobrynins fürchterliche Zeichnung der Katze, die mir letztlich den Anstoß gegeben hat, alles zusammenzusetzen: die Vorstellung eines Katzenungeheuers, das ihn verfolgte, daß er streunende Katzen mit russischen Delikatessen fütterte, seine nackten Füße.«

»Ich habe die Zeichnung im Krankenhaus doch auch gesehen«, sagte Tony. »Und mir ist nichts besonderes daran aufgefallen, außer, daß sie total verrückt war.«

»Mir ist zuerst auch nichts aufgefallen. Aber dann wurde mir klar, daß Dobrynin eine Main-Coon-Katze gezeichnet hatte. Und Lucias Splat gehörte zu dieser Rasse – wie Bushy.«

Tony sah die schweigende Krankenschwester an, die deutlich sichtbar zusammenzuckte, als er fragte: »Und was machen wir jetzt mit ... ihr?«

Ich seufzte tief. »Es tut mir wirklich leid«, sagte ich und wandte mich an die Pflegerin, »aber wir werden Sie brauchen, wenn wir dem Detective, der Lucia damals festgenommen hat, den Scheck bringen.« Dann sagte ich zu Tony: »Der, der gezwungen war, sie wieder laufenzulassen, dank unserer brillanten Arbeit.«

»Soviel zum Thema Genialität«, sagte er.

Bushy rieb sich am Bein der Krankenschwester und forderte ihre Bewunderung. Aber er bekam keine: Die Pflegerin schien auf einem weit entfernten Planeten zu sein.

25

Um ein Uhr nachts standen Tony, die Krankenschwester aus Haiti (die übrigens Madeline hieß) und ich unangemeldet vor Frank Brodskys Haus.

Ich hatte mich ursprünglich eigentlich direkt an die Polizei wenden wollen, aber dann war mir klar geworden, daß ich es meinem Auftraggeber schuldig war, ihn zuerst von den Entwicklungen in Kenntnis zu setzen. Und ich hegte die Hoffnung, es ihm überlassen zu können, der Polizei die Fakten zu präsentieren und alle losen Fäden zusammenzuknüpfen.

Er empfing uns im Bademantel. Offensichtlich hatten wir ihn geweckt, aber er war wie immer Gentleman und führte uns die Treppen hinauf in sein kleines, elegantes Besprechungszimmer. Er entschuldigte sich dafür, uns keinen Kaffee anbieten zu können, aber er bemühte sich sehr und servierte jedem ein glitzerndes Kristallglas mit Mineralwasser.

Tony, Madeline und ich setzten uns an den Tisch. Frank Brodsky blieb stehen.

Ich begann, meine Geschichte in allen Einzelheiten zu erzählten, und schloß mit der Falle, in die Madeline geraten war und die, mit all dem anderen Belastungsmaterial, eindeutig bewies, daß Lucia Maury Peter Dobrynin wirklich umgebracht hatte.

Der Anwalt unterbrach mich nicht einmal. Ab und zu ging er um den Tisch herum, aber er setzte sich nicht und sagte kein Wort.

Als ich mit meinem Vortrag fertig war, war es kurz nach zwei Uhr nachts. Ich trank einige Schluck Wasser und wartete.

Ziemlich lange zeigte Frank Brodsky keine Reaktion. Er betrachtete eines seiner Gemälde, dann einige Kratzer an einem Stuhlbein, dann einen kleinen Fleck an der Decke. Schließlich ließ er sich in seinen Sessel sinken, der am Ende des langen, schönen Tisches stand.

»Sie sehen sehr müde aus, Miss Nestleton«, sagte er.

»Es war eine lange Nacht«, gab ich zu.

Er schaute Tony und Madeline an. »Sie sehen alle müde aus«, sagte er.

Und wieder herrschte Schweigen, nur daß ich mich diesmal eindeutig unbehaglich fühlte. Warum hatte er mir nicht gratuliert? Warum freute er sich nicht darüber, daß dieser gräßliche Mordfall endlich gelöst war? Wo blieb seine Anerkennung für das, was ich vollbracht hatte?

Er lächelte mich breit an, sehr freundlich, als ob er sich wirklich Sorgen wegen meiner Müdigkeit machen würde.

»Ich habe eine sehr gute Idee«, sagte er. Dann machte er eine Pause. »Wollen Sie hören, was ich für eine Idee habe?«

»Natürlich«, antwortete ich. Aber dann schaute er

Tony und Madeline an. Auch sie sollten hören, was ihm eingefallen war. Sie antworteten nicht, aber das schien ihm zu genügen.

»Ich denke«, sagte er, »daß Sie alle eine Weile hier bleiben und sich ausruhen sollten. Es ist genug Platz, Sie können alle ein Nickerchen machen. Dann nehmen Sie auf meine Kosten ein Taxi nach Hause, nehmen auf meine Kosten ein kräftiges Frühstück zu sich und legen sich erst mal hin. Wenn Sie dann morgen vormittag aufwachen, sollten Sie ein großes Glas frisch gepreßten Orangensaft trinken. Und dann vergessen Sie einfach alles, was Sie mir heute nacht erzählt haben.«

Ich starrte ihn verständnislos an. War das sein Ernst? Hielt er das für einen guten Witz? Dann wurde mir bewußt, daß er es wirklich ernst meinte. Ich schaute Tony an. Tony schaute mich an, völlig perplex. Ich schaute Madeline an. Sie fixierte ein Bild an der Wand.

Meine Antwort auf seinen Vorschlag war ausgesprochen giftig: »Haben Sie mir nicht zugehört, Mr. Brodsky? Haben Sie nicht gehört, was ich eben gesagt habe? Vielleicht sollte ich Ihnen die ganze Geschichte noch einmal erzählen, wenn Sie richtig wach sind?«

Er lächelte. »Ach, Miss Nestleton, ich habe jedes Ihrer Worte gehört. Jedes einzelne Wort. Ich habe sehr aufmerksam zugehört. Aber ich sehe, daß Sie meinem Vorschlag nicht folgen wollen. Langsam beginne ich zu begreifen, daß Sie gekommen sind, damit ich etwas unternehme.«

Er schüttelte langsam und traurig den Kopf.

»Kommt es Ihnen nicht auch komisch vor, Miss Nestleton, daß dieselbe Frau, die ich als Privatdetektivin engagiert habe, um Lucia Maury zu entlasten, sie jetzt belastet? Finden Sie es nicht sonderbar, Miss Nestleton, daß Sie damit beauftragt wurden, dazu beizutragen, Lucia Maury zu *verteidigen*, daß Sie aber offensichtlich Ihre ganze Zeit und Ihre gesamte Energie – beachtliche Energie, wenn ich das sagen darf – darauf verwandt haben, sie *anzuklagen*?«

»Was wollen Sie damit sagen, Mr. Brodsky?«

»Nichts sehr Bedeutendes. Ich habe nur den Eindruck, daß Sie dabei sind, einen sehr merkwürdigen Verrat zu begehen.«

»Verrat? Wie können Sie es wagen, mir so etwas vorzuwerfen! Lucia Maury ist meine Freundin, aber mein Auftrag war, eine objektive Ermittlung durchzuführen!«

Mein Zorn legte sich so schnell, wie er aufgeflammt war. Er wurde von einer schrecklichen Erkenntnis gedämpft: Der Anwalt hatte völlig recht. Ich war dabei, Lucia dem Henker auszuliefern. Ich war nur nicht darauf gekommen, daß man das auch »Verrat« nennen konnte. Ich hatte lediglich eine Spur nach der anderen verfolgt. Ich hatte die Wahrheit finden wollen. Ich hatte einen Mörder gejagt. Und jetzt würde ich Lucia Maury beschuldigen müssen. Aber es gab keinen anderen Weg!

»Vielleicht«, sagte ich schließlich, »liegt der Unterschied zwischen Ihnen und mir darin, daß man mich nicht kaufen kann.« Das war eine harte Bemerkung, und über sein sonst engelhaftes Gesicht flackerte ein Anflug von Haß und Wut. Dann lächelte er, senkte den Kopf, als ob ich einen Punkt gemacht hätte, und faltete die Hände.

»Nun, Miss Nestleton, ich finde, wir sollten nicht persönlich werden. Lassen Sie uns wieder vernünftig sein. Sie kommen hierher, um ein Uhr in der Nacht, und erzählen mir eine originelle, aber völlig unbewiesene Geschichte über meine Klientin, die jeglicher Grundlage entbehrt, und erwarten von mir, daß ich etwas unternehme. Zudem widerspricht diese Geschichte einem unterschriebenen, freiwillig gemachten Geständnis, in dem eindeutig Vol Teak als derjenige, der auf Peter Dobrynin geschossen und ihn umgebracht hat, genannt wird. Darf ich Sie daran erinnern, daß Vol Teak ein schlüssiges Mordmotiv hatte: Erpressung. Für die Polizei und die Staatsanwaltschaft ist der Fall abgeschlossen. Nach allen Regeln der Beweisführung und der Prozeßordnung ist der Fall abgeschlossen. Nach allen Regeln der Logik ist der Fall abgeschlossen.«

Da sagte Tony: »Dieses Geständnis war erzwungen.«

»Wollen Sie damit sagen, daß ich Basil *geschlagen* habe?« fragte Brodsky sarkastisch.

»Was Sie getan haben, war noch schlimmer! Basil ist ein verunsicherter, angeschlagener, drogenabhängiger Penner. Ich glaube nicht, daß er vierundzwanzig Stunden vorher auch nur die leiseste Ahnung von der Sache hatte. Sie haben ihm Diamanten in die Tasche gesteckt und behauptet, die würden aus dem Besitz eines niedergestochenen Diamantenhändlers stammen, und er war gestört genug, zu glauben, daß er das gewesen war. Meine Güte, für Leute wie Basil spielt es doch gar keine Rolle, ob sie wirklich ein Verbrechen begehen. Wenn die Polizei glaubt, daß sie etwas verbrochen haben, dann haben sie es verbrochen. Sie haben ihn dazu gebracht, Mr. Brodsky. Sie haben ihn benutzt! Sie haben den armen Kerl unter Druck gesetzt. Also hat er Ihnen erzählt, was Sie hören wollten. Und keiner von uns hat etwas dagegen gesagt, weil wir alle auch geglaubt haben, daß Vol Teak schuldig war. Und der Fall Vol Teak ist nur solange klar, wie Basil sein falsches Geständnis aufrechterhält. Und das kann er schon in fünf Minuten zurücknehmen!«

Tony machte eine Pause. Er war wütend, seine Stimme überschlug sich. Es war offensichtlich, daß Basils Geständnis und die Rolle, die der Anwalt dabei gespielt hatte, ihm schon lange wie eine Last auf der Seele lag.

Frank Brodsky antwortete nicht. Er schenkte sich Wasser ein und sah sich dann eingehend um. Er sagte auf Französisch etwas zu Madeline, die nickte. Es dämmerte mir, daß es wahrscheinlich Frank Brodsky gewesen war, der die Krankenschwester aus Haiti für Lucia engagiert hatte.

»Ich glaube, Miss Nestleton«, sagte er endlich und stieß das Glas über den Tisch wie ein Kinderspielzeug, »ich glaube, ich muß Sie auf einige Punkte Ihrer Vergangenheit hinweisen, von denen Sie mich in Kenntnis gesetzt haben.« Ich hatte keinen Schimmer, was er damit meinte.

»Meine Vergangenheit ist nicht so geheimnisvoll, wie ich sie manchmal gerne hätte«, gab ich gut gelaunt zurück, weil er aussah, als würde er gleich irgendeine Verzweiflungstat enthüllen, die ich einst begangen hatte.

Aber er lächelte nicht. Er sagte: »Sie haben mir einmal erzählt, Miss Nestleton, daß sie mit einem gewissen Detective Rothwax von der New Yorker Polizei befreundet sind. Und ich glaube, Sie haben mir auch erzählt, daß Sie beide vor einiger Zeit bei einer computergestützten Sonderermittlungseinheit namens Retro zusammengearbeitet haben, wenn ich mich recht erinnere.«

»Ja«, antwortete ich vorsichtig, denn ich wußte immer noch nicht, worauf er hinauswollte, »ja, das stimmt.«

Er lächelte. »Ich hoffe, Sie nehmen mir das nicht übel,

Miss Nestleton, aber ich habe mir vor einiger Zeit die Freiheit genommen, mich mit diesem Detective in Verbindung zu setzen, auch wenn es nicht ganz einfach war, ihn zu finden. Ich wollte wissen, was er von Ihnen hält. Schließlich sollte ich ja Geld ausgeben, um Sie zu engagieren, und da fand ich es angebracht, die Meinung eines Außenstehenden einzuholen. Mit anderen Worten, als Sie uns miteinander bekannt gemacht haben, kurz bevor Basil gestanden hat, hatten wir uns schon einmal heimlich getroffen.«

Er sah uns alle nacheinander an, bevor er fortfuhr.

»Detective Rothwax hat mir erzählt, daß er Sie manchmal ›Katzenlady‹ nennt. Als ich das hörte, war ich natürlich neugierig und wollte wissen, wieso er für eine so schöne und intelligente Frau wie Sie, Miss Nestleton, einen so merkwürdigen Kosenamen verwendet.«

Er schien auf die Bestätigung aller Anwesenden zu warten, daß ich wirklich schön und intelligent sei. Dann sprach er weiter.

»Detective Rothwax erklärte mir, daß Sie als Detektivin zwar wirklich ein Pfundskerl sind – ja, ich erinnere mich genau, er hat in der Tat dieses charmante alte Wort benutzt: Pfundskerl – aber von allem, was mit Katzen zu tun hat, besessen sind. Und zwar in einem Ausmaß, wie Detective Rothwax sagte, daß Sie ab und an in eine Phantasiewelt geraten, die nichts mit echten Verbrechen, die von lebendigen Menschen in der Realität begangen werden, zu tun hat.«

Ich stand wütend auf. Ich zitterte am ganzen Körper. Ich brüllte den Anwalt an: »Besessen? Phantasie? Realität?«

Ich sah Tony an. »Gib mir diesen Scheck!« Er griff in

seine Tasche, holte den gefalteten Scheck heraus und gab ihn mir.

Ich hielt Brodsky den Scheck vor die Nase, so daß er ihn deutlich sehen konnte, und schrie: »Ist das Phantasie? Ist das eine fixe Idee? Schauen Sie sich das an, Mr. Brodsky! Schauen Sie gut hin! Das hier ist ein Barscheck! Er ist von Lucia Maury unterschrieben! Das ist das Honorar für die Übergabe einer Maine-Coon-Katze namens Anna Pawlowa Smith, auch bekannt als Splat! Lucia hat diesen Scheck gestern abend Madeline gegeben, die ihn in ein Hotel bringen sollte, weil in der Zeitung eine Anzeige gewesen war, in der stand, daß jemand Anna Pawlowa Smith gefunden hatte, die Katze, die der betrunkene Peter Dobrynin mit auf seinen Kneipenbummel genommen und dabei verloren hatte! Die Katze, für deren Verlust sich Lucia Maury schließlich gerächt hat, indem sie dem Tänzer am Heiligen Abend ein Loch in der Stirn verpaßt hat, nachdem sie ihm eine Karte für den *Nußknacker* besorgt hatte.«

»Beruhigen Sie sich, Miss Nestleton! Sie müssen sich beruhigen!«

»Nein! Ich werde mich nicht beruhigen. Aber ich werde jetzt gehen. Aber vorher werde ich Ihnen noch eine kleine Aufgabe stellen, Herr Anwalt, nur damit Sie sich ein besseres Bild vom Ausmaß meiner Phantasie machen können. Rufen Sie doch einfach Ihre Klientin an und fragen Sie sie nach einem Brief von ihrem Tierarzt, in dem steht, daß Splat ›eingeschläfert‹ worden ist, wie sie immer behauptet hat, oder fragen Sie sie nach der Bestätigung vom Krematorium. Prüfen Sie nach, ob sie ihre Geschichte, daß der arme Splat vor drei Jahren eines natürlichen Todes gestorben ist, aufrechterhalten kann. Tun Sie das, Mr. Brodsky, und wenn Sie sowieso mit ihr sprechen, können Sie sie ja auch gleich nach diesem Scheck hier fragen.«

Ich winkte Tony. Er stand auf, und wir gingen gemeinsam aus der Tür. Ich wandte mich an Madeline. »Grüßen Sie Lucia herzlich von mir. Sagen sie ihr, es tut mir leid, daß ich ihr durch die Anzeige Hoffnungen gemacht habe, Splat könnte gefunden worden sein. Sagen Sie ihr, daß ich keine andere Möglichkeit gesehen haben, Sie aus der Reserve zu locken. Und sagen Sie ihr bitte auch, Madeline, daß die Wahrscheinlichkeit, daß eine Hauskatze in den Straßen von New York überlebt, größer ist als die Entfernung der Erde von den äußerste Grenzen des Unversums zu eins.«

Tony und ich stiegen die Treppe hinunter.

»Warten Sie! Bitte, Miss Nestleton, warten Sie!« Ich drehte mich um und sah Frank Brodsky auf dem Treppenabsatz stehen. Er schien sehr aufgeregt zu sein, und ich schämte mich plötzlich, weil ich ihn angebrüllt hatte. Immerhin war er ein alter Mann.

Tony und ich warteten. Brodsky machte Anstalten, runter zu kommen, aber dann überlegte er es sich anders und blieb auf dem Treppenabsatz stehen. Er atmete schwer und hielt sich am Geländer fest.

»Bitte, hören Sie mir noch einen Augenblick zu! Ich bedaure es wirklich, Sie verletzt zu haben! Das lag nicht in meiner Absicht! Hören Sie mich an, bitte!«

Ich bemerkte kleine Schweißperlen auf seiner Stirn und der Oberlippe.

»Es dauert nur einen Moment. Dann können Sie gehen und tun, was immer Sie wollen!« Er atmete jetzt ruhiger. »Mal angenommen, Miss Nestleton, daß es so ist, wie Sie sagen. Das würde bedeuten, daß Lucia Maury eine schwer gestörte Frau ist, eine Frau, die in einer psychiatrischen Klinik behandelt werden sollte. Nur ein psychisch Kranker würde einen Mann umbringen, weil er, ohne etwas dafür zu können, eine Katze verloren hatte, die er auf eine Sauftour mitgenommen hatte. Darüber sind wir uns doch einig, nicht wahr, Miss Nestleton?

Nun, und wie Sie selbst wissen, ist es so gut wie unmöglich, einem Gericht zu beweisen, daß jemand psychisch gestört ist. Und das bedeutet, daß Lucia Maury aller Wahrscheinlichkeit nach die nächsten zwanzig Jahre im Gefängnis verbringen wird. Oh, Miss Nestleton, egal, wie gestört auch immer sie ist, das hat sie nicht verdient! Wer weiß, was Dobrynin ihr noch alles angetan hat? Sie selbst haben mir erzählt, daß er immer wieder Frauen gequält und erniedrigt hat. Und zweifellos hat er auch Lucia auf diese Weise behandelt. Zweifellos hat er sie zu dieser verrückten Tat getrieben.« Er wischte sich mit einem Ärmel seines Bademantels den Schweiß von der Stirn. Ich wartete, weil ich dachte, er würde fortfahren, aber er stand nur da und schaute mich bittend an.

»Ich verstehe Sie nicht«, sagte ich schließlich. »Ich weiß nicht genau, was Sie mir sagen wollen. Was soll ich denn Ihrer Meinung nach tun?«

»Tun Sie gar nichts, Miss Nestleton«, antwortete er.

»Gar nichts?«

»Ja, Miss Nestleton, gar nichts. Ich werde zum Staatsanwalt gehen und ihn davon in Kenntnis setzen, daß Basil genötigt wurde, dieses Geständnis abzulegen. Dann wird man die Mordanklage gegen Vol Teak fallenlassen, aber natürlich nicht das Verfahren wegen des Geldes, das er von den Ballettdirektoren erpreßt hat.«

»Und was dann, Mr. Brodsky?«

»Nichts. Dann wird es eben einer von den tausend ungelösten Fällen. Und was Lucia Maury betrifft, so werde ich dafür sorgen, daß sie in eine psychiatrische Klinik kommt, zu Hause in Delaware.«

Ich drehte mich um und ging weiter hinunter. Als wir an der Haustür waren, hörte ich Brodsky flehentlich rufen: »Denken Sie darüber nach! Denken Sie in Ruhe über alles nach! Denken Sie an Lucia!«

Langsam gingen wir die menschenleere Straße entlang und stemmten uns gegen den kalten Wind. »Was wirst du tun?« fragte Tony und drückte fest meinen Arm.

»Ich weiß es nicht, aber ich möchte eine Weile allein sein.«

26

Es hörte nicht auf zu klingeln. Wer immer das auch war, er hörte einfach nicht auf. Ich ging ins Schlafzimmer, schloß die Tür und vergrub meinen Kopf unter einem Kissen. Aber ich konnte es immer noch hören. Schließlich gab ich auf und öffnete dem Eindringling.

Natürlich war es Tony. »Was zum Teufel ist los mit dir, Schwedenmädel? Ich rufe dich seit zwei Tagen ununterbrochen an! Warum gehst du nicht ans Telefon oder rufst wenigstens zurück?«

»Ich hab nichts zu sagen.«

Er kam herein und fing an, in der Wohnung herumzulaufen. Pancho starrte ihn an. Bushy nahm keine Notiz von ihm. Ich machte ihm eine Tasse Instantkaffee.

»Und, hast du dich entschieden?« fragte er.

»Wofür?«

»Ob du im Frühling nach Paris fahren willst. Du weißt ganz genau, was ich meine!«

»Ich habe nichts unternommen«, gab ich zu.

»Ich kann mir vorstellen, daß du mit dieser Entscheidung, wie sagt man so schön, eine ziemlich harte Nuß zu knacken hast«, bemerkte er, stürzte den Rest seines Kaffees hinunter, nahm Bushy auf den Arm und tat so, als wolle er ihn zum Fenster hinauswerfen.

Dann setzte er Bushy liebevoll auf dem Sofa ab und sagte zu meiner armen, wunderschönen Katze: »Du würdest keine drei Minuten als Streuner überleben, Bushy. Du bist eine dekadente Katze.«

Es ist schon komisch, daß ein alberner kleiner Ausdruck eine größere Wirkung auf einen Zuhörer haben kann als ein vernünftiger Vortrag. Worte, die man zu einer Katze sagt, ganz besonders. Bevor Tony zu Bushy sagte, daß er als Streuner keine drei Minuten überleben würde, war ich achtundvierzig Stunden lang in einem ganz üblen Zustand gewesen. Ich wußte nicht, was ich tun sollte. Ich konnte nicht entscheiden, wem gegenüber ich die größere Verantwortung hatte. Sollte ich die Polizei anrufen? Die Polizei vergessen? Lucia die Konsequenzen ihres Handelns ersparen? Ich hatte stundenlang über den Fakten dieses Falls gebrütet. Hatte ich sie richtig interpretiert? War irgendein Teil meiner Analyse eher Phantasie denn Realität? Hatte ich den falschen Täter mit dem falschen Köder gefangen? Gab es ein anderes vorstellbares Motiv dafür, daß Lucia den Scheck ausgestellt und Madeline damit losgeschickt hatte?

Ich sah kein Licht am Ende des Tunnels und kam zu keinem Ergebnis. Ich konnte die Rolle beziehungsweise das Skript nicht beenden.

Und dann hatte Tony diesen albernen Satz gesagt, und als er das Wort »Streuner« aussprach, hatte mich das an all diese armen herrenlosen Katzen im Riverside Park erinnert, die seit Dobrynins Tod kein leckeres russisches Futter – wahrscheinlich überhaupt kein Futter – bekommen hatten.

Und da beschloß ich, sie zu füttern. Oh, ich weiß, das war dämlich. Es war ganz klar eine Übersprungshandlung, die mich von ernsteren Aufgaben abhalten sollte, eine gute Entschuldigung, mich nicht mit dem echten Problem zu beschäftigen – aber ich wollte es unbedingt tun. Ich *mußte* es plötzlich tun. Ich war einfach dazu verpflichtet.

Ich streifte einen Pullover über, zog meinen Mantel an und band einen Schal um. Tony hatte seinen Wintermantel noch nicht ausgezogen, also schleifte ich ihn einfach mit.

»Was ist denn jetzt los, Alice? Was passiert hier eigentlich?«

»Wir gehen ein paar Katzen füttern, Tony.«

»Was für Katzen?«

»Die Katzen, die Dobrynin immer gefüttert hat. Die Katzen im Riverside Park, Tony. Es ist Zeit, daß wir die eine oder andere gute Tat vollbringen.«

»Ich habe nicht genug Geld für das russische Spezialitätenrestaurant.«

»Da gibt es andere Möglichkeiten.«

Wir fuhren mit einem Taxi zur Eighth Avenue, in die Höhe der fünfziger Nummern. Ich erinnerte mich an einen russischen Imbiß westlich der Eighth Avenue, gegenüber von einem Postamt.

Es war fast vier Uhr nachmittags und sehr kalt. Wir klapperten mehrere Seitenstraßen ab, bis wir die Imbißbude endlich fanden. Sie lag versteckt zwischen mehrere düsteren Läden, und die Fenster waren mit Zeitungsausschnitten fast vollständig zugeklebt, begeisterten Kritiken aus den Freßspalten der Zeitungen, darunter eine Lobeshymne aus *The Village Voice*.

Drinnen brütete ein kleiner magerer Mann in einer Schürze mit riesigen Karos vor sich hin. Er hatte lange Koteletten und eine platte Nase.

»Ich hätte gerne ein paar Blinis mit saurer Sahne und Kaviar, eine Portion ›Hühnchen Kiew‹ und ein Dutzend Piroggen.«

Der Mann sagte nichts zu meiner Bestellung, sondern deutete nur mit dem Finger auf die Wand. Als ich mich umdrehte, sah ich eine ganze Batterie von Gefrierschränken. Tony lachte. Hier gab es, was wir wollten, aber alles tiefgefroren.

»Haben Sie eine Mikrowelle?« fragte ich.

»Natürlich«, gab er zurück.

Fünf Minuten später waren wir auf dem Weg in Richtung Riverside Park.

Tony hörte nicht auf zu nörgeln. »Das ist wirklich das Aberwitzigste, in das ich mich je von dir habe reinziehen lassen, Alice. Weißt du eigentlich, wie albern das ist? Zwei Menschen über vierzig mit aufgewärmtem russischen Essen sind auf dem Weg in den Riverside Park, um dort Straßenkatzen zu füttern!«

»Das sind keine Straßenkatzen, Tony«, wies ich ihn zurecht.

Wir betraten den Park an der Seventy-second Street und liefen gegen die immer länger werdenden Schatten an: Wir wären nicht im Traum auf die Idee gekommen, diesen oder irgendeinen anderen Park in der Stadt nach Einbruch der Dunkelheit zu betreten.

»Wie hieß diese Frau noch?« fragte ich, als wir uns dem Bootsteich näherten.

»Was für eine Frau?«

»Die Obdachlose mit dem Einkaufswagen. Die, die uns die Katzen gezeigt hat. Die, die das Katzenfutter für Dobrynin besorgt hat.«

»Ich weiß nicht mehr.«

Es war auch egal, denn sie war nicht da. Auf dem Gehweg um den Teich waren überhaupt keine Obdachlosen, nur die nimmermüden Jogger, die sich dahinschleppten, warm eingepackt gegen den kalten Wind.

»Die Katzen waren doch da oben«, sagte Tony und zeigte nach Osten. Wir ließen den Teich hinter uns und gingen tiefer in den Park.

»Da ist der Eisenzaun!« rief ich wie ein aufgeregtes, glückliches Kind.

Ich mußte laut lachen.

»Was ist denn jetzt schon wieder, Alice?«

»Es macht mich ganz schwindlig, wenn ich an all diese süßen Katzen denke, wie sie sich auf die Blinis mit Kaviar und saurer Sahne stürzen werden. Wenn ich eine Katze wäre, wäre ich bestimmt ganz wild auf alle Sorten Pfannkuchen ... und Blinis mit Kaviar ... meine Güte!«

Wir kamen an den Zaun. »Such ein paar Stöcke, Tony.« Er fand einige Zweige und sogar ein kaputtes Fenster-putzgerät, an dem noch der eiserne Griff dran war.

Wie zwei Irre ließen wir die Gerätschaften lautstark den Zaun entlangrattern und machten einen schrecklichen Lärm. Das war die Glocke, die die Katzen zum Abendessen rief.

Wir warteten. Nichts. Keine Bewegung. Ich fixierte die Felsvorsprünge und Büsche auf der anderen Seite des Zauns, die Stelle, wo die Katzen beim letzten Mal hervorgekommen waren.

Nichts. Keine Bewegung. Keine Katzen. Und es wurde immer dunkler.

Meine schwindelnde Erregung ließ nach. Ich ergriff verzweifelt Tonys Arm. »Wo sind sie?« schrie ich. »Warum kommen sie denn nicht?«

»Komm, wir lassen das Futter da und hauen hier ab«, sagte Tony. Er schüttelte meine Hand ab, kniete sich hin, öffnete die Pakete und schüttete das Essen durch den Zaun auf den Boden.

»Los jetzt«, sagte er, richtete sich auf, nahm meinen Arm und führte mich aus dem Park.

Und da sah ich zwei Lichtpunkte, tief im Buschwerk.

»Warte, Tony, warte!«

Die beiden Lichtpunkte verschwanden. Aber es waren Katzenaugen gewesen. Das wußte ich.

Ich starrte in die immer finsterer werdende Dunkelheit. Etwas bewegte sich. Ja, da war ein Schatten, der sich bewegte. ... Es war eine Katze. Eine große, starke, dunkle Katze. Eine rauchblaue Katze mit einem Fleck auf der Brust. Eine Main-Coon.

»Tony, sieh doch, da! Schau, da!« Ich nahm einen Stock und schlug gegen den Zaun, immer fester und fester.

»Wo denn, Alice? Wo? Ich sehe gar nichts.«

»Es ist Splat, Tony! Es ist Anna Pawlowa Smith! Er lebt!«

Ich ließ erschöpft den Stock fallen und wartete. Stille. Ich starrte ins Dunkel. Was war geschehen? Der Kater war verschwunden. Er war weg. Aber ich *wußte*, daß ich ihn gesehen hatte ... oder einen Kater, der ihm ähnlich sah.

»Bitte!« sagte Tony flehentlich und legte mir liebevoll seinen Arm um die Schulter. »Bitte, laß uns jetzt gehen. Sie werden das Futter schon finden.«

Wir verließen langsam den Park. Eine schreckliche Traurigkeit ergriff von mir Besitz. Meine Beine waren wir Pudding, und ich konnte kaum laufen.

Tony führte mich in eine Bar auf dem Broadway. Er bestellte zwei Flaschen Bier.

»Geht es dir jetzt besser?« fragte er.

Ich nickte und goß etwas Bier aus der Flasche in ein Glas. Es war warm und ruhig in der Bar. Ich trank nicht.

»Was hast du da wirklich gesehen?« fragte er.

»Jetzt bin ich mir nicht mehr so sicher.«

»Das kann nicht Lucias Kater gewesen sein. Er kann unmöglich drei Jahre in der Großstadt überlebt haben. Wenn er Glück hatte, hat jemand ihn aufgenommen.«

Ich antwortete nicht. Ich nahm einen Schluck Bier. Es war lecker und süß.

»Abgesehen davon, Alice, du weißt doch, was deine Großmutter immer gesagt hat.«

Ich mußte lachen, obwohl ich es eigentlich gar nicht wollte. »Aber Tony, du hast doch mal gesagt, daß du dich, wenn du noch einmal auch nur eine Zeile aus *Großmutter Nestletons weise Sprüche* hören mußt, vom Chrysler-Gebäude stürzen willst.«

Tony krümmte sich vor Lachen. »Na ja, Alice, jetzt, wo du schon Erscheinungen in Parks hast, dachte ich, daß eine ihrer Weisheiten dir vielleicht helfen würde..., wieder in die Realität zurückzufinden. Denn das sind alte Damen auf kalten Milchfarmen in Minnesota nun wirklich: realistisch. Harte, kalte, ungeschminkte, holzhackende Realität.«

»Okay, Tony, nur zu. Welche Weisheit?«

»Ach, komm schon, Alice, du weißt doch, welche ich meine. Deine Großmutter hat immer gesagt: ›Man darf für eine Katze sterben, aber nicht morden.‹«

»Das hat sie niemals gesagt, Tony.«

»Na, dann hat vielleicht eine ihrer Freundinnen das gesagt. Oder der Futtermittelvertreter.«

»Aber vielleicht habe ich Anna Pawlowa Smith doch gesehen«, erwiderte ich bitter.

Wir sprachen nicht weiter. Ich trank noch etwas Bier. Es war ein wenig zu kalt für meinen Geschmack.

»Hast du Kleingeld, Tony?« fragte ich.

»Wofür?«

»Ich glaube, es ist an der Zeit, daß ich ein Telefongespräch führe.« Er beugte sich zu mir herüber und küßte mich. Dann griff er in seine Tasche und holte einen Vierteldollar heraus.

Ich schaute mich um und entdeckte einen Münzfernsprecher an der Wand neben dem Eingang zu den Toiletten.

Mir fiel ein Satz ein, den sie in Gangsterfilmen immer benutzen: »Wirf eine Münze.«

Und genau das würde ich tun: Ich würde die Polizei anrufen, eine Münze für meine Freundin Lucia Maury einwerfen. Sie war eine Mörderin. Es mußte Anklage gegen sie erhoben werden. Man mußte sie zur Verantwortung ziehen. Ob sie in dem Augenblick, als sie den Abzug drückte, bei Sinnen gewesen war, würde das Gericht entscheiden müssen.

Katzen? Tänzer? Leidenschaften? Um all das ging es nicht, das war mir jetzt klar. Ein Mensch war ermordet worden. Und als ich vor dem Telefon stand, warf ich, ohne zu zögern, die Münze ein. Aber im Gegensatz zu den Informanten in den Gangsterfilmen empfand ich keinerlei Befriedigung.

AtV

Band 1172

Lydia Adamson
Eine Katze im Wolfspelz

Kriminalroman

Aus dem Amerikanischen von Julia Schade

Deutsche Erstveröffentlichung

189 Seiten
13,90 DM
ISBN 3-7466-1172-5

Welche Rolle spielt eine Katze in einem alten, dunklen Kult?

Alice Nestleton, erfolglose Schauspielerin und gefürchtete Detektivin, hat einen neuen ungewöhnlichen Auftrag: Die New Yorker Polizei bittet um ihre Hilfe. Ein augenscheinlich verrückter Katzenliebhaber hält die ganze Stadt in Atem. Er hat siebzehn Menschen ermordet, um deren Katzen zu stehlen, und hinterläßt jedesmal am Tatort seine groteske Visitenkarte: eine kleine Spielzeugmaus. Mit ihren bewährten skurrilen Methoden macht Alice sich auf die Suche und gerät in ein Abenteuer, das sie in die dunkelsten Gründe New Yorks führt – in seltsame, unentdeckte Höhlen im Central Park.

AtV

Band 1055

Lydia Adamson
Eine Katze kommt selten allein

Aus dem Amerikanischen von
Wolfgang Neuhaus

Deutsche Erstveröffentlichung

204 Seiten
13,90 DM
ISBN 3-7466-1055-9

Alice Nestleton, ihres Zeichens erfolglose Schauspielerin, muß sich ihr Geld als Catsitterin verdienen. Ihr Job führt sie nach Maine, wo sie hofft, über die Weihnachtstage Ruhe und Frieden zu finden. Doch statt acht ausgelassener Katzen erwartet sie ein mausetoter Hausherr. Der liebenswürdige Harry Starobin wurde erhängt – ohne Motiv, wie es scheint. Alice beschließt, diesem ominösen Vorfall auf den Grund zu gehen. Die Spur führt auf die Rennbahn, wo Alice sich unglücklich verliebt – und wo eine Katze offenbar mehr als neun Leben hat.

AtV

Band 1074

Lydia Adamson
Eine Katze macht Theater

Kriminalroman

Aus dem Amerikanischen von Julia Schade

Deutsche Erstveröffentlichung

192 Seiten
12,90 DM
ISBN 3-7466-1074-5

Wie kommt eine Katze zu der Hauptrolle in einem wahren Gaunerstück?

**Alice Nestleton, ihres Zeichens besonders erfolglose Schauspielerin, hat nichts gegen Katzen. Im Gegenteil, sie liebt ihre Schützlinge Bushy und Pancho heiß und innig und betätigt sich sogar als professioneller Catsitter. Aber als ein Schauspielschüler, der unglücklich in sie verliebt ist, ihr eine weiße abessinische Katze schenkt, gerät sie in ernste Schwierigkeiten. Denn erstens wird die Katze sofort gestohlen, und zweitens ist der Student wenig später tot – in einer Bar erschossen.
Ein wahres Katzendrama beginnt. Alice läßt nichts unversucht, das Tier wiederzufinden – auch wenn sie ganz Manhattan auf den Kopf stellen muß.**

AtV

Band 1082 **Amy Myers**

Mord als Vorspeise

Kriminalroman

Aus dem Englischen von Irmhild und Otto Brandstädter

Deutsche Erstveröffentlichung

308 Seiten
14,90 DM
ISBN 3-7466-1082-6

Der Verein zur Verehrung literarischer Genies versammelt sich dieses Mal im englischen Badeort Broadstairs, um drei Tage lang seinem Genius des Jahres – Charles Dickens – zu huldigen, der hier häufig seine Ferien verbrachte. Nur ein exzellentes Festbankett, zubereitet von Meisterkoch Auguste Didier, konnte den Prince of Wales dazu bewegen, das Opfer der Ehrenpräsidentschaft über diese Zusammenkunft auf sich zu nehmen. Das Festbankett wird ein Erfolg, aber bei der anschließenden Lesung aus »Oliver Twist« sinkt der Vorlesende mitten in der Mordszene tot zu Boden. Vergiftet. War etwa die Vorspeise schuld?

AtV

Band 1083

Amy Myers
Mord unterm Tannenzweig

Kriminalroman

Aus dem Englischen von Elga Abramowitz

Deutsche Erstveröffentlichung

304 Seiten
14,90 DM
ISBN 3-7466-1083-4

Endlich hat Chefkoch Auguste Didier Gelegenheit, sich einen Traum zu erfüllen: über Weihnachten und Silvester 1900 darf er als Hoteldirektor fungieren. Aber viel Glück hat er in seinem neuen Job offenbar nicht. Seine noble, internationale Gästeschar, die hier die Feiertage verbringt, ist nicht so leicht zufriedenzustellen, und der italienische Koch des vornehmen Hauses erweist sich als Katastrophe. Als Didier dann am ersten Weihnachtsfeiertag im Gesellschaftszimmer in einer Truhe auch noch die Leiche eines der Dienstmädchen entdeckt, ist das Chaos fast vollkommen.

AtV

Band 1033

Amy Myers
Mord im Club

Kriminalroman

Aus dem Englischen von Gerald Kirk

Deutsche Erstveröffentlichung

279 Seiten
14,90 DM
ISBN 3-7466-1033-8

Auf dem jährlichen Fest von Plums Club wird Colonel Worthington ermordet. Aber wer sollte es ausgerechnet auf den alten Langweiler abgesehen haben? Der berühmte Schauspieler Gaylord Erskine, dem die Damenwelt zu Füßen liegt, würde eher als Ziel eines Mordanschlags in Frage kommen. Doch Inspektor Rose von Scotland Yard und der charmante französische Chefkoch und Amateurdetektiv Auguste Didier, der zur Zeit im Club arbeitet, entdecken, daß jeder der Gentlemen ein Motiv hätte, Worthington aus der Welt zu schaffen. Da geschieht ein zweiter Mord. – Ein Historiokrimi aus dem viktorianischen England – spannend und amüsant, wie immer bei Amy Myers.

AtV

Band 1084 **Amy Myers**

Mord im Pavillon

Old English Crime

Aus dem Englischen von Elga Abramowitz

Deutsche Erstveröffentlichung

316 Seiten
14,90 DM
ISBN 3-7466-1084-2

Es ist schon seltsam für Auguste Didier, nicht in seiner Eigenschaft als Koch, sondern als frischgebackener Ehemann der russischen Prinzessin Tatjana Manjowskaja auf Tabor Hall in Yorkshire zu einer Verlobungsfeier geladen zu sein, an der auch der vor kurzem gekrönte König Edward VII. teilnehmen wird. Lady Priscilla Tabor hat allerdings eine befremdliche Sitte in ihrem Haus eingeführt: Um ihre kostbaren Tapisserien nicht zu beschädigen, müssen sich die Gentlemen zum Rauchen in einen Pavillon im Park zurückziehen. Es geht das Gerücht unter den Damen, daß die Herren dort auch recht pikante Gemälde bewundern könnten. Spätnachts stolpern Tatjana und ihr Vetter auf den Stufen des geheimnisvollen Bauwerks beinahe über eine Leiche. Wer ist der Tote? Ein neuer Fall für Meisterkoch und Detektiv Auguste Didier.

AtV

Band 1072

Leif Silbersky / Olov Svedelid
Applaus für einen Mörder

Kriminalroman

Aus dem Schwedischen von Christiane Vortmeyer

Deutsche Erstveröffentlichung

315 Seiten
14,90 DM
ISBN 3-7466-1072-9

Rosenbaum ist ein hochbetagter Anwalt, den eigentlich nur noch zwei Dinge interessieren: wahre, ernste Philosophie und seine Nichte Rhea Moser. Die junge Frau führt die Stockholmer Kanzlei des Alten und steht ihm mit Rat und Tat zur Seite. Als einer von Rheas Mandanten, ein Schauspieler, dem man eine Vergewaltigung vorgeworfen hatte, auf der Bühne ermordet wird, scheint der Fall klar. Zu viele Zeugen haben den Mord beobachtet. Nur der alte Rosenbaum zweifelt, und zusammen mit Rhea macht er sich daran, das Rätsel eines scheinbar eindeutigen Verbrechens zu lösen.

Ein hintergründiger, psychologischer Kriminalroman mit einem außergewöhnlichen Detektivgespann.

AtV

Band 1090

Leif Silbersky/Olov Svedelid
Schwarze Messe für eine Leiche

Kriminalroman

Aus dem Schwedischen von Petra Biesalski-Döll

411 Seiten
DM 16,90
ISBN 3-7466-1090-7

Der alte, weise Anwalt Samuel Rosenbaum hatte eigentlich beschlossen, sich nur noch mit wahrer Philosophie zu beschäftigen, als plötzlich seine junge Nichte Rhea Moser in sein Leben trat. Seither haben sie gemeinsam in Stockholm eine Kanzlei – und lösen die kompliziertesten Kriminalfälle. Mitten in den Vorbereitungen für einen neuen Prozeß erhält Rhea eine Videokassette, auf der ein alter Freund verkündet, daß er todkrank sei und sich in die Luft sprengen werde. Dann erlischt das Bild. Rhea Moser ist erschüttert, als sie feststellt, daß es sich keineswegs um einen makabren Scherz gehandelt hat. Ihr Freund ist tatsächlich tot. Doch was wie ein ungewöhnlicher Selbstmord aussieht, entpuppt sich als eine wahrhaft teuflische Tat. Denn plötzlich führt die Spur in eine alte Villa, in der Schwarze Messen abgehalten werden. Und da kann Rhea nur mit Hilfe des Philosophen und Menschenkenners Rosenbaum bestehen.